Udo Rauchfleisch (Jahrgang 1942) ist emer. Professor für Klinische Psychologie an der Universität Basel und Psychoanalytiker. Er hat in verschiedenen psychiatrischen Kliniken gearbeitet und ist jetzt als Psychotherapeut in privater Praxis in Basel tätig. Publikationen u. a. zu Homosexualität und Transidentität.
www.udorauchfleisch.ch

Bereits erschienen:
Der Tod der Medea - Ein musikalischer Mord
ISBN print 978-3-86361-599-4
Mord unter lauter netten Leuten
ISBN print 978-3-86361-656-4
Narzissten leben gefährlich
ISBN print 978-3-86361-708-0
Schwarz ist der Tod
ISBN print 978-3-86361-705-9
Tödliche Gefahr aus dem All
ISBN print 978-3-86361-807-0
Lasst mich so bleiben wie ich bin
ISBN print 978-3-86361-810-0
Alle Titel auch als E-book

Himmelstürmer Verlag, Ortstr.6 31619 Binnen
Himmelstürmer is part of Production House GmbH
www.himmelstuermer.de E-mail: info@himmelstuermer.de
Originalausgabe, Juli2020
Nachdruck, auch auszugsweise, nur mit Genehmigung des Verlages
Rechtschreibung nach Duden, 24. Auflage.
Cover: Adobe Stock
Umschlaggestaltung: Olaf Welling, Grafik-Designer AGD, Hamburg. www.olaf-welling.de

Alle Orte und Handlungen sind frei erfunden. Jegliche Ähnlichkeiten mit lebenden oder verstorbenen Personen sind unbeabsichtigt und rein zufällig".

ISBN print 978-3-86361-855-1
ISBN epub 978-3-86361-856-8
ISBN pdf: 978-3-86361-857-5

Udo Rauchfleisch

... und plötzlich bist du tot

Roman

Personen

Jürgen Schneider,
Kriminalkommissar, leitet die Untersuchung. Biologischer Vater von Antonio

Mario Rossi,
Partner von Jürgen Schneider, Inhaber einer Herrenboutique. Sozialer Vater von Antonio

Anita Leupin,
leibliche Mutter von Antonio

Sandra Frey,
soziale Mutter von Antonio

Antonio,
neunjähriger Sohn von Sandra Leupin und Jürgen Schneider, lebt in einer Regenbogenfamilie

Bernhard Mall,
Mitarbeiter von Jürgen Schneider

Walter Steiner,
Psychologe in einer Ehe- und Familienberatungsstelle in Basel

Edith Steiner,
Frau von Walter Steiner, Prokuristin in einer Privatbank

Urs Braun,
Psychologe in der Ehe- und Familienberatungsstelle in Basel

Kito Nkunda,
Kongolesischer Flüchtling

Anita Mohler,
Vermieterin, bei der Kito Nkunda wohnt

Joseph Kimbangu,
Kongolesischer Flüchtling

1.

Trotz der Dämmerung sah Kito Nkunda die beiden Polizisten, die ihm entgegenkamen, schon von weitem. Es befanden sich zwar noch etliche andere Passanten auf der Straße. Kito war aber sicher, dass die Polizisten ihn, und nur ihn allein, anhalten und nach seinen Ausweispapieren fragen würden.

Das wäre heute bereits das dritte Mal, dachte er. Gefühle der Hilflosigkeit und Wut stiegen in ihm auf. Warum immer er? Nur weil er eine dunkle Haut hatte! Warum machte ihn das in den Augen der Polizei denn verdächtig? Er hatte doch nie irgendjemandem etwas getan und hielt sich genauestens an alle Regeln, nur um sich nichts zuschulden kommen zu lassen. Und doch misstrauten ihm die Ordnungshüter.

Die beiden Polizisten verlangsamten ihre Schritte, als sie sich Kito Nkunda näherten, und bauten sich drohend vor ihm auf.

„Deine Papiere!", herrschte der eine der beiden Polizisten ihn an.

Mit zitternden Fingern zog Kito Nkunda seinen Ausländerausweis aus der Tasche und reichte ihn dem Beamten. Der musterte ihn misstrauisch, drehte ihn hin und her, als ob er sich von seiner Echtheit überzeugen wollte, und reichte ihn seinem Kollegen, der die Daten in ein System in seinem Handy eingab.

„Was machst du hier? Wohin gehst du?", waren die nächsten Fragen.

Kito Nkunda war so eingeschüchtert, dass er kaum ein Wort herausbrachte.

„Ich war in der Sprachschule und gehe jetzt nach Hause", stammelte er schließlich.

„Aus welchem Land bist du?"

„Aus dem Kongo."

„Bald haben wir ganz Afrika hier!", stöhnte der Beamte und schaute, Zustimmung heischend, seinen Kollegen an. Dieser nickte und musterte Kito Nkunda von Kopf bis Fuß. Der Polizist gab ihm seinen Ausweis zurück, und ohne einen weiteren Kommentar gingen die beiden Beamten weiter.

Kito Nkunda war froh, dass es diesmal schnell gegangen war, und atmete auf, als er sah, dass die Polizisten an der nächsten Ecke in eine andere Straße eingebogen waren. Er hatte andere Kontrollen erlebt, bei denen er intensiv befragt worden war, die Polizisten ihn abgetastet hatten und er ihnen den Inhalt seiner Taschen hatte zeigen müssen.

Es war inzwischen dunkel geworden, und es befanden sich im Moment keine anderen Passanten in der Nähe. Mit schnellen Schritten ging der Kongolese weiter. Er wollte so bald wie möglich zuhause sein und nicht noch einmal in eine Kontrolle geraten. Sicher würde Anita ihn schon erwarten. Vielleicht hatte sie sich sogar schon Sorgen um ihn gemacht. Sie war ja extrem fürsorglich, was von ihr zwar nett gemeint war, wodurch er sich aber mitunter geradezu bevormundet fühlte.

Als Kito Nkunda hinter sich ebenfalls schnelle Schritte vernahm und einen Blick zurückwarf, erstarrte er vor Entsetzen. Noch ehe er schreien oder sich zur Wehr setzen konnte, traf ihn die scharfe Klinge eines Dolches. Noch im Fallen wurden ihm zwei weitere Stiche zugefügt.

2.

Jürgen Schneider, der Chef der Basler Mordkommission, und sein Partner Mario Rossi saßen beim Abendessen, als Jürgens Handy zu läuten begann.

„Nein! Nicht gerade heute, wo wir einen kinderlosen Abend haben!", stöhnte Mario.

„Lass' es läuten. Du bist nicht erreichbar."

„Du weißt, das kann ich nicht machen, Schatz. Hallo, hier Jürgen Schneider."

Jürgen hörte dem Anrufer schweigend zu, wobei sich seine Miene zusehends verdüsterte.

„Wo habt ihr die Leiche gefunden? Ein Afrikaner, sagst du? Wann kannst du mich abholen? In 10 Minuten?"

„Dann stärk' dich wenigstens noch am Dessert, ehe du dich in deine Ermittlungen stürzt", forderte Mario Jürgen auf und schob ihm die Schale mit Obstsalat zu. „Es wird sicher spät, bis du wieder zuhause bist. Dann muss ich mir wohl oder übel einen einsamen Sweet-Home-Abend machen."

„Antonio kommt ja erst übermorgen wieder zu uns", tröstete Jürgen ihn. „Dann genießen wir halt morgen Abend unsere Zweisamkeit."

„Falls es dann keine neue Leiche gibt", konterte Mario ironisch.

Mit einem Kuss verabschiedete Jürgen sich von Mario und stieg in den Polizeiwagen, der gerade, als er aus dem Haus getreten war, vorgefahren war.

Jürgen Schneider, Anfang 40, 1.95 groß, mit einem durchtrainierten Body, um den seine Kollegen ihn beneideten, lebte seit etlichen Jahren mit Mario Rossi, Mitte 30, dem Inhaber einer exklusiven Basler Herrenboutique, in einer eingetragenen Partnerschaft zusammen.

Vor zehn Jahren hatten die beiden sich auf Jürgens Wunsch dazu entschlossen, zusammen mit Sandra Frey und Anita Leupi, einem Lesbenpaar, eine Regenbogenfamilie zu gründen. Jürgen hatte zwar aus seiner früheren Ehe eine Tochter, die aber inzwischen schon erwachsen war. Ihm war es wichtig gewesen, ein Kind in seiner Partnerschaft mit Mario zu haben. Vor neun Jahren war der Sohn Antonio geboren, dessen leibliche Eltern Anita und Jürgen waren. Antonio lebte wechselweise jeweils eine Woche bei den Müttern und eine Woche bei den Vätern.

Einige Jahre vor Antonios Geburt hatten Jürgen und Mario ein Reiheneinfamilienhaus im Neubadquartier von Basel gekauft. Ihre Freundinnen und Freunde hatten sich zum Teil darüber lustig gemacht, dass Jürgen und Mario in einem so spießigen „Pässe"-Quartier wohnten. Tatsächlich waren die Straßen in diesem Stadtteil nach Schweizer Pässen benannt, z. B. Furka-, Gotthard-, Nufenen- und Oberalppass.

„Es fehlt nur noch, dass ihr ins ‚Vögel-Quartier' zieht", hatte eine ihrer Freundinnen spöttisch gemeint. Auf Marios erstaunte Frage, was denn das sei, hatte Jürgen ihm erklärt, dass es in einem Teil vom Bruderholz, einer bevorzugten, teuren Wohngegend Basels, eine Reihe von Straßen gab, die nach Vögeln benannt waren, zum Beispiel Amel-, Drossel- und Lerchenstraße.

Inzwischen wohnten die beiden Männer seit etlichen Jahren hier und fühlten sich in ihrem Fünf-Zimmer-Haus sehr wohl. Von ihren Nachbarn waren sie zunächst etwas argwöhnisch beobachtet worden, und diese hatten sich hinter vorgehaltener Hand zugeflüstert: „Stellt euch vor: Das Haus soll von einem Männerpaar gekauft worden sein!" Einige Anwohner hatten sogar die Befürchtung geäußert, wenn jetzt „solche" Leute ins Quartier zögen, müsse man ja „mit allem rechnen."

Jürgen und Mario hatten dies gespürt und hatten ganz brav Antrittsbesuche bei den Nachbarn rechts und links und gegenüber gemacht und, sobald sie eingerichtet waren, die Bewohner der umliegenden Einfamilienhäuser zu einer Einzugsparty eingeladen. Spätestens nach dieser Einladung war das Eis geschmolzen, und nun hieß es von ihnen: „Ach, diese reizenden Männer! Was für ein Glück, dass wir solche netten Nachbarn bekommen haben!"

Einige ihrer schwulen Freunde hatten sich lustig über Jürgen und Mario gemacht und sich kritisch darüber geäußert, dass die beiden nun ganz „heterolike" lebten. Und die beiden mussten sich auch die Frage gefallen lassen, ob es denn das Ziel schwuler Emanzipation sein könne,

„wie ein Hetero-Ehepaar in einem Einfamilienhäuschen mit Garten zu leben" und „mit dem Kinderwagen auf der Straße zu flanieren." Jürgen und Mario waren aber zufrieden mit ihrer Lebensweise und waren mehr oder weniger immun gegenüber solchen kritischen Anfragen.

„Nach außen mag es zwar so aussehen, als ob wir eine Heteroehe imitierten. Aber tatsächlich unterscheidet sich unsere Partnerschaft ja doch wesentlich von vielen Ehen Heterosexueller", war das Gegenargument von Jürgen gewesen, und er hatte darauf hingewiesen, dass sie eine egalitäre Rollenverteilung hatten und nicht die hierarchische männerdominierte Struktur, wie sie in vielen traditionellen Heteroehen nach wie vor besteht.

„Wir wollen uns nicht an irgendwelche heterosexuellen Normen anpassen", hatte Mario einem Freund geantwortet, der kritisch gefragt hatte, ob das Ziel der beiden nicht letztlich doch sei, sich so wenig wie möglich von den „Heten" zu unterscheiden. „Sei mal ehrlich, Mario", hatte der Freund gemeint, „nennst du das noch ein schwules Leben?"

Derartige Fragen wurden noch einmal intensiv im Freundeskreis diskutiert, als bekannt wurde, dass Jürgen und Mario sich mit dem Gedanken trügen, eine Regenbogenfamilie zu gründen.

Als in ihrer Straße bekannt geworden war, dass Jürgen und Mario Väter geworden waren, kam dies einer kleinen Sensation gleich. Von Regenbogenfamilien gehört und gelesen hatten schon einige der Nachbarn. Für die meisten war das aber ein Thema, mit dem sie sich nie intensiver beschäftigt hatten, geschweige denn, dass sie eine reale Regenbogenfamilie je getroffen hätten.

Als Antonio geboren war und die stolzen Väter mit ihm im Kinderwagen durch die Straße promenierten, sprach sich die Geburt des Kindes wie ein Lauffeuer herum. Alle wollten Antonio sehen und einige Frauen waren geradezu zu Tränen gerührt, als sie erfuhren, dass die beiden Männer mit einem Frauenpaar zusammen ein Kind hatten.

„Eigentlich leisten wir einen wesentlichen Beitrag zum Abbau von Vorurteilen gegenüber Regenbogenfamilien", hatte Jürgen eines Tages zu Mario gesagt. „Es ist immer das Gleiche: Die Leute sind skeptisch, wenn sie von einer Sache erfahren, die nicht aus ihrem unmittelbaren

Umfeld stammt. Sobald sie damit aber näher in Kontakt kommen, sieht alles schon anders aus. Das ist ja auch mit uns als Männerpaar so gewesen. Zuerst: ‚Oh je, jetzt ziehen auch noch zwei Schwule hierher' und heute ‚Ach, diese reizenden Väter'!"

Inzwischen war Antonio neun Jahre alt und besuchte die dritte Primarschulklasse.

3.

Als Jürgen an der Klybeckstraße beim Kasernenareal in Kleinbasel ankam, hatten die Kollegen von der Spurensicherung den Tatort bereits weiträumig abgesperrt.

Jürgen kannte das Kasernenareal gut. Hier war jeweils einmal in der Woche am Dienstagabend ab 18 Uhr die ZischBar, eine seit 1984 bestehende queere Bar, zu der Mario und Jürgen ab und zu, wenn es ihre Zeit zuließ, gingen. Im Sommer konnte man auf der Terrasse und auf der großen Wiese im Hof des Kasernenareals sitzen, während die ZischBar sich im Winter im Raum der KaBar befand.

Auch sonst war die Kaserne Basel ein Ort, an den Jürgen und Mario öfter gingen. Ursprünglich war die Kaserne, wie ihr Name sagt, von der Mitte des 19. Jahrhunderts bis 1966 ein von der Schweizer Armee genutzter militärischer Ausbildungsort. 1980 hatte dann der Kulturbetrieb in der Kaserne begonnen. Heute bildete die Kaserne mit ihren beiden Rossställen und der großen Reithalle ein wichtiges Kulturzentrum für Basels freie Theater-, Tanz- und Performanceszene sowie für Konzerte im Bereich der Populärmusik. Immer wieder hatten Jürgen und Mario hier interessante Produktionen besucht.

Als Jürgen sich der Kaserne näherte, sah er seinen Mitarbeiter, Bernhard Mall, einen leicht übergewichtigen Mann Ende 30, der kurz vor ihm eingetroffen war. Bernhard ließ sich vom Gerichtsarzt Dr. Ralph Elmer, der die Leiche untersuchte, über die Art der Verletzungen und den vermutlichen Todeszeitpunkt informieren.

„Das Opfer ist ein Afrikaner", berichtete Bernhard Jürgen. „Ralph meint, der Mord sei ungefähr vor einer halben Stunde verübt worden. Todesursache sind mehrere tiefe Messerstiche. Genaueres aber, wie üblich, nach der Obduktion. Wir haben bei dem Toten einen Ausländerausweis der Kategorie N gefunden, also noch nicht entschiedenes Asylgesuch", fügte Bernhard erklärend hinzu.

„Geht aus dem Ausweis hervor, woher der Mann kommt?", fragte Jürgen.

„Ja. Der Mann heißt Kito Nkunda und stammt aus der

Demokratischen Republik Kongo. Wie ich gerade von der Zentrale erfahren habe, hat er einen Asylantrag in der Schweiz gestellt. Ob der angenommen wird, ist noch nicht entschieden. Der Kollege in der Zentrale hat mir gesagt, dass Kito Nkunda bei einer Frau Anita Mohler in der Sperrstraße gewohnt hat."

„Dann gehen wir jetzt am besten zu ihr und sprechen mit ihr", schlug Jürgen vor. „Die Sperrstraße liegt ja ganz in der Nähe. Vielleicht war der Afrikaner auf dem Weg zu seiner Wohnung, als er getötet worden ist."

Wenig später läuteten die beiden Kriminalbeamten bei Frau Mohler. Sie wohnte in der Sperrstraße in einem mehrstöckigen Haus, vermutlich aus den 40er Jahren. Als Jürgen und Bernhard ins Haus traten, schlug ihnen der Geruch von einem Gemisch aus Putzmitteln und gekochtem Kohl entgegen. Auf ihrem Weg in den 3. Stock, in dem Frau Mohler wohnte, kamen sie an den anderen Wohnungen vorbei, vor deren Türen die Schuhe der Bewohner und diverses Kinderspielzeug lagen. Alles in allem machte das Haus einen eher ungepflegten, ärmlichen Eindruck.

Frau Mohler stand in der Wohnungstür und schaute die beiden Beamten fragend an. Sie war eine etwas pummelige Frau Mitte 50, zu der das hauteng, betont jugendlich wirkende schwarz-rot gemusterte Kleid, das sie trug, nicht recht passte.

Jürgen stellte sich und Bernhard als Kriminalkommissare vor und bat Frau Mohler, eintreten zu dürfen, weil sie etwas mit ihr besprechen müssten.

„Ist denn etwas passiert?", war ihre ängstliche Frage, als sie den beiden Männern einen Platz am Wohnzimmertisch zuwies. „Doch wohl nicht mit Kito!"

Jürgen nickte und berichtete ihr, dass sie die Leiche eines Afrikaners gefunden hätten, der offenbar bei ihr gewohnt habe.

Frau Mohler starrte Jürgen fassungslos an.

„Das kann doch nicht sein!", rief sie entsetzt. „Das muss ein Irrtum sein. Kito wird jeden Moment hier sein. Er war bei der ECAP in der Clarastraße in der Sprachschule im Deutschunterricht und kommt immer um diese Zeit heim."

Jürgen zog den Ausweis, den sie beim Opfer gefunden hatten, hervor und zeigte ihn Frau Mohler. Als sie das Bild des Afrikaners sah, brach sie in Tränen aus.

„Ja. Das ist er", stammelte sie und ein erneuter Weinkrampf schüttelte sie. „Tot? Was ist denn passiert? Hatte er einen Unfall?"

Jürgen berichtete Frau Mohler mit schonenden Worten, was geschehen war.

Als Frau Mohler das Wort „Mord" hörte, brach sie völlig zusammen.

„Könnten Sie uns sagen, in welchem Verhältnis Sie zu Herrn Nkunda standen?", fragte Jürgen behutsam.

Frau Mohler hatte sich langsam wieder gefangen. Jürgens Frage schien sie ziemlich zu verunsichern.

„In welchem Verhältnis? Ja, wie soll ich sagen? Er war mein Untermieter."

Jürgen registrierte die Irritation, die seine Frage offenbar bei Frau Mohler ausgelöst hatte, ließ es aber im Moment dabei bewenden.

„Sie sagen, Herr Nkunda sei üblicherweise um diese Zeit von der Sprachschule heimgekommen?"

Frau Mohler nickte.

„Hatte er irgendwelche Feinde? Oder hatte er Konflikte mit irgendjemandem?"

Frau Mohler zuckte mit den Schultern.

„Ganz sicher hatte Kito keine Feinde. Er war der liebste Mensch von der Welt!"

Wieder rannen ihr die Tränen über das Gesicht.

„Er hat so viel Grauenhaftes in seinem Heimatland erlebt und muss nun so ein Ende nehmen! Schrecklich!", stieß sie verzweifelt hervor. „Warum tut ihm jemand das an?"

„Das fragen wir uns auch", meinte Jürgen. „Wir wollen Sie jetzt nicht länger belästigen, Frau Mohler. Kommen Sie alleine zurecht oder sollen wir eine Psychologin zu Ihnen schicken, mit der Sie noch ausführlicher sprechen können?"

„Danke, es geht schon", beruhigte Frau Mohler Jürgen. „Ich koche mir einen Beruhigungstee und nehme nachher ein Schlafmittel. Dann komme ich schon zurecht."

„Könnten Sie dann bitte morgen Vormittag zu mir ins Kommissariat kommen, damit wir uns noch einmal ausführlicher unterhalten können? Sagen wir um 10 Uhr?"

Frau Mohler nickte.

„Und dann müssten Sie Herrn Nkunda bitte auch noch identifizieren. Sie sind ja offenbar die Person, die ihm am nächsten gestanden hat."

Frau Mohler starrte Jürgen fassungslos an.

„Ich soll ihn anschauen, nachdem er eines gewaltsamen Todes gestorben ist? Das kann ich nicht! Das würde ich nicht ertragen."

„Sie müssen das nicht alleine machen. Mein Kollege oder ich werden Sie begleiten", beruhigte Jürgen sie.

Frau Mohler starrte stumm vor sich hin. Schließlich nickte sie und willigte ein, den Toten zu identifizieren.

Als Jürgen gegen 23 Uhr nach Hause kam, lag Mario schon in tiefem Schlaf. Leise kroch Jürgen ins Bett und gab ihm einen Kuss.

„Schön, dass du wieder da bist", murmelte Mario. „Schlaf gut, Caro."

4.

Am nächsten Morgen erwachte Jürgen kurz vor halb sieben, wenige Minuten bevor sein Wecker läuten würde. Er stellte den Wecker ab, um Mario, der noch tief und fest schlief, nicht zu wecken, duschte, zog sich an und begann das Frühstück vorzubereiten. Dann würde er Mario wecken, der erst gegen halb neun in seiner Boutique sein müsste.

Als er den Kaffee gekocht, die Brötchen aufgebacken und Butter, Marmelade und Honig auf den Tisch gestellt hatte, ging Jürgen in den ersten Stock ins Schlafzimmer hinauf, zog die Jalousien hoch und gab Mario einen Kuss.

„Guten Morgen, Schatz! Das Frühstück wartet auf dich."

Mario räkelte sich im Bett und zog Jürgen zu sich hinunter.

„Ich bin wirklich zu bedauern! Gestern Abend lässt mein Mann mich im Stich, weil er es vorzieht, den Abend mit einer Leiche zu verbringen. Und heute Morgen schleicht er sich ohne Kuss aus dem Bett. Das ist doch kein Eheleben! Oder?"

„Du hast Recht. Du bist wirklich ein Armer", stimmte Jürgen ihm grinsend zu. „Und wer bedauert mich? Als ich gestern Abend zu meinem Mann ins Bett geschlüpft bin, hat er tief geschlafen und nur noch ‚schlaf gut' gemurmelt. Kein heißer Sex! Nennst du das ein Eheleben?"

„Also sind wir beide arme Tröpfe, Caro! Heißt das, wir sollten uns schnellstens nach heißen Typen umschauen, die uns das geben, was wir in der Ehe nicht finden?"

„Du bist und bleibst ein freches Kerlchen, Schatz! Wir sind halt beide gestresste Männer. Aber heute Abend sind wir noch einmal alleine und können unser Eheleben in vollen Zügen genießen. Nun aber raus aus den Federn!"

Mit einem Ruck zog Jürgen die Bettdecke weg und gab Mario einen innigen Kuss. Mario presste sich an Jürgen und versuchte ihn zu sich ins Bett zu ziehen. Jürgen entzog sich ihm aber geschickt und eilte hinunter in die Küche, wo er den Frühstückstisch gedeckt hatte.

Eine Viertelstunde später erschien Mario.

„Danke, dass du mich so liebevoll versorgst", meinte er, als er sich an den Tisch setzte und Jürgen ihm Kaffee einschenkte. „Wie ging es gestern Abend mit den Ermittlungen? Wisst ihr schon, wer das Opfer ist und wer als Täter in Frage kommt?"

„Das Opfer ist ein Kongolese, der auf seinem Weg vom Deutschunterricht nach Hause erstochen worden ist. Bernhard und ich haben noch kurz mit der Frau gesprochen, bei der er zur Untermiete gewohnt hat. Ihr ist sein Tod sehr nahegegangen. Deshalb wollten wir sie nicht allzu lange belästigen. Sie wird heute Vormittag zu mir ins Kommissariat kommen, damit wir uns noch einmal ausführlicher mit ihr unterhalten können. Ich vermute, der Kongolese war nicht nur ihr Untermieter, sondern sie hatten auch eine intime Beziehung miteinander."

„Ich habe kürzlich in der Zeitung einen Bericht gelesen, in dem es hieß, es sei gar nicht so selten, dass Schweizer Frauen eine sexuelle Beziehung zu Flüchtlingen haben", ergänzte Mario Jürgens Bericht.

„Wogegen ja auch nichts einzuwenden ist – oder?", fragte Jürgen kritisch.

„Eigentlich nicht. In dem Artikel hieß es aber, mitunter seien diese Frauen ‚Sugar Mummys' – ähnlich wie die ‚Sugar Daddys' von jungen schwulen Männern -, von denen die Flüchtlinge dann schließlich materiell und auch emotional abhängig wären. Daraus können sehr problematische Beziehungen entstehen."

„Ich habe noch nie von solchen ‚Sugar Mummy'-Beziehungen gehört, Mario. Interessant. Aber ich weiß nicht, ob es zwischen dem Kongolesen und seiner Vermieterin eine Beziehung dieser Art war. Wir werden sehen. Und wie wird dein Tag heute verlaufen?"

„Wir haben im Moment viel Arbeit. Die neue Herbstkollektion ist gekommen."

„Jetzt schon?", unterbrach Jürgen ihn, „wo wir noch mitten im Sommer sind."

„Ja klar. Claudio kommt heute auch und hilft mir, die Sachen zu sichten und mit Preisen auszuzeichnen, damit wir rechtzeitig auf den Herbstverkauf vorbereitet sind. Ich werde das Geschäft um 18 Uhr schließen und kaufe dann für das Abendessen ein. Ich mache eine echte italienische Lasagne, wie meine Großmutter sie immer gemacht hat. Nicht so eine maschinell fabrizierte, wie wir sie im Supermarkt kaufen. Die Nudeln koche ich gleich noch, bevor ich ins Geschäft gehe."

„Da lohnt es sich ja, früh nach Hause zu kommen, wenn mein Mann mich so verwöhnen will!"

„Und dazu gibt es den passenden Wein: Chianti. Meinem lieben Mann soll es an nichts fehlen nach dem anstrengenden Arbeitstag, den er heute haben wird."

Um halb acht verabschiedete Jürgen sich von Mario und machte sich auf den Weg ins Kommissariat.

Bernhard war dabei, den Bericht über den Leichenfund und das Gespräch mit Anita Mohler zu schreiben. Jürgen musste noch einige Berichte von früheren Ermittlungen korrigieren und schaute dann im System nach, was über Kito Nkunda bekannt war.

Viel Neues erfuhr Jürgen allerdings nicht. Kito Nkunda war vor sieben Montane in die Schweiz gekommen und hatte einen Asylantrag gestellt, weil er in der Demokratischen Republik Kongo wegen seiner Mitgliedschaft in einer regierungskritischen Studentengruppe und wegen der Publikation regimekritischer Artikel mehrfach verhaftet und auch gefoltert worden sei. Über sein Asylgesuch war indes noch nicht entschieden worden. Er hatte deshalb einen Ausländerausweis mit dem Status N und wurde finanziell von der Sozialhilfe Basel-Stadt unterhalten.

Zuerst hatte Kito Nkunda im Erstaufnahmezentrum beim Dreispitz gewohnt und war dann in die Asylunterkunft Brombacherstraße in Klein-Basel umgezogen. Vor vier Monaten hatte er offenbar Frau Anita Mohler kennengelernt und hatte beantragt, bei ihr wohnen zu dürfen. Dieses Gesuch war nach Rücksprache mit Frau Mohler bewilligt worden. Aus den Informationen, die Jürgen im System fand, ging natürlich nicht hervor, welcher Art die Beziehung zwischen den beiden gewesen war. Jürgen nahm sich vor, im Gespräch mit Frau Mohler zu versuchen, etwas mehr Klarheit darüber zu gewinnen, da dies für die Aufklärung des Mordes unter Umständen wichtig sein würde.

Kurz vor zehn Uhr informierte die Sekretärin, die an der Anmeldung des Kommissariats arbeitete, Jürgen, dass Frau Mohler gekommen sei. Frau Mohler trug im Gegensatz zum gestrigen Abend, wo sie in ihrem engen schwarz-rot gemusterten Kleid eher jugendlich gekleidet gewesen war, heute eine graue Hose und einen schwarzen Pullover und wirkte um Jahre älter.

Sie lächelte Jürgen zwar freundlich an, als er sie an der Rezeption begrüßte. Er sah jedoch, dass sie blass war und ihre Augen vom Weinen gerötet waren. Der Tod ihres Mitbewohners war ihr also doch sehr nahegegangen.

„Ich hoffe, Sie verübeln es mir nicht, wenn ich Sie etwas sehr Persönliches frage", begann Jürgen das Gespräch, nachdem Frau Mohler Platz genommen hatte. „Aber bei unseren Ermittlungen ist es sehr wichtig, dass wir uns ein möglichst genaues Bild vom Opfer und seinem Umfeld machen. Ich sehe, Ihnen geht der Tod von Herrn Nkunda sehr nahe. Deshalb möchte ich Sie fragen, ob Sie eine Beziehung mit ihm hatten."

Frau Mohler zögerte, ehe sie antwortete.

„Wie meinen Sie das: Ob ich eine Beziehung mit Kito gehabt habe?"

„Ich meine, ob er nicht nur Ihr Untermieter war, sondern Sie auch eine Liebesbeziehung mit ihm hatten?"

Frau Mohler errötete und Tränen traten in ihre Augen.

„Bleibt das unter uns, was ich Ihnen hier sage, Herr Kommissar?", flüsterte sie mit tränenerstickter Stimme.

„Das ist völlig klar, Frau Mohler. Außerdem ist doch nichts dabei, wenn Sie mit Herrn Nkunda eine intime Beziehung hatten. Sie sind doch beide erwachsene Menschen und können tun und lassen, was Sie wollen."

Frau Mohler nickte.

„Ja, Kito und ich waren ein Liebespaar."

Sie stockte, Jürgen nickte ihr aufmunternd zu. Frau Mohler schwieg aber.

„Wie haben Sie Herrn Nkunda kennengelernt?", drängte Jürgen behutsam.

„Das war ganz zufällig. Vor vier Monaten haben wir uns in einem kleinen Café an der Clarastraße kennengelernt. Kito trank dort nach seinem Sprachkurs bei der ECAP einen Tee und ich wollte mich nach den Einkäufen, die ich bei Lidl gemacht hatte, in dem Café bei Tee und Kuchen kurz ausruhen. Wir sind miteinander ins Gespräch gekommen. Kito war so ein liebenswerter Mann!"

Wieder traten Tränen in Frau Mohlers Augen.

„Ich habe ihn vom ersten Augenblick an ins Herz geschlossen", meinte sie leise und lächelte unter Tränen.

„Ich habe Kito eingeladen, mich am nächsten Tag zu besuchen. Und dann sind wir uns auch nähergekommen", fügte sie verschämt hinzu.

„Wissen Sie, mit wem Herr Nkunda sonst noch Kontakt hatte? Gab es Landsleute, die er in Basel kannte?"

„Im Erstaufnahmezentrum, wo Kito zunächst gewohnt hat, gab es, glaube ich, noch einen anderen Kongolesen, den er dort kennengelernt hat. Seinen Namen kenne ich aber nicht. Kito hat mir erzählt, dass der andere dort irgendwelche Probleme mit anderen Bewohnern hatte. Ich weiß aber nicht, worum es dabei ging."

Jürgen notierte sich diese Informationen. Bernhard müsste unbedingt mit der Leitung der Asylunterkunft Kontakt aufnehmen und den Namen dieses anderen Kongolesen in Erfahrung bringen, damit sie mit ihm sprechen könnten.

Mit den Worten „Sie haben gesagt, Herr Nkunda habe einen Sprachkurs bei der ECAP gemacht", wendete Jürgen sich wieder Frau Mohler zu.

„Ja. Die ECAP bietet Sprach- und Integrationskurse an, die von Basel-Stadt finanziert werden. Er hatte den ersten Kurs abgeschlossen und konnte sich schon ganz gut verständigen. In seinem Heimatland hat Kito Suaheli und Französisch gesprochen. Sie müssten mal bei E-CAP nachfragen, ob er dort Bekannte hatte. Ich glaube allerdings nicht, dass er dort mit irgendjemandem private Kontakte hatte. Seitdem Kito bei mir gewohnt hat, waren wir eigentlich immer zusammen", fügte sie mit einem gewissen Stolz hinzu.

„Hatte Herr Nkunda Ihres Wissens Feinde?", setzte Jürgen die Befragung von Frau Mohler fort.

„Nein. Das glaube ich nicht. Wenn das so gewesen wäre, hätte er mir das sicher erzählt. Höchstens die Leute, die ihn im Kongo verfolgt haben", fügte sie nach kurzem Nachdenken hinzu. „Vor denen ist er ja aus dem Kongo geflohen. Aber von denen war, soweit ich weiß, niemand in Basel. Kito hätte das sicher erzählt."

Frau Mohler stockte und schaute nachdenklich vor sich hin. Offenbar beschäftigte sie ein Gedanke.

„Ich merke, Ihnen ist noch etwas eingefallen", meinte Jürgen.

„Ja. Kito hat mir einige Male erzählt, dass er immer wieder von der Polizei kontrolliert wird. Manchmal sogar mehrmals pro Tag. Und das nur, weil er eine dunkle Hautfarbe hat! Ob die hinter dem Mord an ihm stecken?"

„Das halte ich für ausgeschlossen", beruhigte Jürgen Frau Mohler. „Ich weiß zwar, dass dunkelhäutige und in sonst irgendeiner Weise fremd aussehende Menschen wesentlich häufiger von der Polizei kontrolliert werden als andere Passanten. Das ist eine schreckliche Sache, und ich kann mir vorstellen, dass es geradezu traumatisierend auf die Personen wirkt, die diesen Kontrollen ausgesetzt sind. Aber es sind trotz aller Vorurteile, die sich darin äußern, doch Polizisten, und sie würden – zumindest bei uns in der Schweiz", fügte Jürgen einschränkend hinzu, „nie jemanden umbringen. Ich weiß, das sieht in den USA zum Teil anders aus", beschwichtigte er Frau Mohler, die Widerspruch einlegen wollte. „Dort wird ja tatsächlich von Polizisten auf Afroamerikaner häufiger als auf andere Passanten geschossen."

„Sie sollten dem aber doch nachgehen, Herr Kommissar, ob Polizisten hinter dem Mord an Kito stecken", beharrte Frau Mohler.

„Das ist klar. Wir gehen allen Möglichkeiten nach" beruhigte Jürgen sie.

Da das weitere Gespräch keine neuen Tatsachen zu Tage förderte, begleitete Jürgen Frau Mohler nach einer knappen Stunde zum Ausgang und verabschiedete sich von ihr. Vorher hatte er ihr noch ans Herz gelegt, ihn zu benachrichtigen, falls ihr irgendetwas einfalle, das sie bisher zu erwähnen vergessen habe.

Kurz vor der Mittagspause erhielt Jürgen einen Anruf seines Freundes Walter Steiner, der ihn fragte, ob er mit ihm und seinem Mitarbeiter Urs Braun zusammen im Café Bohemia zu Mittag essen wolle.

Jürgen und Mario waren seit vielen Jahren mit Walter Steiner, dem

Leiter der Basler Ehe- und Familienberatungsstelle, und seiner Frau Edith, die Prokuristin in einer Basler Privatbank war, befreundet. Mehrmals hatte Walter, den seine Frau mitunter spöttisch als „Hobbydetektiv" bezeichnete, Jürgen bei der Aufklärung von Verbrechen geholfen. Auch wenn Walter sich mitunter in etwas abstruse Spekulationen verstieg, waren seine Analysen der psychologischen Zusammenhänge und seine Überlegungen zu möglichen Täterprofilen für Jürgen recht hilfreich. Gerne stimmte er deshalb auch heute dem Vorschlag eines gemeinsamen Mittagessens zu.

Außerdem freute Jürgen sich, auch Urs Braun wiederzusehen. Urs arbeitete als Psychologe in der von Walter geleiteten Beratungsstelle und lebte seit einigen Jahren mit seinem Partner Manuel zusammen. Auch Urs hatte Jürgen schon bei der Aufklärung von Morden geholfen, zum Beispiel als im vergangenen Jahr die Partnerin seiner Tante umgebracht worden war.

„Dann bin ich um kurz nach zwölf im Café Bohemia an der Dornacherstraße", stimmte Jürgen Walters Vorschlag zu. „Ich freue mich, dich und Urs wiederzusehen. Außerdem schwärme ich ja, wie du weißt, für das Essen im Bohemia."

„Ich rufe im Bohemia an und reserviere für uns drei", meinte Walter. „Bis dann. Ciao, Jürgen."

Als Jürgen um kurz nach zwölf im Café Bohemia ankam, begrüßte Jasmin, die Wirtin, ihn herzlich. Sie hatte bei dem warmen Wetter, das an diesem Sommertag in Basel herrschte, für Walter, Urs und ihn einen Tisch auf der Terrasse vor dem Café reserviert.

„Ist der in Ordnung für euch, Jürgen?"

„Ja, der ist genau richtig für uns, Jasmin. Und was habt ihr heute auf der Speisekarte?"

Im Café Bohemia gab es täglich ein frisch zubereitetes Hauptgericht aus verschiedenen Nationen, ein oder zwei Suppen, Salat und selbst gebackenen Kuchen.

„Heute haben wir als Hauptgericht Thymian Risotto mit grünen Bohnen und eine Karotten-Ingwer-Suppe."

„Das klingt toll. Ich warte mit der Bestellung aber noch, bis Walter und Urs da sind. Bring' mir doch schon einmal eine Flasche Mineralwasser."

Wenig später trafen Walter Steiner und Urs Braun ein. Walter, der Leiter der Basler Ehe- und Familienberatungsstelle, war ein mittelgroßer, schlanker Mann Mitte 50 mit vollem schwarzem Haar. Urs, der in der Beratungsstelle als Psychologe arbeitete, war ein junger, gutaussehender Mann Ende 20. Er lebte seit einigen Jahren mit seinem Partner Manuel zusammen.

Die beiden begrüßten Jürgen herzlich. In der Öffentlichkeit schüttelte Walter Jürgen jedoch lediglich die Hand, während er ihm im privaten Rahmen die in Basel üblichen drei Küsse, rechts, links, rechts, gab. Walters Frau Edith hatte dieses Verhalten ihres Mannes zwar mehrfach als „verklemmt" kritisiert. Jürgen hatte Walter in solchen Diskussionen aber stets verteidigt und darauf hingewiesen, dass er Walters Zurückhaltung, ihn als Mann in der Öffentlichkeit zu küssen, gut verstehe. Immerhin sei Walter ja straight und wolle nicht, dass jemand ihn für schwul halte.

Urs und Jürgen hingegen begrüßten sich mit drei Küssen.

Jürgen und Urs bestellten das Hauptgericht Thymian-Risotto mit grünen Bohnen, während Walter sich für die Karotten-Ingwer-Suppe und einen grünen Salat mit Mozzarella und Tomaten entschied.

„Und was macht deine Arbeit?", erkundigte sich Walter bei Jürgen, als Jasmin ihnen die Getränke gebracht hatte. „Neue Morde in Basel?"

„Du wirst es nicht glauben, Walter. Aber gestern Abend ist tatsächlich ein Mann in der Nähe der Kaserne umgebracht worden. Es ist ein Kongolese."

„Und ist schon bekannt, wer der Täter ist?", meinte Urs.

„Nein. Wir tappen noch völlig im Dunkeln über das Motiv dieses Mordes und in Bezug auf den Täter. Ich habe gerade vorhin ein längeres Gespräch mit der Frau gehabt, bei der der Mann gewohnt hat."

„War das eine von diesen Sugar Mummys?", unterbrach Walter ihn. „Ich habe kürzlich einen Artikel darüber gelesen, dass immer wieder Frauen im mittleren bis höheren Alter sexuelle Beziehungen zu Asylsuchenden eingehen und sie bei sich aufnehmen."

„Wogegen doch nichts einzuwenden ist", meinte Urs, und Jürgen nickte zustimmend. „Davon profitieren letztlich doch beide: die Frauen haben einen Lover und die Asylsuchenden sind nicht mehr total allein und können auch Sexualität leben."

„Das habe ich vorhin auch Mario gesagt", stimmte Jürgen Urs zu. „Er hat offenbar den gleichen Artikel wie du gelesen, Walter."

„Das wäre tatsächlich völlig in Ordnung", rechtfertigte sich Walter. „Mitunter führen solche Beziehungen aber zu großen Abhängigkeiten der Ausländer. Die Frauen halten sie finanziell aus – deshalb ja Sugar Mummys genannt – und machen die Männer mehr und mehr von sich abhängig. Und wenn diese sich dann eventuell trennen oder auch nur etwas mehr Distanz wollen, drohen die Frauen, ihnen Probleme zu machen, zum Beispiel sie bei der Fremdenpolizei anzuschwärzen oder von ihnen all das Geld zurückzufordern, das sie für sie ausgegeben haben."

„Wow! Das ist allerdings eine böse Geschichte", entfuhr es Jürgen. „Dann haben solche Sugar Mummys ihre Lover ja total im Griff!"

„Wie du das schilderst, Walter, kann ich mir vorstellen, dass es für die Männer in jedem Fall sehr schwierig ist, sich aus solchen Beziehungen wieder zu befreien", meinte Urs. „Sie werden sich im Lauf der Zeit ja sicher an einen Lebensstil gewöhnen, den sie sich selbst in ihrer Situation als Asylsuchende gar nicht leisten können. Ich habe kürzlich gelesen, dass die noch nicht anerkannten Flüchtlinge nur knapp Zweidrittel der ordentlichen, existenzsichernden Sozialhilfe bekommen! Das heißt, sie verfügen nur über äußerst knappe finanzielle Mittel."

„Genau das ist das Problem", pflichtete Walter Urs bei. „Es ist nicht nur der äußere Druck, den diese Frauen ausüben können, wenn die Lover sich ihnen entziehen wollen. Es ist auch die Gewöhnung an einen Lebensstil, den diese Männer sich selbst nicht leisten können und den sie schließlich nicht mehr aufgeben wollen."

„Das heißt: Sie sitzen also wie in einem goldenen Käfig", überlegte Jürgen.

„Wobei er so golden meistens auch nicht ist", gab Walter zu bedenken. „Es sind ja meist nicht extrem wohlhabende Sugar Mummys, sondern Frauen, die einfach etwas mehr besitzen als die Flüchtlinge, was zu der asymmetrischen Beziehung zwischen ihnen und den Männern führt. Meinst du, dass es bei der Beziehung deines Opfers zu der Frau, bei der er gelebt hat, um eine solche Dynamik ging, Jürgen?"

„Das könnte durchaus sein. Aber ich denke, die Frau hat nichts mit dem Tod des Kongolesen zu tun. Sie hat ihn offenbar sehr geliebt und ist jetzt durch seinen Tod zutiefst erschüttert."

„Mir tun diese Männer eigentlich leid", fügte Urs hinzu. „Sie sind hier bei uns in der Schweiz fremd und werden im Allgemeinen ja auch nicht gerade mit offenen Armen aufgenommen. Dann wendet sich eine Frau ihnen zu und die Welt scheint für sie zumindest einigermaßen in Ordnung zu sein – und das Ganze bezahlen sie mit Abhängigkeit. Außerdem müssen sich viele Flüchtlinge ja auch noch mit dem Problem des Racial Profiling auseinandersetzen und zwar gerade die Afrikaner."

„Kannst du mir mal genauer erklären, was Racial Profiling ist?", fragte Walter. „Ich habe den Begriff schon einige Male gehört, kann mir aber nichts Genaues darunter vorstellen."

Als auch Jürgen, Walter bestätigend, nickte, erklärte Urs: „Ich bin zwar nicht gerade ein Experte in Sachen Racial Profiling. Aber ich habe in letzter Zeit in verschiedenen Netzwerken, die sich mit der Begleitung von Ausländern beschäftigen, immer wieder von Racial Profiling gelesen. Damit ist gemeint, dass Menschen aufgrund äußerer Merkmale, zum Beispiel aufgrund ihrer Hautfarbe, von der Polizei, aber auch von Einwanderungs- und Zollbeamten als verdächtig eingestuft werden und aufgrund dieser Stereotype in verstärktem Masse Kontrollen ausgesetzt sind."

„Das heißt: Racial Profiling ist eine Form des Rassismus?", fragte Jürgen.

„Ja", bestätigte Urs. „Soweit ich weiß, gilt Racial Profiling als eine Form des struktureller Rassismus, das heißt eine im Allgemeinen nicht reflektierte, in die Strukturen unserer Gesellschaft eingebaute Art der Gewalt. Das Schlimme daran ist, dass die Personen, die Opfer des Racial Profiling sind, oft aufgrund ihrer bisherigen Lebenserfahrungen, zum Beispiel als Flüchtlinge, die Verfolgung in ihren Heimatländern erlebt haben, durch das Racial Profiling immer wieder aufs Neue traumatisiert werden."

„Die Frau, bei der der Kongolese gewohnt hat, hat so etwas erwähnt", überlegte Jürgen. „Ich denke, wir müssten dem noch weiter nachgehen."

„Wenn euch das Phänomen Racial Profiling interessiert, kann ich euch das Buch ‚Racial Profiling' empfehlen, das von Mohamed Wa Baile, einem von der ostafrikanischen Insel Mombasa stammenden Mann, der mehrfach in Zürich Opfer von Racial Profiling geworden ist, und von anderen Autorinnen und Autoren publiziert worden ist."

Jürgen notierte sich den Namen und den Titel des Buches.

„Ich habe vor einiger Zeit von einem Freund erfahren, dass in der vergangenen Woche in der Reitschule in Bern die Vernissage für dieses Buch stattfinden würde", fuhr Urs fort. „Ich bin mit meinem Partner Manuel dabei gewesen. Es war eine enorm informative Veranstaltung, die uns auch emotional stark bewegt hat. Die Autorinnen und Autoren der verschiedenen Beiträge dieses Buches haben von ihren eigenen Erfahrungen mit Racial Profiling berichtet. Unglaublich!"

„Und es ist tatsächlich so, dass die Polizisten bestimmte Personen, die ihnen durch ihr Aussehen auffallen, häufiger kontrollieren und in aggressiverer Weise behandeln als andere Personen?", meinte Walter. „Ich kann mir das kaum vorstellen."

„Leider kann ich mir das gut vorstellen", stimmte Jürgen Urs zu. „Wie oft bist denn beispielsweise du angehalten und kontrolliert worden, Walter? Vermutlich nie oder höchst selten. Oder?"

„Nein, ich bin noch nie kontrolliert und schon gar nicht untersucht worden."

„Aber praktisch jeder Afrikaner oder jede andere Person mit fremdländischem Aussehen hat x solche Situationen erlebt", entgegnete Urs. „Ich erinnere mich, dass zwei Studienkollegen, die aus Nigeria und Ghana stammten, auch mehrfach von der Polizei angehalten worden sind und ihre Ausweise vorweisen mussten. Mich dagegen hat noch nie eine Polizeistreife kontrolliert."

„Das mit dem Racial Profiling hat offenbar auch der ermordete Kongolese mehrfach erlebt", ergänzte Jürgen. „Die Frau, bei der er gelebt hat, hat mir berichtet, dass er ihr davon erzählt hat. Sie meint sogar, der Mord an ihm könnte von Polizisten verübt worden sein, was natürlich absurd ist."

„Wenn Racial Profiling tatsächlich ein so weit verbreitetes Phänomen ist, wie Urs es uns beschreibt, würde ich diese Hypothese doch nicht gleich verwerfen", gab Walter zu bedenken. „Ich würde diese Möglichkeit zumindest nicht ganz ausschließen", ergänzte er, als Jürgen vehement den Kopf schüttelte.

„Das mache ich auch nicht", verteidigte Jürgen sich. „Nur ist die Wahrscheinlichkeit, dass bei uns in der Schweiz das Racial Profiling so extreme Formen annimmt, dass es zu einem Mord kommt, meines Erachtens doch sehr gering. Das hoffe ich jedenfalls!", ergänzte er nachdenklich.

„Damit hast du wahrscheinlich schon Recht", stimmte Walter ihm zu. „Ich würde an deiner Stelle aber auch der Möglichkeit, dass der Mord mit Racial Profiling zusammenhängen könnte, noch weiter nachgehen, selbst wenn das relativ unwahrscheinlich ist."

„Danke auf jeden Fall euch beiden für eure Anregungen", meinte Jürgen.

Das Gespräch der drei wendete sich nun Walters Familie und Manuel, dem Partner von Urs, zu, der demnächst in einem Konzert in Basel die Solopartie im Cellokonzert von Edward Elgar spielen würde.

„Manuel übt fast Tag und Nacht und ist ziemlich aufgeregt", berichtete Urs. „Es ist für ihn ja eine einmalige Chance, vor einem großen Publikum dieses wunderbare Werk zu spielen. Kommt ihr auch zu dem Konzert? Manuel kann euch Tickets dafür besorgen."

Walter und Jürgen erkundigten sich nach dem Datum des Konzerts.

„Ich bin an dem Abend frei und werde auf jeden Fall kommen", meinte Walter. „Ich bespreche es mit Edith, ob sie auch kommen kann. Und du, Jürgen, kommst du auch?"

Jürgen nickte. „Soweit ich weiß, haben wir an dem Abend noch nichts vor. Ich muss es aber noch mit Mario besprechen, und wir müssen schauen, ob Antonio dann bei uns ist. Wenn ja, müssen wir einen Babysitter organisieren. Ich gebe dir Bescheid, Urs. Es ist lieb, dass Manuel uns die Tickets besorgen kann."

Um kurz vor zwei machte sich Jürgen auf den Weg zurück ins Kommissariat. Walter und Urs hatten eine Sitzung mit Vertreterinnen und Vertretern vom Transgender Network Switzerland in der Ehe- und Familienberatungsstelle. Seit einigen Jahren leitete Urs zusammen mit einem Transkollegen eine Gruppe mit Transjugendlichen. Von Zeit zu Zeit fanden Sitzungen mit dem Transgender Network Switzerland statt, um rechtliche Fragen, weitere Anmeldungen sowie die Aktivitäten der Selbsthilfe- und der Elterngruppe zu besprechen.

5.

Als Jürgen in sein Büro kam, fand er auf seinem Schreibtisch Bernhards Bericht über den Leichenfund und über das erste Gespräch mit Frau Mohler vor. Beim Durchlesen fiel ihm ein, dass er unbedingt den Chef der Gerichtsmedizin, Professor Martin Hofer, anrufen und nach den Ergebnissen der Obduktion fragen müsste.

Jürgen und Martin Hofer kannten sich seit etlichen Jahren. Zu Beginn seiner Tätigkeit bei der Polizei hatte ein Bekannter Jürgen erzählt, dass es in Basel eine Schwulengruppe der Polizei, die Pink Cop, gebe. Jürgen hatte sich überlegt, sich dieser Gruppe vielleicht anzuschließen, war aber in dieser Zeit mit seinem Coming-out im beruflichen Bereich noch sehr zurückhaltend. Er hatte sich deshalb zunächst an Martin Hofer gewendet, der in dieser Zeit der Vorsitzende von Network, der Gruppe der schwulen Führungskräfte, gewesen war und hatte ihn gefragt, ob Pink Cop eine seriöse Gruppe sei.

Martin Hofer hatte schallend gelacht und gemeint: „In welchem Jahrhundert lebst du denn, mein Lieber? Du machst dir Sorge um deine Karriere, wenn deine Kollegen bei der Polizei erführen, dass du schwul bist? Wer es wissen will, weiß das längst. Gerade kürzlich hat einer deiner Mitarbeiter – wohlgemerkt: ein Heteromann! – mir erzählt, dass du eigentlich nie über dein Privatleben sprichst. Dabei wüssten die Kolleginnen und Kollegen doch, dass du einen Mann hast. Er wusste sogar, dass es Mario ist und dass er eine Herrenboutique führt. Es gibt also keinen Grund, dich zu verstecken. Und außerdem sind die Pink Cop, wie auch wir Networker, eine seriöse Gruppe!", hatte Martin Hofer mit Nachdruck hinzugefügt.

Jürgen hatte sich ein bisschen geschämt, dass er an der Seriosität der Pink Cop gezweifelt hatte, und war einige Male zu ihren Treffen gegangen. Letztlich hatte er sich aber weder den Pink Cop noch Network angeschlossen. Dies allerdings nicht aus Angst, sich damit als schwul zu outen, sondern weil er nicht seine gesamte Freizeit verplanen wollte, dies erst recht, seitdem sein Sohn Antonio auf der Welt war.

Martin Hofer traf Jürgen aber immer wieder bei privaten Anlässen und natürlich im Rahmen ihrer Zusammenarbeit bei der Aufklärung von Mordfällen.

Kaum hatte Jürgen die Nummer von Martin Hofer gewählt, als dieser sich auch schon in der für ihn typischen zackigen Art meldete: „Professor Hofer, Gerichtsmedizinisches Institut."

„Und hier Jürgen Schneider, Mordkommission", antwortete Jürgen und imitierte die zackige Art, in der Martin Hofer sprach.

„Ach, du bist es, mein Lieber", sagte Martin Hofer, nun wesentlich freundlicher und weicher sprechend. „Wie geht es der werten Familie? Ehemann und Sohn wohlauf?"

„Danke für die Nachfrage, mein Lieber. Ja, Mario geht es gut und Antonio wächst und gedeiht."

„Ich muss dir sagen, Jürgen, ich bewundere Mario und dich wirklich, dass ihr es noch auf euch genommen habt, ein Kind zu bekommen."

„He, he!", lachte Jürgen, „was heißt hier denn ‚noch'? Ich weiß, ich bin nicht mehr der Jüngste, aber ich gehöre immer noch nicht zum alten Eisen. Und ein Kind hält einen jung. Vielleicht solltest du dir das auch noch mal überlegen."

„Gott bewahre mich, Jürgen! Erstens habe ich keinen festen Mann – den ich auch gar nicht vermisse, weil ich finde, dass es mehr als einen Mann für mich gibt, der mir gefällt. Und außerdem bin ich, ehrlich gesagt, nicht so geeignet als Papa. Das überlasse ich Männern wie euch. Aber du rufst mich jetzt sicher nicht an, um mit mir ein Gespräch über die Vor- und Nachteile einer Regenbogenfamilie zu sprechen. Oder?"

„Nein, du hast Recht. Das ist nicht der eigentliche Grund für meinen Anruf. Ich wollte mich erkundigen, ob du mir schon etwas über unser Opfer sagen kannst."

„Leider kann ich gar nicht viel Neues über das Opfer sagen", begann Martin. „Der Afrikaner ist mit drei Messerstichen getötet worden, wobei der erste Stich bereits tödlich war. Die Waffe war vermutlich ein spitzes Messer mit langer Klinge. Hinweise auf einen Kampf und DNA-Spuren haben wir nicht gefunden. Offenbar ist das Opfer überrascht worden und hat keine Gegenwehr geleistet."

„Du hast Recht, Martin. Das sind leider keine Informationen, die uns viel weiterhelfen. Wir werden jetzt versuchen, einen anderen Kongolesen, der eine Zeit lang mit dem Opfer zusammen im Erstaufnahmezentrum beim Dreispitz gewohnt hat, zu finden. Vielleicht kann er uns weitere Informationen liefern."

„Viel Erfolg bei deinen weiteren Ermittlungen, Jürgen. Und grüß' deinen lieben Mann herzlich von mir. Ich werde ihn demnächst mal besuchen, weil ich rechtzeitig meine Herbstgarderobe erneuern muss. Die Konkurrenz ist groß, und gerade in meinem Alter muss man einiges tun, um attraktiv zu bleiben. Das hast du ja nicht mehr nötig. Du bist ja in festen Händen."

„Und deshalb kann ich mich gehen lassen, meinst du? Mitnichten, mein Lieber! Ich muss zwar nicht nach neuen Lovern Ausschau halten, weil ich tatsächlich in festen Händen, und zwar sehr lieben festen Händen bin. Aber das heißt noch lange nicht, dass es nicht darauf ankommt, wie ich aussehe. Es ist mir zwar nicht so wichtig, immer die modischsten Sachen zu tragen. Aber Mario schaut schon darauf, dass ich nicht in uralten Klamotten herumlaufe. Er wird sich auf jeden Fall freuen, wenn du dich wieder einmal bei ihm sehen lässt."

„Dann sag' ihm bitte einen lieben Gruß. Ciao, Jürgen."

„Ciao, Martin."

Jürgen war etwas enttäuscht darüber, dass die Obduktion des Afrikaners keine Hinweise geliefert hatte, die ihm bei den weiteren Ermittlungen hilfreich sein könnten. Vielleicht könnte er aber von dem anderen Kongolesen, den Frau Mohler erwähnt hatte, wichtige Informationen über Herrn Nkunda erhalten.

Jürgen suchte deshalb die Telefonnummer des Basler Erstaufnahmezentrums heraus und rief dort an. Erst nach längerem Läuten meldete sich eine Männerstimme: „Kurmann, Erstaufnahmezentrum."

Jürgen stellte sich vor und teilte dem Mitarbeiter des Erstaufnahmezentrums mit, dass Herr Kito Nkunda am gestrigen Abend ermordet worden sei.

„Das ist ja grauenvoll!", unterbrach Herr Kurmann Jürgen. „Kito Nkunda war solch ein freundlicher Mann! Wer macht denn so etwas?"

„Genau deshalb rufe ich Sie an", fuhr Jürgen fort. „Hatte Herr

Nkunda Feinde?"

„Er hat ja nur eine kurze Zeit bei uns gewohnt und ist dann in die Asylunterkunft in der Brombacherstraße umgezogen. Während er bei uns war, hatte er keinerlei Probleme. Er hat ziemlich zurückgezogen gelebt und war ruhig und freundlich mit allen. Feinde hatte er meines Wissens nicht."

„Eine Bekannte von Herrn Nkunda hat uns berichtet, dass es in Ihrem Zentrum noch einen anderen Kongolesen gegeben hat, zu dem Herr Nkunda näheren Kontakt hatte. Können Sie mir seinen Namen nennen?"

„Das ist Joseph Kimbangu."

„Wohnt er noch bei Ihnen."

„Ja. Er wohnt nach wie vor hier im Erstaufnahmezentrum."

„Ist er im Moment zufällig im Haus? Dann würde ich ihn gerne sprechen."

„Ich glaube, er ist hier. Ich schaue mal schnell. Augenblick bitte."

Bereits nach kurzer Zeit meldete sich Herr Kurmann wieder und berichtete Jürgen, er habe Herrn Kimbangu gefunden. Er stehe jetzt neben ihm.

„Dann würde ich ihn gerne kurz sprechen", meinte Jürgen, „und mit ihm einen Termin für ein Gespräch bei uns vereinbaren."

Als sich Herr Kimbangu meldete, teilte ihm Jürgen so schonungsvoll wie möglich mit, dass sein Landsmann Kito Nkunda am gestrigen Abend tot aufgefunden worden sei. Dass er Opfer eines Tötungsdelikts geworden war, verschwieg Jürgen vorerst.

Da Herr Kimbangu nicht reagierte, fragte Jürgen, ob er noch am Telefon sei.

Nun meldete sich Herr Kurmann wieder und teilte Jürgen mit, Herr Kimbangu zittere am ganzen Körper und sei nicht in der Lage zu antworten.

„Könnten Sie ihn dann bitte fragen, ob er morgen Vormittag um neun Uhr zu mir ins Kommissariat kommen würde, damit ich mich ausführlicher mit ihm über Herrn Nkunda unterhalten kann. Ich hoffe sehr, dass er uns wichtige neue Informationen über Herrn Nkunda liefern kann."

„Herr Kimbangu wird dazu kaum in der Lage sein", gab Herr Kurmann zu bedenken. „Der Tod seines Landsmannes ist offensichtlich ein enormer Schlag für ihn. Er zittert am ganzen Körper. Ich werde versuchen, seine Begleiterin vom Schweizer Roten Kreuz zu erreichen, und sie bitten, ihn zu Ihnen zu begleiten."

„Das ist eine gute Idee", stimmte Jürgen zu.

Jürgen erinnerte sich, dass Mario ihm kürzlich von dem Einsatz freiwilliger Mitarbeitenden berichtet hatte, die im Auftrag des Schweizer Roten Kreuzes Flüchtlinge im Alltag begleiten und unterstützen. Mario hatte sogar überlegt, er würde Kontakt mit der Leiterin dieses Dienstes aufnehmen, um sein Interesse an einer solchen Tätigkeit als freiwilliger Mitarbeiter in der Begleitung von Flüchtlingen zu bekunden.

Jürgen hörte, wie Herr Kurmann mit Herrn Kimbangu sprach.

Kurze Zeit später meldete sich der Mitarbeiter des Erstaufnahmezentrums wieder: „Herr Kimbangu ist bereit, mit Ihnen zu sprechen. Ich organisiere, dass er von der freiwilligen Helferin begleitet wird. Ohne Begleitung würde er es nicht schaffen, zu Ihnen zu kommen. Er hat nach massiven Misshandlungen im Kongo enorme Angst vor allen staatlichen Institutionen und muss dabei immer von der für ihn zuständigen Frau vom Schweizer Roten Kreuz begleitet werden. Ich gebe Ihnen in der nächsten halben Stunde Bescheid, ob es mit der Begleitung morgen Vormittag klappt."

Jürgen bedankte sich bei Herrn Kurmann für dessen Hilfe.

Schon nach einer Viertelstunde rief Herr Kurmann an und teilte Jürgen mit, Herr Kimbangu werde am nächsten Vormittag um neun Uhr zusammen mit Frau Vogt zu ihm ins Kommissariat kommen.

Als Jürgen an diesem Abend gegen halb sieben die Haustüre aufschloss, duftete es verführerisch nach der von Mario schon angemeldeten Lasagne. Erst jetzt merkte Jürgen, wie hungrig er war. Umso mehr freute er sich auf das Essen.

Mario kam aus der Küche, begrüßte Jürgen mit einem innigen Kuss und meinte: „Schön, dass du pünktlich kommst, Caro. Die Lasagne, original nach dem Rezept meiner Großmutter, ist in zehn

Minuten fertig. Ich bringe dir gleich einen Apérol Spritz und zum Essen serviere ich uns einen Chianti. Es soll ja ein echt italienischer Abend werden - mit allem, was dazu gehört", fügte er augenzwinkernd hinzu.

„Du bist ein richtiges Schlitzohr", antwortete Jürgen, der erst jetzt wahrnahm, dass Mario die Schürze trug, die sie vor einigen Jahren auf einem Markt vor dem Mailänder Dom gekauft hatten. Auf der Schürze war die Vorderseite eines nackten männlichen Körpers mit Sixpack und einem stattlichen Gemächt gedruckt.

Jürgen grinste: „Soll das ein Wink mit dem Zaunpfahl sein? Das ist ja ein unmissverständliches Signal, das mir mein Schatz da gibt, dass heute Sex angesagt ist!"

„Ja, damit du nicht vergisst, was wir geplant haben. Man weiß ja nie, ob meinem viel beschäftigten Mann am Abend nicht plötzlich in den Kopf kommt, er müsse sich noch mit seinem Mordfall beschäftigen. Jetzt ist Freizeit. Und du solltest nicht vergessen, dass du einen Ehemann hast, der auch zu seinem Recht kommen muss. Außerdem tut es auch dir gut, mal abzuschalten – und was ist da geeigneter als eine heiße Session mit deinem Ehemann?!"

Jürgen nahm Mario in den Arm und küsste ihn.

„Das weiß ich, Schatz. Ich garantiere dir: Heute wird uns nichts und niemand stören. Bernhard hat Hintergrunddienst, und ich stelle jetzt sofort mein Handy ab."

Mario befreite sich aus Jürgens Armen.

„Nun musst du mich aber gehen lassen, sonst brennt die Lasagne noch an. Der Abend soll ja nicht mit einem Fiasko beginnen. Du kennst doch den Spruch, dass jemand nichts anbrennen lässt. Das mache ich auch nicht, weder im Ofen noch wenn es um die Chance geht, mit meinem lieben Mann Sex zu haben!"

Mario verschwand in der Küche und kam kurze Zeit später mit zwei Apérol Spritz zurück. Die beiden stießen miteinander an und Jürgen machte es sich auf dem Sofa bequem, wo er die Zeit bis zum Essen dafür nutzte, langsam herunterzufahren und die Gedanken an die Arbeit hinter sich zu lassen.

Es verging nicht viel Zeit, bis Mario die Schale mit der Lasagne hereintrug und auf den Tisch stellte, den er vor Jürgens Heimkehr schon gedeckt hatte. Mario zündete die pinkfarbenen Kerzen an und legte neben die Teller Servietten in den Regenbogenfarben. Jürgen hatte inzwischen den Chianti aus der Küche geholt und schenkte ihnen beiden ein.

„Das ist ja eine richtig festliche Atmosphäre", meinte er bewundernd, als er sah, wie liebevoll Mario den Tisch gedeckt hatte. „Du bist eben doch ein perfekter Verführer, wie eh und je! Solange du diese Kunst bei deinem Ehemann anwendest, bin ich total zufrieden."

„Das ist auch mein Ziel, Caro. An wen sonst sollte ich denn meine Gaben verschwenden? Allerdings musst du dich meiner Künste schon würdig erweisen", fügte Mario mit schelmischem Grinsen hinzu und erhob drohend seinen Zeigefinger.

„Du musst mir nicht drohen, mein Schatz. Du weißt doch, dass ich deinen Reizen nicht widerstehen kann, wobei ich das auch gar nicht will! Danke für den lieben Empfang und das tolle Essen!"

Die beiden stießen mit dem Chianti an und wandten sich dem Genuss der Lasagne zu. Jürgen war immer wieder begeistert von Marios Kochkünsten, vor allem wenn er Gerichte wie die Lasagne zubereitete, die er aus seiner italienischen Heimat kannte.

Nach dem Essen räumte Jürgen das Geschirr ab, tat es in die Geschirrspülmaschine und räumte die Küche auf. Als Mario und er zusammengezogen waren, hatten sie beschlossen, die Aufgaben im Haus nach Möglichkeit zu gleichen Teilen zu übernehmen. Da Mario sehr gerne kochte und mitunter früher zu Hause war als Jürgen, bereitete er oft das Abendessen vor. In diesem Fall übernahm Jürgen, wie heute, das Aufräumen nach dem Essen.

Seit etlichen Jahren hatten sie auch Antonio mit in die Arbeiten im Haus einbezogen. Wenn er bei ihnen war, war es seine Aufgabe, beim Decken des Tisches und nach dem Essen beim Abräumen des Geschirrs zu helfen.

„Es heißt ja immer wieder, Lesben- und Schwulenpaare hätten in ihren Beziehungen eine egalitäre Rollenverteilung und die bei solchen

Paaren aufwachsenden Kinder würden zum Teil selbständiger sein als Kinder, die in traditionellen Heterofamilien aufwachsen", hatte Jürgen erklärt. „Deshalb ist es gut, wenn wir das auch so praktizieren. Und es hat den Vorteil, dass Antonio beizeiten selbständig wird."

Inzwischen war es für die beiden Väter und auch für Antonio selbstverständlich geworden, sich die Aufgaben im Haus zu teilen.

Als Jürgen ins Wohnzimmer zurückkam, hatte Mario es sich im Sofa bequem gemacht.

„Komm', setz dich zu mir, Caro, und lass uns unseren Wein hier austrinken."

Jürgen setzte sich zu Mario und legte seinen Kopf in Marios Schoss. Dies war eine Position, die sie beide sehr gern hatten. Jürgen konnte sich auf diese Weise perfekt entspannen. Und Mario liebte es, Jürgen zu liebkosen, wenn er so in seinem Schoss lag.

Jürgen schloss die Augen und genoss Marios ihn sanft streichelnden Hände. Sie saßen so schweigend beieinander.

„Vielleicht können wir noch kurz über unsere Sommerferien sprechen, ehe wir uns ins Bett begeben", meinte Mario nach einiger Zeit und gab Jürgen einen Kuss.

„Du hast Recht, Schatz, wir müssen unbedingt in den nächsten Tagen mit Anita und Sandra die definitiven Daten vereinbaren, an denen Antonio während seiner Sommerferien bei ihnen und bei uns ist. Unser Plan ist ja, dass Antonio in den ersten drei Wochen bei uns ist und wir mit ihm je nach Wetter Ausflüge in die Umgebung von Basel machen und in den Zoo oder ins Kino gehen."

„Bleibt es dabei, dass du in der dritten Juliwoche frei nimmst und etwas mit Antonio unternimmst, Caro?"

Jürgen nickte. „Das habe ich bei meiner Arbeitsstelle so in unseren Ferienplan eingetragen. Und so werde ich das auch machen, egal was im Kommissariat los ist."

„Ich schließe meine Boutique wie in allen Jahren in den ersten beiden Juliwochen. In der Zeit läuft sowieso nicht viel. Und ich freue mich, dann endlich mal mehr Zeit mit Antonio verbringen zu können. Außerdem wird er ein Wochenende bei Edith und Walter sein. Er hat das mit denen ja kürzlich besprochen. Wir müssen Edith nur noch fragen, welches Wochenende das sein wird."

„Dann rufe ich Edith morgen an und bespreche das mit ihr", stimmte Jürgen zu.

„So gerne ich mit Antonio auch zusammen bin, bin ich doch froh, dann ein Wochenende mal wieder einige Zeit mit dir allein zu verbringen, Caro", schloss Mario, beugte sich zu Jürgen hinunter und gab ihm einen tiefen Kuss.

„Dann haben wir die ersten drei Ferienwochen ja geplant", meinte Jürgen zufrieden. „Die letzten drei Wochen wird Antonio dann bei Anita und Sandra sein. In dieser Zeit werden meine Eltern ihn gerne auch für einige Tage zu sich nehmen. Das haben sie mit Anita und Sandra schon besprochen. Soweit ich weiß, wollen Anita und Sandra dann noch einige Tage mit Antonio in die Berge nach Graubünden fahren. Ich telefoniere morgen mit Anita, damit wir sicher sind, dass alle Daten so stimmen."

„Das ist in Ordnung", stimmte Mario Jürgen zu. „Und jetzt begeben wir uns mal in das Schlafgemach – aber nicht zum Schlafen! Das kommt später. Erst wollen wir unsere Zweisamkeit aus vollen Zügen genießen!"

Jürgen erhob sich und eng umschlungen stiegen sie die Treppe zum ersten Stock hinauf, in dem ihr Schlafzimmer lag.

Es ist kaum zu glauben, dachte Jürgen, als sie hinaufgingen, dass auch jetzt noch nach mehr als zehnjähriger Beziehung Marios Gegenwart und seine Berührungen nach wie vor heftiges Begehren in Jürgen auslösten. Von etlichen anderen Paaren, egal ob hetero, schwul oder lesbisch, wusste er, dass mitunter schon nach wenigen Jahren die sexuelle Attraktion stark nachgelassen hatte.

Dass auch Marios Begehren durch seine Berührungen sofort entfacht wurde, hatte Jürgen eben bereits erfahren, als er auf Marios Schoss gelegen hatte. Schon nach kurzer Zeit hatte er gespürt, dass sich in Marios Schritt etwas zu regen begonnen hatte, was sich nach wenigen Minuten zu einer Härte entwickelt hatte, die keinen Zweifel mehr an Marios sexueller Lust gelassen hatte.

Im Schlafzimmer sanken die beiden einander in die Arme. Sie

liebten es, auf dem Bett liegend, einander zu küssen, zu betasten und sich dann gegenseitig die Kleider auszuziehen. Voller Wonne spürten sie die nackte Haut des anderen auf ihrer Haut und überließen sich der Lust, die sie in Wellen überflutete.

Erschöpft und zufrieden schliefen sie eng aneinander gekuschelt nach dem Orgasmus ein, erwachten jedoch bald wieder und genossen das von neuem in ihnen aufsteigende Begehren. Erst nach Mitternacht schliefen sie endgültig ein. Mario lag ruhig atmend in Jürgens Armen, während Jürgen noch einige Zeit in den Gedanken an die erfüllende sexuelle Begegnung der vergangenen Stunden schwelgte.

6.

Müde, aber glücklich machte sich Jürgen am nächsten Morgen auf den Weg zu seiner Arbeitsstelle. Da es schon ziemlich spät war, nahm er heute die Straßenbahn der Linie 8 und fuhr bis zur Markthalle, von wo aus er nur wenige Minuten bis zum Kommissariat laufen musste.

Jürgen liebte die 1929 errichtete Markthalle mit ihrer Achteckkuppel in der Nähe des Bahnhofs in Basel. Sie hatte ein wechselvolles Schicksal hinter sich: Zunächst war sie bis 2004 für den Marktbetrieb genutzt worden. Nachdem die Halle mehrere Jahre leer gestanden hatte, wurden dort dann verschiedene Geschäfte, unter anderem hochpreisige Modegeschäfte, eröffnet. Als Jürgen einige Male mit Mario dort gewesen war, war er überzeugt, dass dieser Nutzungsversuch scheitern würde, was auch tatsächlich der Fall war. 2014 war die Halle neu eröffnet worden mit Marktständen und Gastronomiebetrieben mit Speisen aus verschiedenen Ländern.

Jürgen und Mario schätzten die große Auswahl an Gerichten, die in der Markthalle angeboten wurden, und gingen deshalb gerne ab und zu mittags oder auch abends dorthin. Neben thailändischen, afghanischen, argentinischen, vietnamesischen, persischen und karibischen Verkaufsständen gab es Stände mit arabischen, indischen und traditionellen französischen und Schweizer Gerichten. Als Jürgen an diesem Morgen gegenüber der Markthalle aus der Straßenbahn ausstieg, nahm er sich vor, an einem der nächsten Wochenenden, wenn Antonio bei ihnen wäre, zusammen mit den beiden zum Essen in die Markthalle zu gehen.

Pünktlich um 9 Uhr meldete die Sekretärin, die an der Anmeldung des Kommissariats arbeitete, Jürgen, Frau Vogt und Herr Kimbangu seien gekommen. Jürgen holte die beiden von der Rezeption ab und bat sie in seinem Zimmer, ihm gegenüber Platz zu nehmen.

Frau Vogt war eine schlanke, sportlich gekleidete Frau, die Jürgen auf Mitte 30 schätzte. Sie erklärte Jürgen, dass sie als freiwillige Mitarbeiterin beim Schweizer Roten Kreuz arbeite und Herrn Kimbangu seit einiger Zeit begleite. Er leide unter vielfältigen Ängsten, fügte sie hinzu, und traue sich kaum unter die Leute. Deshalb sei sie heute mit ihm zusammen zu diesem Gespräch gekommen.

Herr Kimbangu hatte Jürgen bei der Begrüßung nur flüchtig angeschaut und ihm fast widerwillig die Hand gegeben. Auch jetzt, als er ihm gegenüber saß, wich er Jürgens Blick aus und starrte düster vor sich hin. Er war ein hagerer, ausgemergelt wirkender Mann mit angespannten Gesichtszügen. Es war ihm deutlich anzumerken, dass er am liebsten sofort wieder gegangen wäre. Jürgen schätzte das Alter des Kongolesen auf Mitte 50, erfuhr aber später bei einem Blick in seinen Ausländerausweis, dass er erst 43 Jahre alt war.

Jürgen bedankte sich bei ihm, dass er gekommen sei. Er habe ihm ja gestern schon am Telefon mitgeteilt, dass sein Landsmann Kito Nkunda tot aufgefunden worden sei. Es sei deshalb für die Polizei sehr wichtig, mit den Menschen zu sprechen, die Herrn Nkunda gekannt hätten.

Herr Kimbangu zuckte zusammen und schaute kurz auf, als Jürgen das Wort „Polizei" aussprach. Ihm war anzumerken, dass die Erwähnung der Polizei seine Angst nochmals verstärkte. Jürgen versuchte ihn zu beruhigen, indem er darauf hinwies, dass er Herrn Kimbangu lediglich einiges über Herrn Nkunda fragen wolle, weil es keine anderen Personen gebe, die ihn näher gekannt hätten. Die Beziehung von Herrn Nkunda zu Frau Mohler erwähnte Jürgen vorerst nicht, da er nicht wusste, ob Herr Kimbangu darüber informiert war.

„Das Gespräch hier hat nichts mit dir zu tun, Joseph", beruhigte Frau Vogt Herrn Kimbangu. „Herr Schneider will sich nur ein bisschen genauer über deinen Freund informieren. Du hast ihn doch gut gekannt, nicht wahr?"

Herr Kimbangu nickte.

„Sie haben mit ihm zusammen im Erstaufnahmezentrum beim Dreispitz gewohnt?", ergriff Jürgen nun wieder das Wort.

„Ja", antwortete Herr Kimbangu leise, ohne aufzuschauen.

„Wissen Sie, ob Herr Nkunda Feinde hatte? Gab es Konflikte mit jemandem im Erstaufnahmezentrum?"

Herr Kimbangu zuckte mit den Schultern.

„Sie verstehen, was ich meine?", fragte Jürgen, weil ihm unklar war, ob Herr Kimbangu sprachliche Probleme hatte.

„Herr Kimbangu spricht sehr gut Deutsch", erklärte Frau Vogt. „Es ist wichtig, dass du Herrn Schneider offen sagst, ob Kito Nkunda Probleme mit jemandem im Wohnheim hatte."

„Ich weiß von keinen Problemen", murmelte Herr Kimbangu. „Woran ist er denn gestorben?", fragte er plötzlich und schaute Jürgen nun zum ersten Mal direkt an.

Jürgen überlegte, dass es keinen Sinn hatte und das Vertrauen von Herrn Kimbangu total erschüttern würde, wenn er jetzt irgendwelche Ausflüchte suchte. Er antwortete deshalb: „Herr Nkunda ist das Opfer eines Tötungsdelikts geworden. Darum versuchen wir, über ihn so viele Informationen wie möglich zu bekommen, damit wir den Täter finden können."

Herr Kimbangu zuckte zusammen und Jürgen sah, dass Tränen in seine Augen traten.

Frau Vogt legte tröstend ihre Hand auf Herrn Kimbangus Arm.

„Ich weiß, das ist eine schockierende Nachricht für Sie", fuhr Jürgen fort. „Aber Sie sind einer der wenigen Menschen, die Herrn Nkunda näher gekannt haben. Deshalb bin ich Ihnen sehr dankbar, dass Sie zu diesem Gespräch gekommen sind. Hatte Herr Nkunda zu anderen Bewohnern des Zentrums nähere Kontakte?"

Herr Kimbangu schüttelte den Kopf.

„Er hatte mit niemandem außer mir Kontakt. Wir stammen ja beide aus dem Kongo und sprechen beide Suaheli. Das hat uns miteinander verbunden."

Jürgen war beeindruckt davon, wie differenziert Herr Kimbangu sich ausdrückte. Er hatte erwartet, dass es in der sprachlichen Verständigung etliche Probleme geben würde. Doch konnte davon absolut keine Rede sein, wie Jürgen jetzt bemerkte.

„Nachdem Kito in das Heim in der Brombacherstraße umgezogen war, hatten wir nur noch selten Kontakt", fuhr Herr Kimbangu fort.

„Warum ist er nach dort gezogen?", fragte Jürgen.

Herr Kimbangu suchte nach Worten, und Jürgen spürte, dass der Grund für sein Zögern kein sprachliches Problem war, sondern dass er mit seiner Frage offenbar ein heikles Thema berührt hatte. Er nickte

Herrn Kimbangu deshalb aufmunternd zu.

„Ich glaube, Kito hatte Angst vor einem Bewohner aus Afghanistan. Der hat ihn einmal beschimpft, er sei ..." Herr Kimbangu stockte und schwieg.

„Er sei was?", fragte Jürgen.

„Er sei – er sei – eine Schwuchtel", stieß Herr Kimbangu schließlich hervor.

„War Herr Nkunda denn homosexuell?", fragte Jürgen erstaunt.

„Er lebte, soweit ich weiß, die letzten Monate mit einer Frau zusammen", ergänzte er, weil er fand, er müsse jetzt aus dem kein weiteres Geheimnis machen.

„Das weiß ich", entgegnete Herr Kimbangu. „Deshalb war Kito auch so wütend. Er ist nicht homosexuell. Weil Kito und ich oft zusammen waren, hat der afghanische Flüchtling gemeint, wir wären schwul – was ich ja auch bin", fügte er leise hinzu.

Jürgen nickte. „Das ist ja auch in Ordnung", meinte er, um zu signalisieren, dass für ihn Homosexualität kein Problem sei. „Das wird ja wahrscheinlich der Grund für Ihr Asylgesuch in der Schweiz sein. Denn soweit ich weiß, werden Lesben und Schwule im Kongo verfolgt. Oder?"

Herr Kimbangu nickte und Tränen traten in seine Augen.

„Sie müssen wissen", schaltete sich nun Frau Vogt in die Diskussion ein, „dass es bei uns in der Schweiz außerordentlich schwierig ist, ein Asylgesuch wegen Homosexualität durchzubringen. Deshalb hat Herr Kimbangu so große Angst, dass sein Asylgesuch abgelehnt wird. Es ist unglaublich, dass die Schweiz gleichgeschlechtliche Orientierungen nicht so anerkennt wie andere Asylgründe und oft meint, in diesen Ländern sei Homosexualität kein Problem!"

„Ich weiß", antwortete Jürgen. „Das ist ein düsteres Kapitel in unserer Flüchtlingspolitik!"

Zu Herrn Kimbangu gewendet, fuhr er fort: „Haben Sie schon einmal mit jemandem von Queeramnesty Kontakt gehabt? Das ist eine Gruppe von amnesty international, die sich für lesbische, schwule und Transgender Flüchtlinge einsetzt. Ich denke, die könnten Sie in Ihrem Asylgesuch unterstützen."

Frau Vogt schaute Jürgen erstaunt an. Sie hatte nicht damit gerechnet, dass der Kommissar über die Probleme von homosexuellen Flüchtlingen und über Queeramnesty informiert war. Sie nickte und meinte: „Das habe ich Herrn Kimbangu auch schon geraten. Du hörst, was der Kommissar sagt, Joseph? Wir suchen nachher die Adresse von Queeramnesty heraus und machen einen Termin mit denen ab."

„Jetzt noch einmal zurück zu Herrn Nkunda", setzte Jürgen das Gespräch fort. „Meinen Sie, der Flüchtling aus Afghanistan hat einen solchen Hass auf Herrn Nkunda, dass er ihn umbringen würde?"

Herr Kimbangu schüttelte den Kopf. „Das glaube ich nicht."

„Fällt Ihnen sonst eine Person ein, die Herrn Nkunda nach dem Leben getrachtet haben könnte?"

Wieder schüttelte Herr Kimbangu den Kopf.

„Ich gebe Ihnen meine Karte mit meiner direkten Telefonnummer. Falls Ihnen noch irgendetwas einfallen sollte, rufen Sie mich bitte an. Auch wenn Ihnen, Frau Vogt, irgendein Gedanke kommt, der uns weiterhelfen kann, geben Sie mir bitte Nachricht."

„Gerne", meinte Frau Vogt. „Aber ich glaube kaum, dass ich Ihnen behilflich sein kann. Ich hatte ja mit Herrn Nkunda nicht direkt zu tun. Ich habe ihn lediglich ein- oder zweimal bei Herrn Kimbangu angetroffen und habe ein paar Worte mit ihm gewechselt."

Jürgen sah Herrn Kimbangu an, wie erleichtert er war, als Jürgen sich von ihm und von Frau Vogt verabschiedete. Ihm war bewusst, dass Flüchtlinge, die in ihren Heimatländern Verfolgungen und Folter ausgesetzt gewesen waren, große Angst auch vor den staatlichen Instanzen im Migrationsland hatten. Ein Zusammentreffen mit solchen Institutionen und Personen weckte natürlich sofort die Erinnerungen an die erlittenen Traumatisierungen.

Inhaltlich hatte das Gespräch mit Herrn Kimbangu keine Informationen gebracht, die Jürgen bei der Aufklärung des Mordes an Herrn Nkunda nützlich gewesen wären. Wir müssen weiter im persönlichen Umfeld des Opfers suchen, dachte er. Vielleicht wusste die Sugar Mummy doch mehr, als sie ihm bisher mitgeteilt hatte.

Eine andere Möglichkeit war, dass es ein aggressiver Akt eines Täters mit einem rassistischen Hintergrund war. In diesem Fall würde es jedoch extrem schwierig werden, den Täter zu finden.

Als Frau Vogt und Herr Kimbangu gegangen waren, rief Jürgen seinen Mitarbeiter Bernhard Mall an und bat ihn, zu ihm zu kommen.

„Du erinnerst dich sicher, Bernhard", begann Jürgen, „dass du vor einiger Zeit bei der Aufklärung der Morde an einer Frau und einem Mann aus Nigeria mit jemandem von Queeramnesty Kontakt aufgenommen hast. Er hat dir damals eine Reihe wichtiger Informationen über das Herkunftsland der Flüchtlinge geben können. Ich wäre froh, du würdest noch einmal mit diesem Mitarbeiter sprechen und ihn über die Situation in der Demokratischen Republik Kongo befragen. Vielleicht ergeben sich daraus neue Gesichtspunkte, die uns in der Aufklärung des Mordes an Herrn Nkunda weiterbringen."

Bernhard erinnerte sich nicht mehr an den Namen des ehrenamtlichen Mitarbeiters von Queeramnesty, hatte aber keine Mühe, die Akte der früheren Mordfälle zu finden und konnte dort nachschauen. Es war Ivo Mutz gewesen. In den Akten fand Bernhard auch seine Handynummer und rief bei ihm an.

Schon nach zweimaligem Läuten nahm Ivo Mutz das Gespräch an.

Als Bernhard sich meldete und Ivo Mutz daran erinnerte, dass sie sich doch bei früheren Ermittlungen einmal getroffen hätten, erinnerte sich der Mitarbeiter von Queeramnesty sofort. Bernhard erklärte ihm, dass sie wieder in einem Mord an einem Flüchtling, diesmal an einem Mann aus dem Kongo, ermittelten und dass er gerne mit Ivo über die Situation im Kongo sprechen wolle.

„Wenn ich mich richtig erinnere, haben wir uns damals im Unternehmen Mitte in der Gerbergasse getroffen?"

Bernhard bestätigte dies. „Wollen wir uns wieder dort treffen? Würde es dir heute Nachmittag gegen 15 Uhr passen?."

Ivo Mutz stimmte zu.

Als Bernhard am Nachmittag um kurz vor 15 Uhr beim Unternehmen Mitte ankam, sah er Ivo schon vor dem Gebäude in der Gerbergasse, im Zentrum von Basel, warten. Bernhard liebte dieses Kaffeehaus, das aus dem umgebauten ehemaligen Hauptsitz der Schweizerischen Volksbank hervorgegangen war. Der große Raum in der Mitte bot

Platz für eine große Zahl von Gästen. Einige lasen, andere plauderten miteinander, wieder andere saßen in Gruppen zusammen und diskutierten miteinander.

Bernhard begrüßte Ivo. Bei ihrem letzten Gespräch hatte Ivo ihm vorgeschlagen, sich zu duzen, was Bernhard gerne angenommen hatte.

Als die beiden das Unternehmen Mitte betraten, waren viele der Tische bereits besetzt. Sie fanden aber einen kleinen Tisch in einer ruhigen Ecke, wo sie ungestört miteinander sprechen konnten.

„Ihr habt also schon wieder einen Mord, der an einem Flüchtling begangen worden ist?", fragte Ivo, als sie sich an der Theke Tee und ein Stück Kuchen geholt hatten.

Bernhard nickte. „Diesmal geht es um einen Mann, der aus der Demokratischen Republik Kongo stammt. Wir denken, du könntest uns vielleicht etwas über die politische Situation im Kongo sagen, was uns bei unseren Ermittlungen weiterhilft."

„Wir haben bei Queeramnesty selten mit Flüchtlingen aus dem Kongo zu tun gehabt. Aber natürlich weiß ich einiges über die soziale und die politische Situation dort."

Bernhard nickte Ivo aufmunternd zu und zog ein kleines Heft hervor, um sich Notizen zu machen.

„Es ist eigentlich verrückt", begann Ivo, „dass die Demokratische Republik Kongo eines der rohstoffreichsten Länder Afrikas und zugleich eines der ärmsten Länder der Welt ist. Außerdem ist es vom 19. Jahrhundert an ausgebeutet und von unzähligen Kriegen heimgesucht worden. Eine Zeitlang war der Kongo sogar der Privatbesitz des belgischen Königs Leopold II."

„Der persönliche Besitz des Königs?", fragte Bernhard ungläubig. „Das kann doch nicht sein! Ein ganzes Land kann doch nicht der Privatbesitz eines Königs sein!"

„Doch! So war es unter Leopold II. Die Bewohner des Kongos waren sein rechtloser Privatbesitz. Er hat dort eine grausame Herrschaft ausgeübt und das Land rücksichtslos ausgebeutet. Wegen der von ihm ausgeübten sogenannten Kongogräuel musste Leopold II. auf internationalen Druck den Kongo schließlich als normale Kolonie an den belgischen Staat abgeben."

Ivo wartete, bis sich Bernhard die wichtigsten Fakten notiert hatte.

„1959 haben sich die Belgier dann schlagartig aus dem Kongo, der 1960 unabhängig wurde, zurückgezogen und ein Chaos hinterlassen. Über 30 Jahre hat der Diktator Mobutu ein eisernes Regime geführt, bis er vom Rebellenchef Kabila gestürzt worden ist. In der Folge hat es diverse Bürgerkriege gegeben, wobei sich auch zahlreiche afrikanische Staaten involviert haben. Man hat damals sogar von einem Afrikanischen Weltkrieg gesprochen. Obwohl es im Jahr 2002 ein Friedensabkommen gab, ist das Land bis heute nicht zur Ruhe gekommen. Etwas ist allerdings interessant", fuhr Ivo fort, „und zwar sind homosexuelle Handlungen im Kongo, im Gegensatz zu den meisten anderen afrikanischen Ländern, offiziell legal. Es gibt allerdings kein Antidiskriminierungsgesetz und in Realität ist Homosexualität tabuisiert und wird von breiten Kreisen der Bevölkerung massiv abgelehnt."

„Das habe ich nicht gewusst", meinte Bernhard. „Ich dachte, Homosexualität sei überall in Afrika extrem verpönt und Lesben und Schwule würden zumeist auch strafrechtlich verfolgt."

„Wie gesagt, offiziell sind gleichgeschlechtliche Handlungen erlaubt. Aber was wir von Flüchtlingen erfahren haben, sieht völlig anders aus. Ist euer Opfer denn schwul gewesen?"

„Nein. Er hat mit einer Frau gelebt. Aber ein anderer kongolesischer Flüchtling, der ihn gekannt hat, hat uns erzählt, dass er schwul ist und deshalb in seinem Heimatland verfolgt worden ist. Er hat in der Schweiz ein Asylgesuch gestellt, fürchtet aber, dass das nicht angenommen wird."

„Seine Sorge verstehe ich sehr gut", meinte Ivo. „Die offizielle Version lautet in solchen Fällen oft, die Person werde in ihrem Heimatland wegen ihrer Homosexualität nicht verfolgt. Deshalb könne sie wieder zurückgeschickt werden. Genauso wird es dem Flüchtling aus dem Kongo sicher auch gehen. Tatsächlich aber könnte ihn eine Rückführung in den Kongo das Leben kosten. Das haben wir von einigen Flüchtlingen aus dem Kongo erfahren."

„Er wird sich wahrscheinlich demnächst mit euch in Verbindung setzen. Mein Kollege, der heute mit ihm gesprochen hat, hat ihm empfohlen, sich von euch beraten zu lassen. Ihr von Queeramnesty seid sicher diejenigen, die ihm am ehesten helfen können."

„Wir werden es auf jeden Fall versuchen. Nur ist es allgemein in den europäischen Ländern extrem schwer für Menschen der LGBT-Gruppe, dass ihr Asylgesuch bewilligt wird. Dabei werden die negativen Entscheidungen mitunter mit absurden Argumenten begründet. Stell' dir vor, Bernhard, kürzlich hat das Verwaltungsgericht Karlsruhe die Klage eines Nigerianers gegen die Ablehnung seines Asylantrags damit begründet, seine Beschreibung des Analverkehrs, den er mit einem Freund gehabt habe, sei nicht glaubhaft. In der Urteilsbegründung heißt es wahrhaftig: im Falle der Analpenetration müsse bei einem erstmaligen Verkehr der Schließmuskel vorbereitet werden – das hatte der Nigerianer in seiner Schilderung, wie er den Freund penetriert hatte, nicht erwähnt – und außerdem sei es unglaubwürdig, dass der Penetrierte den sexuellen Verkehr mit dem Asylsuchenden genossen habe, da bei einer erstmaligen Analpenetration Schmerzen auftreten müssten!"

„Das ist nicht dein Ernst, Ivo, dass ein Verwaltungsgericht die Ablehnung des Asylantrags auf eine solche Begründung stützt."

„Doch. Genau das hat das Verwaltungsgericht Karlsruhe gemacht! Dabei hat der Gerichtshof der Europäischen Union schon vor ein paar Jahren geurteilt, dass die Glaubwürdigkeit von Asylbewerbern nicht anhand von Befragungen beurteilt werden dürfe, die allein auf stereotypen Vorstellungen von Homosexuellen beruhen. Und außerdem seien detaillierte Befragungen zu den sexuellen Praktiken eines Asylbewerbers unzulässig."

„Das heißt, Homosexuelle haben praktisch keine Chance, dass ihr Asylantrag wegen ihrer sexuellen Orientierung in unseren Ländern angenommen wird?"

„Nein. Das ist fast aussichtslos. Und dann muss der Asylbewerber ja auch noch beweisen, dass ihm wegen seiner Homosexualität Verfolgung in seinem Heimatland droht. Das gleiche gilt übrigens auch für transidente Flüchtlinge. Ein düsteres Kapitel! Aber zurück zu eurem Mordopfer, Bernhard. Hast du den Eindruck, ich hätte dir etwas sagen können, was euch bei eurer Aufklärungsarbeit helfen kann?"

„Das kann ich so noch nicht sagen. Auf jeden Fall habe ich von dir viele interessante Informationen bekommen und hoffe, wir können die irgendwie verwerten. Das Opfer hat, soweit wir wissen, vor der Flucht nach Europa in Kinshasa gelebt. Das ist wahrscheinlich eine sehr große Stadt?"

„Was würdest du schätzen, wie viele Einwohner Kinshasa hat?"

„Keine Ahnung, Ivo. Vermutlich zwei oder drei Millionen?"

„Damit liegst du weit daneben: Kinshasa hat etwa 12 Millionen Einwohner! Und auch diese Zahl ist nur eine grobe Schätzung. Etwas habe ich übrigens noch vergessen, dir zu berichten: Die medizinische Lage im Kongo ist sehr schlecht. Vor allem in ländlichen Gegenden ist der Zugang zu sauberem Wasser kaum gegeben, und auch die Kanalisation ist nur rudimentär. Die Folge sind alle möglichen Krankheiten, was in Anbetracht des großen Ärztemangels fatale Folgen hat. Die durchschnittliche Lebenserwartung beträgt, glaube ich, nur knapp 50 Jahre."

„Also ein Land mit vielen sozialen, politischen und gesundheitlichen Problemen!", fasste Bernhard das Gespräch zusammen. „Da verstehe ich gut, dass jemand zu fliehen versucht, wenn sich ihm die Gelegenheit dazu bietet. Erst recht, wenn dazu noch die Verfolgung wegen der sexuellen Orientierung kommt."

Bernhard dankte Ivo für das Gespräch und verabschiedete sich. Im Kommissariat fertigte er ein Protokoll an, in dem er die wichtigsten Punkte des Gesprächs mit Ivo zusammenfasste, und gab Jürgen diesen Bericht.

„Danke, Bernhard. Ich werde deinen Bericht durchlesen. Wir können dann morgen schauen, ob er uns bei unseren Ermittlungen weiterhilft. Ich werde heute etwas früher nach Hause gehen. Die Mütter bringen Antonio heute wieder zu uns, und wir müssen mit ihnen noch ein paar Dinge wegen der Schulferienzeit besprechen."

7.

Als Jürgen um 18 Uhr ins Haus trat, war Mario damit beschäftigt, das Abendessen fertig zu machen. Antonio würde bei Anita und Sandra essen. Deshalb wollten Mario und Jürgen rechtzeitig mit dem Abendessen fertig sein, ehe die Mütter mit Antonio kamen.

„Du kannst dich gleich an den Tisch setzen, Caro. Ich bin gerade mit den Vorbereitungen fertig. Heute habe ich kein großes Menü gekocht, sondern es gibt etwas, was sich schnell machen ließ."

„Ich lasse mich überraschen", meinte Jürgen.

Wenig später trug Mario eine Platte mit elsässischem Flammkuchen herein. Dazu gab es ein Glas Gewürztraminer. Relativ viele Leute empfanden den Gewürztraminer im Geschmack als zu dominant zum Flammkuchen. Doch Mario wusste, dass Jürgen diesen Weißwein sehr gern hatte, und hatte deshalb eine Flasche geöffnet. Sie stießen an und ließen sich den Flammkuchen schmecken.

Um kurz vor 7 läutete es, und als Jürgen öffnete, kam ihm Antonio entgegengestürmt.

„Wir gehen mit Mama und Sandra zur Pride nach Zürich!", rief er voller Begeisterung. „Und ihr müsst auch mitkommen."

„Das müssen wir mal sehen", meinte Jürgen. „Davon weiß ich noch gar nichts."

Jürgen und Mario begrüßten Anita und Sandra und baten sie, im Wohnzimmer Platz zu nehmen.

„Stimmt es, dass Antonio mit euch zur Pride nach Zürich fährt?", fragte Jürgen. „Wann ist die denn?"

„Die ist am kommenden Samstag", erklärte Anita. „Wir haben das noch nicht beschlossen, sondern haben nur überlegt, ob es nicht spannend wäre, wenn wir mit euch und Antonio daran teilnähmen. Wir waren das letzte Mal vor 4 Jahren dabei. Am Wochenende soll das Wetter gut sein. Was meint ihr dazu?"

Mario war sofort Feuer und Flamme. „Dann kann ich endlich mal wieder extravagante Hosen und Hemden anziehen!", frohlockte er. „Und du kommst im Fummel und mit Federboa, Caro."

„Was ist ein Fummel, Papa?", wollte Antonio wissen.

„Mario macht blöde Späße", wehrte Jürgen ab. „Ein Fummel ist ein Frauenkleid."

„Und das willst du zur Pride anziehen?", meinte Antonio entsetzt. „Das ist nicht dein Ernst! Du bist doch ein Mann. Wieso Frauenkleider?"

„Keine Aufregung, Antonio", beruhigte Jürgen ihn. „Das war ein Witz, den Mario gemacht hat. Aber nun mal ernst: Habt ihr wirklich vor, am nächsten Samstag an die Pride nach Zürich zu gehen, Anita und Sandra?"

„Ja, wir fänden es toll, mit euch zusammen zu gehen. Oder habt ihr etwas anderes vor?"

„Nein, wir haben bisher nichts geplant. Ich war viele Jahre nicht mehr dort und weiß nicht, ob mir das noch gefallen wird. Im letzten Jahr haben doch über 30.000 am Zug in Zürich teilgenommen, glaube ich. So riesige Veranstaltungen sind eigentlich nicht mein Ding. Und außerdem ist die Pride inzwischen ziemlich kommerzialisiert, habe ich gehört."

„Das klingt ja nicht gerade begeistert, Caro", meinte Mario. „Ich finde, wir sollten gehen. Und zusammen mit euch, Anita und Sandra, ist es doch lustig!"

„Wir haben uns überlegt, dass wir beim Zug mit der Gruppe der Regenbogenfamilien laufen könnten", schlug Sandra vor. „Wir sind Mitglied bei den Regenbogenfamilien – und ihr doch auch, oder? Da fände ich es toll, mit denen zusammen zu laufen."

„Ja, Papa, lass uns nach Zürich fahren und bei der Pride mitmachen!", bat Antonio. „Ich habe kürzlich in der Zeitung gelesen, dass das ein riesiger Zug sein wird. Ich möchte da auch mitmachen!"

„Also gut. Dann fahren wir am Samstag zusammen nach Zürich. Wann beginnt der Zug?"

„Die Gruppen treffen sich auf dem Helvetiaplatz, wo um 13 Uhr verschiedene Reden gehalten werden. Der Zug beginnt dann um 13.45 und führt durch die Innenstadt bis zur Stadthausanlage", erklärte Anita. „Das heißt, wir müssen eine Bahn nehmen, die gegen 12.30 in Zürich ankommt. Der Weg vom Bahnhof bis zum Helvetiaplatz ist ja nicht so weit."

„Ich finde es toll, dass wir zusammen daran teilnehmen", meinte Mario. „Es ist ja eine ganz besondere Pride: zur Erinnerung an 50 Jahre Stonewall und gleichzeitig 25 Jahre Pride Festival Zürich."

„Was ist Stonewall, Mario?", fragte Antonio.

„Früher war Homosexualität in Amerika verboten. Die Polizei hat in New York immer wieder Razzien gemacht und die Schwulen, die dort waren, festgenommen. Am 27. Juni 1969, als vor genau 50 Jahren, haben das die Schwulen und die Transleute, die in diesem Club, dem Stonewall, an der Christopher Street in New York waren, nicht länger mitgemacht und haben sich dagegen gewehrt. Daraus ist ein großer Aufstand geworden, in dem die Lesben, die Schwulen und die Transmenschen die gleichen Rechte wie die Heterosexuellen gefordert haben. An diesen Aufstand erinnern die Pride, die wir heute feiern."

„Aber heute haben alle Menschen die gleichen Rechte, nicht wahr, Papa?", meinte Antonio.

„Leider immer noch nicht", erklärte Jürgen Antonio. „Vieles hat sich verbessert. Aber es gibt immer noch Länder, in denen Lesben, Schwule und Transmenschen bestraft werden."

„Und nicht zu vergessen: Auch bei uns haben wir nicht die gleichen Rechte wie die Heterosexuellen", ergänzte Sandra. „In der Schweiz können wir zum Beispiel noch nicht heiraten mit den gleichen Rechten wie heterosexuelle Paare."

„Aber Papa und Mario sind doch verheiratet", wendete Antonio ein. „Und Mama und Sandra auch."

„Das sind eingetragene Partnerschaften", erklärte Jürgen ihm, „die sind so ähnlich wie Ehen, aber doch nicht ganz gleich. Im Parlament wird zurzeit diskutiert, dass es bald eine Ehe für alle geben soll."

Antonio nickte.

„Wie Mario gesagt hat, feiert die Pride in Zürich in diesem Jahr zwei Jubiläen", erklärte Anita. „Es ist einmal die Erinnerung an 50 Jahre Stonewall. Außerdem feiert Zürich das 25. Jahr Zürich Pride Festival. Deshalb sollten wir auch unbedingt daran teilnehmen."

„Und nicht zu vergessen: In Basel wird es demnächst auch noch eine Pride geben", meinte Mario. „Ich glaube, sie wird am Samstag, 29.

Juni, stattfinden."

„Da gehe wir auch hin!", rief Antonio voller Begeisterung. „Wow! Lauter Prides!"

„Wir schauen mal", dämpfte Jürgen Antonios Eifer. „Wenn das Wetter einigermassen gut ist, gehen wir natürlich. Wenn es schon mal in Basel eine Pride gibt, sollten wir die auch unterstützen."

„Damit wäre also der Plan für die Sommeraktivitäten gemacht", meinte Sandra lachend. „Vergesst nicht, euch am Samstag mit Sonnenmittel einzucremen. Es soll tagsüber sonnig sein, und der Umzug in Zürich dauert ja sicher an die drei Stunden. Da braucht ihr Sonnenschutz. Am Abend sollen allerdings Gewitter kommen. Aber dann sind wir ja sicher schon wieder zu Hause – es sei denn, ihr wollt die Zürcher Partyszene mit eurer Anwesenheit beehren", fügte sie spöttisch hinzu.

„Ich will auch mit auf die Party!", fand Antonio. „Die ist sicher supergeil. Mit ganz toller Musik."

„Das ist erst etwas für dich, wenn du älter bist", bremste Jürgen Antonios Eifer. „Wir fahren nach dem Umzug wieder nach Basel zurück."

„Ich denke, es ist eine gute Idee, die Anita hat, dass wir bei den Regenbogenfamilien mitlaufen", meinte Mario

„Habt ihr übrigens gelesen, dass der Verein Regenbogenfamilien demnächst den Gleichstellungspreis der Stadt Zürich bekommt?", fragte Anita. „Sandra und ich werden auf jeden Fall zur Preisverleihung nach Zürich fahren. Das ist doch super, nicht wahr!

„Aber nun lasst uns noch zu euren und unseren Sommerferienplänen kommen", schlug Jürgen vor. Er berichtete den beiden Müttern, dass gemäss ihrer Abmachung Antonio in den drei ersten Ferienwochen bei ihm und Mario sein würde und Anita und Sandra mit ihm dann die drei letzten Ferienwochen verbringen würden.

„Das ist in Ordnung", stimmte Anita Jürgen zu. „Wir haben das so eingeplant. Wahrscheinlich gehen wir dann noch ein paar Tage in die Berge nach Graubünden."

8.

Am nächsten Morgen trugen Jürgen und Bernhard das, was sie bis jetzt erfahren hatten, zusammen, um die nächsten Schritte zu planen.

„Viel haben wir eigentlich noch nicht", fasste Jürgen die bisherigen Ergebnisse ihrer Ermittlungen zusammen. „Ich habe mir gestern überlegt, dass ich noch einmal mit Frau Mohler sprechen möchte. Vielleicht weiß sie doch mehr über Herrn Nkunda, als sie uns bisher verraten hat. Ich habe gestern im Internet nach dem Phänomen ‚Sugar Mummy' recherchiert und da einige interessante Dinge entdeckt."

„Ich habe den Begriff noch gar nicht gekannt", gestand Bernhard. „Die Bezeichnung ‚Sugar Daddy' kenne ich schon. Aber dass es auch bei den Frauen so etwas gibt, war mir völlig unbekannt, bis du das kürzlich erwähnt hast."

„In den – allerdings wenigen – Artikeln, die es dazu gibt, wird immer wieder betont, dass die Männer über kurz oder lang eine quälende, ihr Selbstwertgefühl untergrabende Abhängigkeit von den Sugar Mummys spüren und sich dann oft zu distanzieren versuchen. Die Sugar Mummys möchten dies im Allgemeinen aber unter allen Umständen verhindern und sind mitunter sogar bereit, Gewalt anzuwenden, um die Männer weiterhin an sich zu binden."

„Aber du glaubst doch nicht im Ernst, dass Frau Mohler Herrn Nkunda umgebracht hat", unterbrach Bernhard Jürgen.

„Nein. Das nehme ich auch nicht an. Aber in den Artikeln über Sugar Mummys war mehrfach die Rede davon, dass die Frauen den Männern drohen, sie bei der Fremdenpolizei zu denunzieren. Das heißt für die Flüchtlinge, dass sie Gefahr laufen, ausgewiesen zu werden. Oder sie stacheln andere auf, aggressiv gegen die von ihnen abhängigen Männer vorzugehen. Das könnte ich mir bei Frau Mohler allenfalls vorstellen. Sie scheint eine einsame Frau zu sein, die es sicher sehr genossen hat, einen Mitbewohner und Lover gefunden zu haben. Wenn der sich ihr zu entziehen versucht hat, kann das Wut und Verzweiflung ausgelöst haben."

„Aber auch diese Variante scheint mir ziemlich unwahrscheinlich zu sein", wendete Bernhard ein. „Kannst du dir vorstellen, dass Frau

Mohler einen Killer engagiert hat, um Herrn Nkunda ermorden zu lassen?"

„Es ist klar, Bernhard, das sind lediglich Hypothesen, denen ich aber nachgehen möchte, weil wir im Moment ja keine handfesten Hinweise auf einen bestimmten Täter und seine Motive haben. Aus deinem Gespräch mit dem Mitarbeiter von Queeramnesty haben sich ja auch keine Hinweise ergeben, die Licht ins Dunkel dieses Falles bringen könnten."

„Zumal unser Opfer ja auch nicht schwul, sondern heterosexuell war", warf Bernhard ein. „Das einzige, was wir den Schilderungen des Mitarbeiters von Queeramnesty entnehmen können, ist, dass der Kongo ein Land mit vielen politischen und sozialen Problemen ist und ein Leben in dieser Umgebung alles andere als angenehm sein dürfte."

„Das ist sicher auch der Grund für Herrn Nkunda gewesen, in der Schweiz ein Asylgesuch zu stellen. Frau Mohler hat ja auch erwähnt, dass er im Kongo einer regierungskritischen Gruppierung angehört hat und deshalb verfolgt worden ist. Natürlich könnte es sein, dass der Mord an ihm im Auftrag des kongolesischen Regimes verübt worden ist. Nur fragt sich dann, warum Herr Nkunda so wichtig für das Regime gewesen sein soll, dass ihn jemand bis hierher in die Schweiz verfolgt hat?"

Jürgen überlegte einen Augenblick und fuhr fort: „Auch wenn mir diese Hypothese wenig überzeugend erscheint, sollten wir auch sie auf jeden Fall weiter verfolgen. Vielleicht kann uns der Landsmann von Herrn Nkunda, Joseph Kimbangu, dazu noch etwas sagen. Ich will demnächst auch noch einmal mit ihm sprechen. Heute Vormittag werde ich erst noch einmal versuchen, ein Gespräch mit Frau Mohler zu organisieren. Hast du um 10 Uhr Zeit, dazu zu kommen?"

Bernhard blätterte in seiner Agenda und nickte.

„Gut. Dann rufe ich Frau Mohler jetzt an und bitte sie, um 10 Uhr zu uns zu kommen."

Jürgen hatte Glück und konnte Frau Mohler erreichen. Sie wendete zunächst ein, ein Besuch im Kommissariat komme ihr heute eigentlich ungelegen. Außerdem habe sie dem Kommissar doch schon alles gesagt, was sie wisse. Als Jürgen jedoch insistierte und ihr klar machte, dass er bei der Aufklärung des Mordes sehr auf sie als nächste Bezugsperson von Herrn Nkunda angewiesen sei, willigte sie ein, um 10 Uhr ins Kommissariat zu kommen.

Frau Mohler trug wieder Kleidung in gedeckten Farben, als Bernhard sie um 10 Uhr von der Anmeldung abholte. Jürgen fiel auf, dass sie blass und übernächtigt aussah.

„Der Tod von Herrn Nkunda macht Ihnen sehr zu schaffen?", begann er das Gespräch.

Frau Mohler nickte.

„Ich möchte ganz offen mit Ihnen sein, Frau Mohler: Herr Nkunda war ja finanziell weitgehend von Ihnen abhängig."

Frau Mohler runzelte die Stirn und schaute den Kommissar erstaunt an.

„Abhängig stimmt nicht ganz. Kito bekam ja Geld von der Sozialhilfe."

„Klar", stimmt Jürgen ihr zu. „Nur hat er ja für das Wohnen bei Ihnen nichts zahlen müssen und Sie haben kürzlich angedeutet, dass Sie auch viele Dinge für ihn bezahlt haben – wogegen absolut nichts einzuwenden ist", fügte Jürgen beschwichtigend hinzu, als er sah, dass Frau Mohler Einspruch erheben wollte.

„Ich denke, dass eine solche Situation für einen Mann wie Herrn Nkunda einerseits zwar sehr komfortabel war. Andererseits hat er sich vielleicht manchmal aber doch ziemlich abhängig von Ihnen gefühlt. Hatten Sie in letzter Zeit den Eindruck, dass er sich von Ihnen zurückgezogen hat?"

Frau Mohler schüttelte vehement den Kopf.

„Warum sollte er sich zurückgezogen haben?", fragte sie, wobei eine gewisse Gereiztheit in ihrer Stimme unüberhörbar war. „Kito und ich hatten eine ganz tolle Beziehung miteinander, und er hat sich total wohl bei mir gefühlt. Von Rückzug kann da absolut keine Rede sein!"

Jürgen ist wirklich ein Fuchs, dachte Bernhard. Ohne allzu deutlich zu werden, hat er sich dem Thema Sugar Mummy genähert, was Frau Mohler offensichtlich gar nicht gerne gehört hat.

„Das habe ich auch in keiner Weise bezweifelt", beruhigte Jürgen

Frau Mohler. „Ich dachte nur, gerade weil Sie sich so gut verstanden haben, hätte der Wunsch von Herrn Nkunda, mehr Selbständigkeit zu haben, Sie ja wahrscheinlich ziemlich verletzt."

„Wie ich Ihnen schon gesagt habe, Herr Kommissar: Kito war nicht abhängig von mir und er hat keinen Wunsch nach mehr Selbständigkeit gehabt!", stellte sie dezidiert fest.

„Das verstehe ich gut, Frau Mohler. Ich habe dann noch eine andere Frage, bei der Sie mir sicher weiterhelfen können: Herr Nkunda war offensichtlich sehr einsam hier in Basel. Außer Ihnen hatte er ja, wie Sie mir erzählt haben, nur zu einem Landsmann Kontakt, und auch das nur gelegentlich."

„Haben Sie den gefunden?", wollte Frau Mohler wissen.

„Ja. Wir haben auch schon mit ihm gesprochen. Meine Frage an Sie ist, was Herr Nkunda Ihnen über die Gründe für seine Flucht aus dem Kongo erzählt hat. Wir tappen diesbezüglich total im Dunkeln."

Frau Mohler hatte ihren Ärger über Jürgens Fragen zur Abhängigkeit und zu einem allfälligen Rückzug von Herrn Nkunda offensichtlich überwunden und schaute Jürgen nachdenklich an.

„Genau weiß ich das leider auch nicht. Er hat mir nur erzählt, dass er als Journalist für eine Zeitung geschrieben hat, die der kongolesischen Regierung gegenüber kritisch war. Die Regierungsbeamten haben ihn mehrmals verwarnt, er solle solche Artikel nicht mehr schreiben, das seien staatsfeindliche Äußerungen."

„Das heißt: Herr Nkunda war ein Regimekritiker und hat das offen gezeigt?", meinte Jürgen.

„Ja. So scheint es gewesen zu sein. Nur haben die Verwarnungen nichts genützt. Im Gegenteil: Kito hatte einen harten Schädel, und was er sich vorgenommen hat, hat er auf Biegen und Brechen durchgeführt. Die Verwarnung hat nicht dazu geführt, dass er aufgehört hat, regierungskritische Artikel zu schreiben, sondern die Warnung hat sicher das Gegenteil bewirkt: nämlich, dass er erst recht weiterhin solche Artikel veröffentlicht hat."

„Dann war er also im Kongo in Gefahr", stellte Jürgen fest. „Das war mir bis jetzt nicht so klar."

„Ja. Er ist nicht nur verwarnt worden, sondern die Polizei hat ihn einige Male auch in Haft genommen." Frau Mohler stockte und atmete schwer. „Und im Gefängnis ist er wohl auch gefoltert worden. Jedenfalls hat Kito so etwas angedeutet. Details hat er mir nicht erzählt."

„Hatten Sie den Eindruck, Herr Nkunda fühlte sich in der Schweiz sicher? Oder hat er befürchtet, auch hier vom kongolesischen Regime verfolgt zu werden?"

Frau Mohler überlegte längere Zeit, ehe sie antwortete: „Komisch, dass Sie diese Frage stellen, Herr Kommissar. Ich hatte manchmal nämlich genau diesen Eindruck und habe Kito auch mal direkt danach gefragt. Er hat das aber verneint und gesagt, hier fühle er sich sicher."

Nach kurzem Nachdenken ergänzte sie: „Allerdings hat er sich in Basel mitunter auch sehr unwohl gefühlt, weil er immer wieder von der Polizei angehalten und kontrolliert worden ist. Manchmal sogar mehrmals am Tag. Aber das war ja die Basler Polizei und nicht jemand aus dem Kongo."

Jürgen nickte. Er hatte den Eindruck, dass es keinen Sinn machen würde, das Gespräch mit Frau Mohler noch weiter zu führen. Für keine der beiden Hypothesen hatte er eindeutige Hinweise erhalten, welche die eine oder andere Vermutung hätten stützen können. Gleichzeitig hatte es im Gespräch aber auch Äußerungen von Frau Mohler gegeben, welche die Hypothese von der für Herrn Nkunda unangenehmen Abhängigkeit von ihr ebenso wie die Hypothese von einer vom Kongo ausgehenden Bedrohung stützten.

Jürgen dankte Frau Mohler noch einmal für ihr Kommen und verabschiedete sich von ihr. Bernhard begleitete sie zum Ausgang.

Als Bernhard zurückkam, seufzte Jürgen.

„Ich denke, das Gespräch mit Frau Mohler hat uns nicht viel weitergebracht. Oder was meinst du, Bernhard?"

Bernhard nickte. „Zumindest hat sich daraus weder eine unserer Hypothesen bestätigen noch eindeutig widerlegen lassen. Ich fand es raffiniert, wie du dich dem Thema Sugar Mummy genähert hast, ohne es direkt auszusprechen."

„Aber ich war wohl trotzdem noch zu direkt. Denn du hast sicher auch gemerkt, dass Frau Mohler darauf ziemlich gereizt reagiert hat.

Ich bin so vorgegangen, weil ich sehen wollte, ob ich sie damit aus dem Busch klopfen könnte, falls es zwischen den beiden zu Spannungen gekommen ist, weil er sich bevormundet fühlte und sich distanzieren wollte."

„Das Problem ist, dass die Reaktion von Frau Mohler nichts darüber aussagt, ob es zwischen ihr und dem Opfer tatsächlich solch eine Sugar Mummy-Dynamik gab und er sich von ihr zurückziehen wollte, oder ob sie einfach nur genervt war, weil sie das, was du angedeutet hast, vielleicht schon öfter gehört hat."

„Das weiß ich nach diesem Gespräch leider auch nicht", musste Jürg zugeben.

„Mir ist beim Gespräch mit Frau Mohler aber noch etwas eingefallen, dem wir unbedingt nachgehen sollten, Bernhard. Wenn ich mich richtig erinnere, hat der Kollege Franz Tschokke von der Abteilung ‚Häusliche Gewalt' kürzlich mal erwähnt, er habe im letzten Jahr mit dem Fall eines Afrikaners zu tun gehabt, der gegen seine Vermieterin aggressiv geworden sei. Ich glaube, die Frau hat ihre Anzeige später zurückgezogen mit der Begründung, es sei zu keinen Gewalttätigkeiten gekommen. Es sei ein Missverständnis gewesen."

„Ich war mit dir zusammen, als Franz uns das kürzlich bei einem gemeinsamen Mittagessen erzählt hat", bestätigte Bernhard.

„Ich kann mich nicht mehr an die genaue Situation erinnern", meinte Jürgen. „Aber vielleicht können wir dem Fall von Franz Tschokke Hinweise für die Beziehung zwischen Frau Mohler und Herrn Nkunda entnehmen. Würdest du mal bei Franz nachfragen, Bernhard."

Während Bernhard den Kollegen von der Abteilung „Häusliche Gewalt" zu erreichen versuchte, rief Jürgen Frau Vogt, die ehrenamtliche Mitarbeiterin vom Schweizer Roten Kreuz, an und bat sie, am nächsten Vormittag noch einmal mit Herrn Kimbangu zu ihm zu kommen.

Frau Vogt versprach zu versuchen, Herrn Kimbangu für den Besuch im Kommissariat zu gewinnen. Sie befürchtete jedoch, dass er das ablehnen werde. Er sei nach dem letzten Gespräch total durcheinander gewesen und habe sich längere Zeit nicht beruhigen können. Er habe sie spät abends noch einmal angerufen, weil er unter Panikattacken gelitten habe und nicht habe schlafen können.

„Ich verstehe, dass das Gespräch mit mir die Erinnerungen an die Diskriminierungen, die er hier in Basel erlebt hat, und an die Verfolgung im Heimatland geweckt hat. Aber er ist einer der wenigen Menschen, der das Mordopfer gekannt hat. Deshalb sind wir auf seine Mitteilungen so angewiesen. Ich werde ihn sehr schonungsvoll befragen."

Eine halbe Stunde später rief Frau Vogt an und teilte Jürgen mit, Herr Kimbangu habe sich bereit erklärt, am nächsten Vormittag mit ihr zu Jürgen zu gehen.

Bernhard hatte in der Zwischenzeit mit Franz Tschokke gesprochen und von ihm die Akte über den Fall der später zurückgezogenen Anzeige wegen häuslicher Gewalt bekommen. Aus den Vernehmungsprotokollen ging hervor, dass ein aus der Demokratischen Republik Kongo stammender Mann bei einer Frau zur Untermiete gelebt hatte und es zwischen ihnen zu Handgreiflichkeiten gekommen war.

„Interessant", meinte Jürgen, als Bernhard ihm dies berichtete. „Auch ein Flüchtling aus dem Kongo, der, wie Herr Nkunda, bei einer Schweizerin zur Untermiete wohnte. Und wer ist in diesem Fall wem gegenüber handgreiflich geworden?"

„Da widersprechen sich die Angaben der Frau und des Mannes", erklärte Bernhard. „Jeder behauptet, der andere habe zuerst aggressiv reagiert. Die Frau hatte die Anzeige ja ursprünglich erstattet, hat sie nachher aber wieder zurückgezogen, so dass die Schuldfrage nicht weiter geklärt worden ist."

„Könntest du Franz fragen, ob er sich noch an Einzelheiten erinnert, die nicht in den Akten stehen? Mich interessiert vor allem, wie er die Dynamik dieser Partnerschaft beurteilt. Das sind gewiss ganz andere Personen als Frau Mohler und Herr Nkunda. Aber vielleicht zeigt sich da doch ein gewisses Muster, das auch bei unserem Opfer und seiner Vermieterin bestanden hat."

Eine halbe Stunde später berichtete Bernhard Jürgen, der Kollege habe sich daran erinnert, dass er damals den Eindruck gehabt habe, der

Afrikaner habe sich von seiner Vermieterin, zu der er eine intime Beziehung unterhalten habe, distanzieren wollen. Sie habe darauf offenbar sehr verärgert reagiert und ihm heftige Vorwürfe gemacht. Nach seinen Aussagen habe sie ihm sogar gedroht, ihn bei der Fremdenpolizei „anzuschwärzen." Ob und was sie gegebenenfalls gegen ihn hätte vorbringen können, sei nicht klar geworden.

Franz Tschokke habe den Eindruck gehabt, bei einem Streit habe die Vermieterin den Kongolesen sogar geschlagen. Daraufhin habe er zurückgeschlagen und die Frau dadurch verletzt. Der Afrikaner habe sich durch die Abhängigkeit, in der er sich seiner Vermieterin gegenüber erlebt habe, offenbar total in die Ecke gedrängt gefühlt und habe nicht mehr aus noch ein gewusst. Insofern habe er vermutlich nicht die Hauptschuld an der tätlichen Auseinandersetzung gehabt.

„Hat Franz etwas dazu gesagt, ob sich der Kongolese denn gewehrt hat und etwa seinerseits Anzeige gegen die Frau erstattet hat?"

„Nein. Das hat er nicht gewagt. Franz hat mir berichtet, der Mann sei froh gewesen, dass sie die Anzeige zurückgezogen habe. Er habe große Angst gehabt, die Anzeige könnte negative Folgen für sein Asylgesuch haben. Der Kongolese habe dann aber seine Wohnung gewechselt und habe bald darauf eine Frau, ebenfalls Flüchtling aus dem Kongo, geheiratet, mit der er, soweit Franz wisse, zusammenlebe."

„Was hältst du davon, wenn wir uns mit diesem Mann in Verbindung setzen und mit ihm sprechen, Bernhard?", meinte Jürgen.

„Wäre das nicht etwas merkwürdig? Er hat doch gar nichts mit unserem Fall zu tun."

„Das ist mir schon klar. Aber es könnte doch sein, dass er Herrn Nkunda gekannt hat. Denn schließlich sind sie beide Flüchtlinge aus dem Kongo. Und außerdem hat er in einer ähnlichen Konstellation mit seiner Vermieterin gelebt wie unser Opfer. Ich denke, er wird verstehen, dass wir mit ihm sprechen möchten."

„Wenn du meinst, dass uns das weiterhilft, können wir das ja tun. Ich verspreche mir allerdings nicht so viel von einem solchen Gespräch."

„Mag sein, dass du Recht hast, Bernhard. Aber ich denke: Einen Versuch ist es wert. Ich versuche ihn mal telefonisch zu erreichen. Am besten wird es sein, wenn wir anbieten, bei ihm vorbeizukommen – falls er in ein Treffen einwilligt. Wie heißt er?"

„Er heißt Jabari Tschibala. Er wohnt in der Drahtzugstraße, also ganz in der Nähe der Kaserne, wo Herr Nkunda gewohnt hat und wo wir seine Leiche gefunden haben."

Bernhard gab Jürgen die Telefonnummer. Jürgen ließ das Telefon lange läuten und wollte schon auflegen, als sich eine Frau meldete.

„Oui."

„Ist dort Frau Tschibala?", fragte Jürgen.

Keine Antwort.

„Sprechen Sie deutsch?"

„Ja."

„Sind Sie Frau Tschibala?"

„Ja", war wieder die knappe Antwort der Frau, wobei Jürgen an ihrem Tonfall spürte, dass sie offenbar nicht nur misstrauisch wegen des fremden Anrufers war, sondern auch eine gewisse Angst erkennen ließ.

„Könnte ich Ihren Mann sprechen, Frau Tschibala?"

Keine Antwort.

Jürgen dachte schon, die Frau habe das Gespräch unterbrochen, als er leise Stimmen im Hintergrund hörte.

Nach kurzer Zeit meldete sich eine Männerstimme: „Hallo. Wer ist da?"

„Spreche ich mit Herrn Tschibala?"

„Ja. Und wer sind Sie?", fragte Herr Tschibala mit fester Stimme.

Jürgen nannte seinen Namen und teilte Herrn Tschibala mit, dass er in einem Tötungsdelikt, dessen Opfer ein Kongolese sei, ermittle und sehr darauf angewiesen sei, Gespräche mit anderen Flüchtlingen aus dem Kongo zu führen. Er sei deshalb sehr dankbar, wenn er ein Gespräch mit Herrn Tschibala führen dürfe.

„Wie heißt denn der Mann, der umgebracht worden ist?"

„Das ist Kito Nkunda."

Herr Tschibala antwortete nicht. Jürgen hörte nur seine schweren Atemzüge.

„Hallo, Herr Tschibala, sind Sie noch da? Kannten Sie Herrn Nkunda?", fragte Jürgen behutsam.

„Ja. Und Kito ist tot?", kam die entsetzte Frage.

„Es tut mir leid, Ihnen das sagen zu müssen: Ja, Herr Nkunda ist tot. Wir können dieses Verbrechen nur aufklären, wenn wir mit möglichst vielen Menschen sprechen, die ihn gekannt haben. Wäre es möglich, Sie heute Nachmittag, sagen wir um 15 Uhr, zu sprechen? Mein Kollege und ich würden bei Ihnen vorbeikommen."

„Ja, wenn wir Ihnen helfen können, den zu finden, der Kito das angetan hat, sind wir natürlich bereit, mit Ihnen zu sprechen. Das ist ja entsetzlich, dass Kito umgebracht worden ist!"

„Dann kommen wir um 15 Uhr zu Ihnen. Sie wohnen doch an der Drahtzugstraße, nicht wahr?"

Herr Tschibala bestätigte die Adresse.

„Dann bis später."

„Adieu, Herr Kommissar."

Bernhard hatte Jürgens Gespräch mit Herrn Tschibala interessiert zugehört.

„Dann haben die beiden Kongolesen sich also auch gekannt", meinte er, als Jürgen das Telefongespräch beendet hatte. „Ich bin gespannt, was Herr Tschibala uns berichten wird."

„Und ganz nebenbei können wir ihn dann natürlich auch zu seiner Beziehung zu seiner früheren Vermieterin fragen. Das passt sehr gut", meinte Jürgen.

Da der Wetterbericht für Basel am heutigen Tag sonniges, warmes Wetter angekündigt hatte, hatten Jürgen und Mario vereinbart, sich zum Mittagessen in einem Restaurant am Rheinufer zu treffen. Als Jürgen jetzt in die Mailbox seines Handys schaute, fand er ein SMS von Mario, der ihm mitteilte, er habe auf 12.15 einen Tisch auf der Terrasse vom Café Spitz-Merian reserviert.

Da es erst viertel vor 12 war, beschloss Jürgen, den Weg bis zum Restaurant zu Fuß zu gehen. Er würde von der Heuwaage zum Rhein laufen, ihn auf der Wettsteinbrücke überqueren und dann auf der Kleinbasler Seite am Fluss entlang bis zum Restaurant Café Spitz-Merian laufen.

Jürgen freute sich auf das gemeinsame Mittagessen mit Mario. Sie hatten nur selten diese Gelegenheit. Oft arbeitete Jürgen bis 12.30 oder sogar bis 13 Uhr und machte dann nur eine kurze Mittagspause von einer halben oder einer dreiviertel Stunde. Da reichte es gerade, ein Sandwich zu kaufen und das im Büro zu essen.

Auch Mario hatte in seiner Boutique oft über Mittag zu tun. Deshalb war heute eine einmalige Chance gewesen, miteinander in ein Restaurant zu gehen.

Dass Mario das Restaurant Café Spitz-Merian gewählt hatte, freute Jürgen ganz besonders. Die Terrasse lag an der Mittleren Brücke oberhalb des Rheins, und man hatte von hier einen wunderbaren Blick über den Rhein auf Großbasel mit dem Münster. Das Café Spitz-Merian war bekannt für seine Fischspezialitäten. Jürgen hoffte, dass heute die köstliche Bouillabaisse im Angebot war. Vielleicht könnte er dann als Hauptgang frische Felchenfilets essen.

Jürgen überquerte den großen Platz der Heuwaage und ging den Klosterberg hinauf. Als er am Musik Kultur Club „Atlantis" vorbeikam, fiel ihm ein, dass er lange Zeit nicht mehr dort gewesen war. Früher war er dort öfter zu Konzerten gewesen. Er hatte die verschiedensten lokalen und zum Teil auf international bekannten Bands gehört und hatte auch etliche Konzerte von einzelnen Interpreten besucht.

Unvergesslich war ihm ein Konzert vor vielen Jahren des Wiener Chansonniers Georg Kreisler mit seinen berühmten bitterböse-sarkastischen Liedern „Tauben vergiften im Park", "Als der Zirkus in Flammen stand", „Zwei alte Tanten tanzen Tango" und „Der Tod, das muss ein Wiener sein." Georg Kreisler musste damals schon hoch betagt gewesen sein. In dem Moment, als er sich im „Atlantis" ans Klavier gesetzt und die ersten Takte gespielt hatte, war er jedoch wieder so gewesen wie Jürgen ihn von früheren Konzerten im Basler Kleintheater „Fauteuil" in Erinnerung gehabt hatte. Jürgen erinnerte sich, dass er wenige Jahre nach Kreislers Auftritt im „Atlantis" in einer Pressemitteilung gelesen hatte, der Chansonnier sei im Jahre 2011 in Salzburg gestorben. Vielleicht war das Konzert im „Atlantis" sogar sein letztes öffentliches Konzert gewesen.

Jürgen blieb kurze Zeit vor dem „Atlantis" stehen und schaute durch die Fenster ins Innere. Die Ausstattung hatte sich weitgehend verändert. Mit einer gewissen Wehmut sah Jürgen, dass das Flair der früheren Jahre einer modernen Einrichtung hatte Platz machen müssen. Jürgen nahm sich vor, von jetzt an wieder regelmäßig im Basler Veranstaltungsplan zu schauen, welche Konzerte es im „Atlantis" gebe. Sicher wäre das eine oder andere dabei, das Mario und ihm gefallen würde.

Der Weg führte Jürgen weiter an der Elisabethenkirche vorbei. In einem Stadtführer hatte Jürgen gelesen, dass diese von Christoph Merian, einem reichen Basler, finanzierte, Mitte des 19. Jahrhunderts erbaute Kirche eine der bedeutendsten neugotischen Kirchen der Schweiz ist. Nach seinem Tode hatte Merian sein Vermögen seiner Frau hinterlassen und im Testament festgehalten, dass nach deren Ableben seine „liebe Vaterstadt" die Universalerbin sei. Das Ehepaar Merian war in einer Gruft unter der Kirche beigesetzt. Jürgen wusste, dass heute viele Projekte in Basel nicht möglich wären, wenn sie nicht von der Christoph-Merian-Stiftung unterstützt würden.

Auch mit der Elisabethenkirche verbanden Jürgen viele Erinnerungen. Während etlicher Jahre hatte er regelmäßig an den in dieser Kirche stattfindenden Gottesdiensten der Lesbisch-Schwulen Basiskirche, LSBK, teilgenommen, die ein Angebot der „Offenen Kirche" waren. Diese Veranstaltungen waren ihm in spiritueller Hinsicht wichtig gewesen, da sie eigene, der LGBT-Community entsprechende liturgische Formen und Bibelinterpretationen entwickelt hatten.

Daneben hatte seine Mitgliedschaft bei der LSBK für Jürgen aber auch eine zentrale Rolle in seinem Coming-out-Prozess gespielt. Hier hatte er Lesben und Schwule getroffen, die auf einem ähnlichen Weg wie er gewesen waren. Viele waren von der traditionellen protestantischen und katholischen Kirche mit ihrer Homosexualitätsfeindlichkeit enttäuscht gewesen und hatten in der LSBK eine neue spirituelle Heimat gefunden.

Jürgen erinnerte sich daran, wie gut es ihm getan hatte, im Kreis der anderen Gottesdienstbesucherinnen und -besucher sein Schwulsein offen zeigen zu können und zu erleben, dass die biblische Botschaft keineswegs homosexualitätsfeindlich war, sondern allen Menschen, unabhängig von ihrer sexuellen Orientierung und Identität, spirituelle Heimat geben konnte.

In den letzten Jahren war Jürgen nur selten in den Gottesdiensten der LSBK gewesen. Mario hatte ihn einige Male begleitet. Ihn hatte diese Form des Gottesdienstes aber nicht so angesprochen. Trotz der negativen offiziellen Äußerungen der katholischen Kirche über Homosexualität fühlte Mario sich ihr doch noch stark verbunden.

Jürgen überquerte nun den Bankenplatz und ging weiter auf dem St. Alban-Graben in Richtung Kunstmuseum, dessen altes und neues Gebäude auf der rechten Straßenseite lag. Das neoklassizistische Hauptgebäude war, soweit sich Jürgen erinnerte, in den dreißiger Jahren des letzten Jahrhunderts gebaut worden. 2016 war der Erweiterungsbau eröffnet worden. In allen Beschreibungen des Basler Kunstmuseums hieß es, das Museum bilde die größte öffentliche Kunstsammlung der Schweiz.

Unvergesslich war Jürgen die Einweihungsfeier des Erweiterungsbaus. Durch Freunde aus der Kantonalen Verwaltung, die mehrere Karten für die Eröffnungsfeierlichkeiten erhalten und Mario und ihm zwei gegeben hatten, war es ihnen möglich gewesen, an diesem illustren Anlass teilzunehmen. Alles, was in Basel in Kunst und Wissenschaft Rang und Namen hatte, war dabei anwesend gewesen.

Das letzte Mal waren Jürgen und Mario vor einigen Monaten im Kunstmuseum bei einer Führung zum Thema „Kunst und Queerness" gewesen, die anlässlich des Internationalen Tages gegen Homo- und Transphobie durchgeführt worden war. Sie hatten eigentlich nur wenige Teilnehmende erwartet und waren, wie die Veranstalter, überrascht gewesen, wie viele Lesben, Schwule und Transmenschen sich zusammengefunden hatten.

Ein Blick auf die Uhr zeigte Jürgen, dass er nicht mehr allzu lange seinen Gedanken nachhängen durfte, wenn er halbwegs pünktlich Mario im Restaurant treffen wollte. Er näherte sich nun der Wettsteinbrücke, die hier den Rhein überquerte. Jürgen blieb am Beginn der Brücke stehen und schaute auf den Rhein hinunter. Jetzt im Sommer hatte der Fluss einen relativ niedrigen Wasserstand, so dass ein recht breiter Uferstreifen auf der Kleinbasler Seite sichtbar war. Während der

Mittagszeit saßen heute viele Menschen am Ufer.

Jürgen sah, dass sich im Fluss größere Gruppen von Schwimmerinnen und Schwimmern im kühlen Nass den Rhein hinuntertreiben ließen. Obwohl er das Rheinschwimmen immer sehr genossen hatte, war er in den letzten Jahren nur selten zum Schwimmen in den Fluss gegangen. Seit der Geburt von Antonio hatten Mario und er, wenn sie baden wollten, die Freibäder in Basel und Umgebung gewählt. Vielleicht könnten sie aber, wenn Antonio älter geworden wäre und gut schwimmen könnte, wieder in den Rhein gehen. Denn das Schwimmen im Fluss war für Jürgen unvergleichlich attraktiver als das Baden in den Freibädern mit dem gechlorten Wasser und den auf dem Rasen dicht gedrängten Menschenmassen.

Der Blick auf die Kleinbasler Seite zeigte auch den imposanten, von den Basler Stararchitekten Herzog & de Meuron konzipierten Roche-Turm, Hauptsitz des Pharma-Konzerns Hoffmann-La Roche. Er war mit seinen drei Unter- und 41 Obergeschossen bei einer Höhe von 178 Metern das höchste Gebäude der Schweiz und eines der neuen Wahrzeichen von Basel. Mario, Jürgen und Antonio hatten an einem der Termine, an denen die Öffentlichkeit den Turm besichtigen konnte, teilgenommen und hatten staunend den Ausblick von einem der obersten Stockwerke erlebt. Antonio war total begeistert von dem Blick über Basel und die Umgebung gewesen und hatte Mario gedrängt, viele Fotos zu machen.

Anfangs war Jürgen skeptisch gewesen, ob der Bau eines solchen Turmes tatsächlich notwendig und sinnvoll war. Besonders merkwürdig hatte ihn berührt, dass in der Öffentlichkeit immer wieder als besonders bemerkenswert hervorgehoben worden war, der Roche Tower sei 73 Meter höher als der Messeturm, der früher das höchste Gebäude von Basel gewesen war. Als der Bau des Roche-Turms im Jahr 2015 abgeschlossen gewesen war, hatte Jürgen sich jedoch mit diesem Bauwerk versöhnt und empfand es jetzt immer, wenn er sich Basel näherte und der Turm sichtbar wurde, als Zeichen des Heimkehrens.

Dass nun allerdings noch ein zweiter Roche-Turm, der nochmals höher sein würde, gebaut wurde, erschien Jürgen absurd. Es kam ihm vor wie in San Gimignano, der Stadt in der italienischen Provinz Siena in der Toscana, in der im Mittelalter die einflussreichen Familien sich gegenseitig darin zu überbieten versucht hatten, wer den höchsten Turm baute. Das Resultat ist eine große Zahl von Türmen, die dieser Stadt ein ganz spezielles Aussehen verliehen und ihr den Spitznamen „Manhatten des Mittelalters" eingebracht haben. Als Jürgen in der Presse gelesen hatte, dass die Firma Hoffmann-La Roche einen zweiten höheren Turm plante, hatte Jürgen Mario belustigt gefragt, ob es in Basel bald vielleicht so aussehen würde wie in San Gimignano. Mario hatte gegrinst und lakonisch gemeint, es sei doch überall und immer die gleiche Frage: Wer hat den Größten?

Jürgen schaute wieder auf die Uhr und sah, dass es inzwischen schon kurz nach 12 geworden war. Er riss sich von der schönen Aussicht los, überquerte im Eilschritt die Wettsteinbrücke und ging hinunter zum Rhein.

Um diese Mittagszeit waren bei dem heutigen sonnigen, warmen Wetter viele Leute unterwegs. Die einen saßen am Rheinbord und nahmen dort ihr mitgebrachtes Mittagessen ein. Andere waren wie Jürgen auf dem Weg zu einem der Restaurants, die mehrheitlich an der Mittleren Brücke lagen. Als die ersten Restaurants in Sicht kamen, sah Jürgen, dass auf den Terrassen fast alle Plätze besetzt waren. Er war deshalb froh, dass Mario einen Tisch für sie im Café Spitz-Merian reserviert hatte.

Als Jürgen die Terrasse des Café Spitz-Merian um kurz vor halb eins betrat, war Mario bereits da und genoss seinen Apérol Spritz.

„Mein lieber Mann konnte sich mal wieder nicht von seinen Leichen losreißen!", meinte er, als er aufstand und Jürgen zur Begrüßung einen Kuss gab.

„Doch, das konnte ich. Locker sogar!", konterte Jürgen. „Was mich aufgehalten hat, sind meine Erinnerungen auf dem Weg hierher. Das ‚Atlantis' am Klosterberg, die Elisabethenkirche, das Kunstmuseum und die herrliche Aussicht von der Wettsteinbrücke auf den Rhein und den Roche-Turm."

„Das klingt ja fast, als ob du eine Stadtführung gemacht hättest."

„So ungefähr war das schon, auch wenn es eine Stadtbesichtigung für mich selbst mit vielen Erinnerungen war. Dabei ist mir eingefallen: Wir sollten mal wieder zu einem der Konzerte ins ‚Atlantis' gehen. Früher waren wir ja ab und zu dort. Ich denke, es gibt dort sicher auch heute noch viele tolle Konzerte."

„Dann war es also nicht nur ein Schwelgen in der Vergangenheit, sondern daraus sind auch gleich Pläne für die Zukunft entstanden", lachte Mario. „Das freut mich natürlich, dass mein lieber Mann sich nicht nur in seine Arbeit vergraben will, sondern auch mal wieder an das Vergnügen denkt. Doch nun lass' uns die Speisekarte studieren. Ich habe einen Bärenhunger!"

Da heute keine Bouillabaisse im Angebot war, entschied Jürgen sich als Vorspeise für Carpaccio und als Hauptgericht für Felchenfilet mit verschiedenen Gemüsen. Als Getränk nahm er Mineralwasser. Mario bestellte eine Tomatensuppe und mit Spinat und Ricotta gefüllte Cannelloni. Dazu trank er 2 dl Weißwein.

„Du hast es gut. Du kannst jetzt Alkohol trinken und dich nachher zu Hause ausruhen, während ich Mörder jagen muss", meinte Jürgen, als sie miteinander anstießen.

„Es ist ja eine Ausnahme, dass die Boutique heute Nachmittag geschlossen ist. Und außerdem kann ich zu Hause nicht den ganzen Nachmittag herumfaulenzen. Ich muss staubsaugen, die Küche putzen und dann noch etliche Sachen bügeln. Du musst wissen, Caro, ich habe einen anspruchsvollen Ehemann, der möchte, dass seine Sachen gebügelt sind. Und außerdem kommt dann bald unser lieber Sohn heim und möchte unterhalten werden. Du siehst: Stress pur!"

„Du bist wirklich zu bedauern, mein Schatz! Nun kannst du dich nicht einmal an deinem freien Nachmittag dem Müßiggang hingeben, sondern musst für Haus und Kinder sorgen."

Im weiteren Gespräch fragte Mario nach Jürgens Ermittlungen im aktuellen Mordfall und Jürgen berichtete ihm von den neusten Entwicklungen.

„Auch wenn ihr noch ziemlich im Dunkeln tappt, zeichnen sich nun offensichtlich doch ein paar neue Dinge ab", meinte Mario, als Jürgen seinen Bericht beendet hatte.

„Es scheint so zu sein", stimmte Jürgen ihm zu. „Ich bin gespannt, ob das Gespräch mit Herrn Tschibala heute Nachmittag etwas Neues bringt."

Mit dem Essen und der Unterhaltung verging die Zeit wie im Flug. Um kurz nach halb zwei musste sich Jürgen wieder auf den Weg zum Kommissariat machen. Jetzt aber überquerte er den Rhein über die Mittlere Brücke und nahm von der Schifflände die Straßenbahn, die ihn bis zur Heuwaage brachte.

Im Büro ging Jürgen noch einmal die Protokolle der Gespräche durch, die sie mit Frau Mohler und Herrn Kimbangu geführt hatten. Er war gespannt auf das Gespräch, das Bernhard und er um drei Uhr mit Herrn Tschibala geplant hatten.

Um Punkt drei Uhr standen Jürgen und Bernhard in der Drahtzugstraße vor dem Haus, in dem die Familie Tschibala wohnte. Jürgen läutete. Es verging einige Zeit, bis der Türöffner betätigt wurde und die Haustüre aufsprang. Als Jürgen und Bernhard vom gleißenden Sonnenlicht draußen in den Hausflur traten, konnten sie fast nichts sehen. Es schien hier total dunkel zu sein. Erst nach einigen Minuten hatten sich ihre Augen an das im Haus herrschende Dämmerlicht gewöhnt und sie sahen vor sich eine enge Treppe mit ausgetretenen Holzstufen. Die undefinierbare Farbe an den Wänden war zum Teil abgeblättert. Insgesamt wirkte das Treppenhaus ärmlich und heruntergekommen.

Im zweiten Stock wurden die Beamten von einem korpulenten Afrikaner erwartet, der sich ihnen als Jabari Tschibala vorstellte. Er bat sie einzutreten und führte sie in einen Wohnraum, in dem eine Afrikanerin am Tisch saß. Sie erhob sich, als die drei Männer eintraten und stellte sich als Frau Tschibala vor.

Der Wohnraum war nur kärglich eingerichtet. Außer einem großen Schrank und einer Kommode befanden sich hier ein runder Tisch mit vier Stühlen und ein Sofa mit einem kleinen Couchtisch. Alles war sauber und ordentlich, wirkte aber ärmlich.

Herr Tschibala bat Jürgen und Bernhard, am Tisch Platz zu nehmen. Frau Tschibala hatte eine Kanne mit Tee bereitgestellt und schenkte den Beamten davon ein.

Jürgen dankte den beiden, dass sie bereit seien, mit Bernhard und ihm ein Gespräch zu führen, und schilderte noch einmal kurz, dass Herrn Nkunda vor einigen Tagen das Opfer eines Tötungsdelikts geworden sei.

Frau Tschibala starrte stumm vor sich hin und verkrampfte ihre Hände. Ihr Mann schaute Jürgen fassungslos an.

„Warum macht jemand so etwas? Kito hat doch niemandem etwas zu Leid getan!", meinte er und schüttelte den Kopf.

„Sie kannten Herrn Nkunda aus der Zeit, als sie beide im Erstaufnahmezentrum am Dreispitz gewohnt haben?"

Herr Tschibala nickte.

„Hatte er Feinde? Oder gab es Leute, mit denen er Konflikte hatte?"

„Soweit ich weiß, hatte er keine Feinde. Er hat sehr zurückgezogen gelebt und hatte kaum Kontakt mit den anderen Bewohnern dort. Auch wir hatten nicht viel Kontakt miteinander. Wir haben nur öfter mal zusammen geredet, weil wir beide aus dem Kongo kommen und beide Suaheli sprechen. Das hat eine gewisse Verbindung gebracht."

„Wissen Sie, warum Herr Nkunda aus dem Kongo geflohen ist und hier in der Schweiz ein Asylgesuch gestellt hat?"

„Kito war ja Journalist und hat für eine Zeitung gearbeitet, die viel Kritik an der Regierung geäußert hat. Sie müssen wissen, unser Land heißt zwar ‚Demokratische' Republik Kongo. Aber in Wirklichkeit ist es mit der Demokratie nicht so weit her. Wenn die Journalisten irgendetwas Kritisches über die Regierung schreiben, riskieren sie, ihre Lizenz zu verlieren. Und wenn sie dann immer noch weiter machen, werden sie verhaftet und oft ohne jedes Gerichtsverfahren ins Gefängnis geworfen. Kito war ein solcher Journalist. Er hat mir erzählt, dass er mehrmals im Gefängnis war und dort auch gefoltert worden ist. Deshalb ist er geflohen."

Bernhard nahm nicht aktiv am Gespräch teil, sondern notierte die wichtigsten Dinge, die besprochen wurden.

„Und hier in Basel hatte er keine Feinde?", fragte Jürgen noch einmal.

Herr Tschibala schüttelte den Kopf.

„Könnte es sein, dass Herr Nkunda wegen seiner Kritik an der kongolesischen Politik von jemandem aus dem Kongo hier in Basel verfolgt worden ist?"

„Das kann ich mir nicht vorstellen", meinte Herr Tschibala. „So wichtig war er denen sicher nicht. Er war einfach einer der Regimekritiker, und den wollten sie mundtot machen. Damit, dass er geflohen ist, ist für das Regime die Sache sicher erledigt. Ich glaube nicht, dass jemand ihn bis hier in die Schweiz verfolgt hat."

Mit der Frage, ob Herr Tschibala Kito Nkunda auch noch getroffen habe, als sein Landsmann schon bei Frau Mohler gewohnt habe, tastete sich Jürgen vorsichtig an das heikle Thema der Sugar Mummy heran.

„Ja. Er hat dann ja hier im Quartier gewohnt und wir haben uns einige Male zufällig im Supermarkt und auf der Straße getroffen."

„Wissen Sie, ob er sich bei seiner Vermieterin wohl gefühlt hat?", hakte Jürgen nach.

„Ja. Er war froh, dass er bei ihr wohnen durfte. Denn auch die Asylunterkunft in der Brombacherstraße, wo er nach dem Erstaufnahmezentrum gewohnt hat, hat ihm überhaupt nicht gefallen."

„Ich weiß nicht, ob Ihnen bekannt ist, dass Frau Mohler nicht nur die Vermieterin war, sondern dass Herr Nkunda auch eine Liebesbeziehung mit ihr hatte."

Herr Tschibala schaute Jürgen an, zögerte aber mit seiner Antwort. Er schien zu überlegen, wie er seine Antwort formulieren sollte. Da er sehr gut deutsch sprach, war Jürgen klar, dass es kein sprachliches Problem war, das ihn zögern ließ, sondern dass er überlegte, was er dem Kommissar berichten wolle.

Jürgen nickte Herrn Tschibala deshalb aufmunternd zu. „Ich wäre Ihnen sehr dankbar, wenn Sie mir offen erzählten, was Sie über die Beziehung von Herrn Nkunda zu Frau Mohler wissen. Für unsere Ermittlungsarbeit ist es extrem wichtig, dass wir so viele Informationen wie möglich über das Opfer der Gewalttat haben. Dazu gehören auch die Beziehungen, die diese Person hatte."

Herr Tschibala nickte. „Viel weiß ich nicht darüber. Kito hat mir zwar erzählt, dass er mit dieser Frau eine Beziehung hatte. Aber Details hat er nicht erwähnt. Wie gesagt, hat er sich, soweit ich weiß, bei ihr wohl gefühlt."

Jürgen merkte, dass er keine weiteren Informationen über Herrn Nkunda bekommen konnte. Er startete deshalb einen Versuch auf einem anderen Weg: „Entschuldigen Sie bitte, Herr Tschibala, dass ich Sie noch etwas sehr Persönliches frage: Sie hatten ja auch einmal eine nähere Beziehung zu einer Frau, bei der Sie gewohnt haben."

Herr Tschibala warf Jürgen einen Blick zu, der zu sagen schien: Was soll das denn jetzt? Er schwieg aber.

„Ich möchte keine alten Geschichten aufwärmen und hoffe, dass Ihnen das nicht zu nahe geht. Aber ich weiß, dass Ihre Vermieterin damals eine Anzeige gegen Sie erstattet, diese dann aber wieder zurückgezogen hatte. Mir ist klar, das war sicher eine sehr unangenehme Situation für Sie. Ich frage Sie danach, weil wir uns überlegen, ob Herr Nkunda in einer ähnlichen Situation war."

Wieder schwieg Herr Tschibala und schaute Jürgen durchdringend an.

In diesem Moment räusperte Frau Tschibala sich. Jürgen hatte beinahe vergessen, dass sie mit ihnen am Tisch saß. Sie hatte bisher nicht aktiv am Gespräch teilgenommen.

Nun aber ergriff sie das Wort: „Du kannst dem Kommissar doch ruhig sagen, was diese Hexe damals gemacht hat", meinte sie zu ihrem Mann gewendet. „Sie müssen wissen, sie hat ihn geradezu gekauft. Er musste ihr keine Miete zahlen und sie hat viel für ihn bezahlt, außer dem Essen und Trinken auch Reisen und alles mögliche. Dafür musste er aber auch tun, was sie wollte. Alles!"

Es war Frau Tschibala anzumerken, dass sie trotz ihrer spürbaren Wut Mühe damit hatte, diese Situation zu schildern. Offenbar schämte sie sich auch, offen auszusprechen, dass mit „alles" Sex gemeint war. Zumindest schien sie aber über das, was damals geschehen war, voll informiert zu sein.

„Die Frau, bei der mein Mann damals gewohnt hat, wäre zu allem fähig gewesen. Mit ihrer Anzeige – an der überhaupt nichts gestimmt hat", ergänzte Frau Tschibala, zu Jürgen und Bernhard gewendet, „hat sie versucht, ihn kaputt zu machen. Weil er nicht mehr machte, was sie wollte, und er sich von ihr trennen wollte, hat sie schlimme Sachen erfunden und wollte damit zur Fremdenpolizei gehen, damit die ihn ausweist. Glücklicherweise hat Jabari ein paar heftige Szenen, wo sie ihn massiv beschimpft und ihn einmal sogar geschlagen hat, mit seinem Handy gefilmt und ihr später gedroht, es der Polizei zu zeigen. Da hat sie Angst bekommen und hat die Anzeige zurückgezogen."

„Meine Frau hat Recht", bestätigte Herr Tschibala den Bericht seiner Frau. „Hätte ich nicht das Video als Beweis gehabt, hätte sie erreicht, dass ich ausgewiesen worden wäre. Es ging ihr nur noch um Rache, weil ich mich zurückgezogen habe. Ich denke, bei Kito war das aber anders. Ich kann mir kaum vorstellen, dass die Frau, bei der er gewohnt hat, ihm etwas angetan hat."

„Wir haben sie ja einmal getroffen, als sie zusammen mit Kito beim Einkaufen war", bestätigte Frau Tschibala. „Sie machte eigentlich einen netten Eindruck. Aber klar: Man weiß ja nie ..."

„Wir nehmen auch nicht unbedingt an, dass sie direkt etwas mit dem Mord zu tun hat", beschwichtigte Jürgen die beiden. „Uns ist nur wichtig, so viel wie möglich über das Opfer zu erfahren."

„Ich lasse Ihnen meine Karte mit meiner direkten Telefonnummer hier. Falls Ihnen noch irgendetwas einfällt, geben Sie mir bitte Bescheid. Danke, dass Sie bereit waren, mit uns zu sprechen. Das ist uns eine große Hilfe."

Jürgen und Bernhard erhoben sich und verabschiedeten sich vom Ehepaar Tschibala. Herr Tschibala begleitete sie bis an die Etagentür.

Als Jürgen und Bernhard wieder im Kommissariat angekommen waren, beschloss Jürgen, sich auf der Homepage des Eidgenössischen Departements für auswärtige Angelegenheiten, EDA, kundig zu machen, ob der Kongo als relativ sicheres oder eher unsicheres Land eingestuft wurde. Denn für die Entscheidung, ob das Asylgesuch von Herrn Nkunda angenommen worden wäre und ob er wenigstens vorerst in der Schweiz hätte bleiben können, wäre es ja nicht unwichtig gewesen, ob ihm in seinem Heimatland Gefahr gedroht hätte oder nicht.

Was Jürgen kurze Zeit später auf der Homepage des EDA las, gab ihm sehr zu denken. Dort hieß es, dass von Reisen in den Kongo dringend abgeraten werde. Im ganzen Land herrschten politische

Spannungen und Unruhen, in mehreren Provinzen seien bewaffnete Rebellengruppen aktiv, und es bestehe an vielen Ort die Gefahr von Landminen und Blindgängern. Außerdem komme es immer wieder zu Überfällen auf die Zivilbevölkerung, und es bestehe ein erhöhtes Risiko von Entführungen.

Jürgen war klar, dass sich hinter dieser trockenen Schilderung der Situation im Kongo unendliches Leid, Angst und Gewalttätigkeit verbargen. Da war es mehr als verständlich, dass Menschen wie Herr Nkunda sich durch Flucht aus dem Land zu retten versuchten. Schrecklich, dachte Jürgen, dass diesem Mann die Flucht gelungen ist und er hier in der Schweiz nun einem Gewaltverbrechen zum Opfer gefallen ist!

9.

Als Jürgen am Abend nach Hause kam, waren Mario und Antonio damit beschäftigt, sich auf die Pride vorzubereiten, die am nächsten Tag in Zürich stattfinden würde.

„Wir haben doch noch gar nicht definitiv besprochen, dass wir morgen dahin gehen werden", meinte Jürgen, der sich etwas überrumpelt fühlte. Er hatte total vergessen, dass die Zürcher Pride am nächsten Tag sein würde. „Wie wird das Wetter denn sein?"

„Tagsüber gut", beruhigte Mario ihn, „und erst am späteren Abend wahrscheinlich Regen."

„Und wenn du nicht mitgehen willst, dann bleib' ruhig zu Hause", ergänzte Antonio. „Dann gehen Mario und ich alleine. Kein Problem!"

„He! He!", meinte Jürgen. „Nun sei mal nicht so frech, mein Lieber! Wir hatten das noch nicht definitiv abgemacht. Aber klar komme ich auch mit, wenn das Wetter einigermaßen gut ist und ihr geht."

Mario grinste. Er fand es lustig, dass Antonio in letzter Zeit sehr selbstbewusst auftrat und es mitunter auch zu Konflikten mit Jürgen und ihm kommen ließ. Ganz offensichtlich näherte sich Antonio der Pubertät.

„Jetzt aber mal ernst", intervenierte Mario, „wir gehen morgen auf die Pride nach Zürich, nicht wahr?"

Jürgen nickte und Antonio strahlte.

„Sie beginnt mit den Reden um 13 Uhr auf dem Helvetiaplatz. Das heißt, wir müssen die Bahn nehmen, die um 11.11 ab Basel fährt und um 12.24 in Zürich ist. Dann reicht uns die Zeit gut, um kurz vor eins auf dem Helvetiaplatz zu sein, wo sich die Gruppen treffen, die am Zug teilnehmen."

„Ich rufe nachher Anita und Sandra an und sage ihnen, welche Bahn wir nehmen", meinte Jürgen. „Wir können die beiden dann ja am Bahnhof treffen."

„Und wir laufen mit Mama und Sandra zusammen im Zug mit der Gruppe der Regenbogenfamilien?", fragte Antonio. „Das habt ihr doch kürzlich gesagt."

„Klar, das haben wir so geplant", bestätigte Jürgen. „Während wir durch Zürich laufen, können wir natürlich auch mal ein Stück mit einer anderen Gruppe gehen. Außerdem können wir uns auch aufteilen. Dann gehst du eine Zeitlang mit Mama und Sandra. Das entscheiden wir am besten, wenn wir in Zürich sind."

„Dann müssen wir morgen, bevor wir nach Zürich fahren, noch etwas zu trinken kaufen", schlug Mario vor. „Das Wetter soll anfangs bedeckt sein, sich aber zunehmend aufhellen und dann sehr sonnig und warm werden. Außerdem dürfen wir deine Kappe nicht vergessen, Antonio, damit dir die Sonne nicht stundenlang auf den Kopf brennt. Hol' sie schnell. Dann legen wir alles schon zurecht und packen die Rucksäcke, die wir mitnehmen."

Antonio war total aufgeregt und rannte los, um seinen Rucksack und seine Kappe zu holen. Er konnte es kaum erwarten, endlich einmal an dem Umzug bei der Pride teilzunehmen. Mario und Jürgen hatten ihm früher schon davon erzählt und ihm Fotos gezeigt, die sie in früheren Jahren aufgenommen und von Freunden bekommen hatten. Jetzt war das erste Jahr, in dem Antonio auch dabei sein durfte.

Jürgen hatte in der Zwischenzeit Anita und Sandra angerufen und mit ihnen besprochen, dass sie sie am nächsten Vormittag am Bahnhof treffen würden.

Antonio war so aufgeregt in Erwartung der Pride, dass er am Abend nur noch davon sprach. Er meinte auch, er werde sicher vor Aufregung nicht schlafen können. Als Jürgen und Mario ihn um halb neun ins Bett brachten und die Gute-Nacht-Geschichte gelesen hatten, worauf Antonio immer noch bestand, obwohl er inzwischen bestens selbst lesen konnte, schlief er jedoch schon beim Lesen der Geschichte ein.

Am Samstagmorgen wachte Jürgen auf, weil ihn jemand am Fuß zog. Zuerst dachte er, er träume. Doch dann merkte er, dass es Antonio war.

„Papa, wir müssen aufstehen und uns vorbereiten. Wir fahren heute doch nach Zürich zur Pride", flüsterte Antonio.

Ein Blick auf die Uhr zeigte Jürgen, dass es viertel vor sechs war.

„Aber es ist ja noch fast Nacht, Antonio. Wir stehen doch jetzt vor sechs noch nicht auf! Ich habe den Wecker auf acht Uhr gestellt. Dann können wir in aller Ruhe frühstücken und uns gegen viertel vor elf auf den Weg zum Bahnhof machen. Leg' dich auch noch etwas hin und schlaf' noch ein wenig. Ich wecke dich dann rechtzeitig."

„Ich kann aber nicht mehr schlafen!", beharrte Antonio. „Ich will jetzt aufstehen."

„Dann kannst du doch noch lesen, bis wir aufstehen. In Ordnung?"

Antonio zog maulend ab. Dabei ließ er die Türe von Jürgens und Marios Schlafzimmer lauter ins Schloss fallen als nötig, um zu zeigen, dass er mit Jürgens Entscheid absolut nicht einverstanden war.

Durch den Lärm war Mario wach geworden und fragte schlaftrunken, was denn los sei.

„Antonio kann vor Aufregung nicht mehr schlafen und wollte, dass wir schon jetzt vor sechs Uhr aufstehen und frühstücken. Es hat ihn geärgert, dass ich gesagt habe, er soll noch ein bisschen schlafen oder etwas lesen, bis wir um acht Uhr aufstehen. Schlaf ruhig weiter, Schatz."

Jürgen gab Mario einen Kuss und drehte sich auf seine Schlafseite. Nach wenigen Minuten war er schon wieder im Reich der Träume.

Um kurz vor acht wachte Jürgen auf. Er stellte den Wecker ab, damit Mario noch etwas schlafen konnte und ging ins Badezimmer, um seine Morgentoilette zu machen. Als er an Antonios Zimmer vorbeikam, sah er, dass Antonio im Bett lag und tief und fest schlief. Also war er doch vernünftig gewesen und hatte sich noch einmal hingelegt. Jürgen war froh, dass Antonio noch etwas Schlaf bekommen hatte. Es würde ein ziemlich anstrengender Tag werden, da der Zug der Pride mindestens drei Stunden dauern würde.

Als Jürgen den Tisch gedeckt und das Frühstück vorbereitet hatte, weckte er Antonio und Mario. Antonio behauptete zwar, er habe nicht mehr geschlafen, sondern nur noch ein bisschen im Bett gelegen. Jürgen war aber froh, dass er doch noch etwas Ruhe gehabt hatte.

Um zwanzig vor elf bestiegen die drei die Straßenbahn und fuhren zum Bahnhof. Dort trafen sie Anita und Sandra.

Antonio rannte auf Anita zu und rief ihr schon von weitem entgegen: „Denk' mal, Mama, wir hätten beinahe verschlafen. Papa und Mario sind viel zu spät aufgewacht. Wenn ich nicht gewesen wäre, hätten wir jetzt die Bahn verpasst."

„Unser lieber Antonio übertreibt mal wieder gewaltig", korrigierte Jürgen ihn. „Antonio war schon vor sechs wach und meinte, wir müssten um diese Zeit schon frühstücken. Wir haben dann alle aber noch ein bisschen länger geschlafen, um für die Pride heute gut ausgeruht zu sein."

Auf dem Bahnsteig sahen sie etliche junge Leute mit Regenbogenfahnen, die auch in die Bahn nach Zürich stiegen. Einige hatten sich auch die Gesichter mit den Regenbogenfarben angestrichen. Antonio starrte diese Leute fasziniert an und fand, er wolle auch so angemalt werden.

Eine der jungen Frauen hatte das gehört und fragte Antonio, ob sie ihm auch Regenbogenfarben ins Gesicht malen solle. Antonio war völlig begeistert und fragte Anita, ob sie einverstanden sei. Als Anita zustimmte, malte die junge Frau Antonio die Regenbogenfarben auf die Backen und auf die Stirn.

„Jetzt bist du ja perfekt auf die Pride vorbereitet", meinte Sandra bewundernd und machte mit ihrem Handy ein Foto von Antonio.

Als Anita, Sandra, Jürgen, Mario und Antonio im Hauptbahnhof von Zürich ankamen, sahen sie in der Bahnhofshalle viele Gruppen mit Regenbogenfahnen und Transparenten, die sich auf den Weg zum Helvetiaplatz machten. Auch der Bus, in den die Basler einstiegen, war überfüllt mit jüngeren und älteren Frauen und Männern, zum Teil in abenteuerlichen Kostümen, zum Teil aber auch völlig konventionell angezogen. Fast alle stiegen mit ihnen zusammen an der Haltestelle „Helvetiaplatz" aus.

Antonio konnte es gar nicht erwarten, endlich dort zu sein. Als sie sich dem Helvetiaplatz näherten, sahen sie eine große Menschenmenge, die dort wartete. Es war ein ungewöhnlich buntes Bild mit verschiedenen Fahnen, bunter Kleidung der dort Wartenden und über den Platz schallte laute Musik. An einer Seite war eine Bühne aufgebaut, auf der Techniker noch die Mikrofone einrichteten, welche die Rednerinnen und Redner für ihre Grußbotschaften an die Teilnehmenden des Zuges gleich verwenden würden.

Anita und Sandra kannten etliche Frauen und Männer der Gruppe „Regenbogenfamilien" und lotsten Jürgen, Mario und Antonio zu der Stelle, wo sich die Mitglieder der Regenbogenfamilien zusammenfanden. Sie wurden mit großem Hallo begrüßt.

Pünktlich um 13 Uhr begrüßten die Veranstalter der Pride und die Vertreterinnen und Vertreter verschiedener Gruppen die Anwesenden und erinnerten in ihren Reden an die Ereignisse von Stonewall vor 50 Jahren und wiesen darauf hin, dass sie als Lesben, Schwule und Transmenschen ohne den Mut der Aktivisten von Stonewall heute nicht so offen leben könnten wie sie lebten.

Antonio lauschte den Reden mit ungewöhnlicher Konzentration und schien sehr beeindruckt von der Atmosphäre der Veranstaltung und dem, was er in den Reden erfuhr.

Um kurz vor zwei setzte sich der Zug in Bewegung. Es gab einen Plan mit der Reihenfolge, in der die Gruppen im Zug liefen. Die Gruppe der Regenbogenfamilien umfasste eine große Zahl von Teilnehmerinnen und Teilnehmern. Für die kleineren Kinder gab es sogar ein Fahrzeug, das wie eine kleine Straßenbahn aussah. Antonio lehnte es aber empört ab, in diesem Gefährt zu sitzen, als eine Teilnehmerin ihm dies anbot.

„Ich laufe natürlich", meinte er mit einem leicht beleidigten Unterton. „Ich bin ja kein Baby mehr!"

Der Zug selbst zog sich über eine lange Strecke hin, und die Straßenränder säumte eine riesige Zahl von Zuschauern. In den Medien hieß es zu Beginn der folgenden Woche, es seien zirka 55'000 Menschen bei der Pride in Zürich gewesen.

Nach etwa drei Stunden kam der Zug am Ziel, der Stadthausanlage, an. Dort waren viele Stände aufgebaut, an denen Essen und Trinken verkauft wurde. Außerdem hatten die verschiedenen Gruppen Infostände. Jürgen, Mario und Antonio waren im Zug zusammen mit Anita und Sandra bei den Regebogenfamilien mitgelaufen. Jetzt schlug

Jürgen vor, die Runde bei verschiedenen Ständen zu machen, um dort Freundinnen und Freunde zu treffen. Anita und Sandra blieben noch beim Stand der Regenbogenfamilien und halfen dort, Flyer zu verteilen und interessierten Besuchern Informationen über die Gruppe zu geben.

Jürgen und Mario machten sich auf den Weg zu den Ständen verschiedener Gruppen. Zunächst gingen sie zu Network, den schwulen Führungskräften, weil Jürgen dort Martin Hofer, den Chef des Gerichtsmedizinischen Instituts, treffen wollte. Die Networker verkauften Getränke, und es war schwierig, sich durch die Menge von Anwesenden hindurch zu drängen. Martin Hofer stand hinter dem Tresen und begrüßte Jürgen und Mario begeistert.

„Und das ist euer Sprössling?", fragte er und gab Antonio die Hand. „Der ist ja wahnsinnig gewachsen, seitdem ich ihn das letzte Mal gesehen habe."

„Ist das der Mann, der deine Leichen zerschneidet?", fragte Antonio Jürgen.

Ein paar Männer, die in der Nähe standen und das gehört hatten, schauten Martin Hofer entsetzt an.

„Psst, Antonio!" meinte Jürgen.

Martin Hofer lachte aber aus vollem Halse. „Euer Sohn hat wirklich Nerven! Er hat den Nagel auf den Kopf getroffen. Ich hoffe nur, er verdirbt uns nicht das Geschäft mit solchen Sprüchen! Am Ende will niemand mehr etwas bei uns kaufen. Aber du hast recht", wendete er sich an Antonio und flüsterte ihm zu: „Ich helfe deinem Papa die Mörder zu fangen und muss deshalb die Leichen genau untersuchen."

„Jetzt ist es aber genug!", unterbrach Mario die makabre Unterhaltung. „Gib Jürgen und mir mal einen Prosecco und für Antonio eine Limonade."

Nach dem Besuch am Stand von Network gingen die drei weiter zum Stand von Transgender Network Switzerland, TGNS. Jürgen hatte im Verlauf der Jahre einige Mitglieder von TGNS kennengelernt und begrüßte sie freudig. Er stellte Mario als seinen Mann und Antonio als ihren Sohn vor.

Der nächste Stand war der von QueerAltern. Jürgen war der

Gruppe vor einiger Zeit beigetreten, nachdem er sich erkundigt hatte, ob er das auch schon vor Erreichen des Pensionsalters tun könnte. Die Antwort vom Präsidenten hatte gelautet: Natürlich könne er das. Jürgen begrüßte auch hier die Mitglieder, die er kannte, und stellte sich, Mario und Antonio denen vor, die er bisher noch nicht persönlich getroffen hatte.

Der Weg führte sie weiter zum Stand von Queeramnesty, der Sektion von amnesty international für Flüchtlinge der LGBTIQ*-Community. Jürgen freute sich, hier auch Ivo Mutz zu treffen, mit dem Bernhard im Rahmen von einigen Ermittlungen, so auch kürzlich in Basel, gesprochen hatte. Einige andere Queeramnesty-Mitglieder kannte er dem Namen nach von den internen Mitteilungen von Queeramnesty.

Als Jürgen, Mario und Antonio wieder zum Stand der Regenbogenfamilien zurückkamen, wurden sie schon sehnsüchtig von Anita und Sandra erwartet.

„Wir sterben fast vor Hunger", riefen sie ihnen entgegen. „Beinahe hätten wir uns schon etwas zu essen geholt. Gut seid ihr jetzt da. Dann lasst uns schauen, was es alles Gutes gibt."

Aus der Fülle von Angeboten wählten Anita und Jürgen ein thailändisches Gericht aus, Mario aß Sushi, Sandra entschied sich für ein indisches Gericht und für Antonio war klar: Es mussten Pommes frites sein!

Auch an Getränken gab es eine große Auswahl. Mario war begeistert, an einem Stand Bowle zu finden. Nach langem Überlegen entschied er sich schließlich für eine Weißwein-Erdbeerbowle. Anita und Sandra wählten eine alkoholfreie Bowle mit verschiedenen Früchten. Jürgen meinte, er brauche etwas gegen seinen großen Durst und bestellte ein Panaché, eine Mischung aus Bier und Limonade, die in Norddeutschland Namen „Alsterwasser" und im Süden von Deutschland und in Österreich „Radler" genannt wird. Antonio durfte zum besonderen Anlass der Pride Coca-Cola trinken.

Gegen 19 Uhr beschlossen Jürgen und Mario, die Heimfahrt anzutreten. Anita und Sandra wollten noch in Zürich bleiben, um wenigstens noch etwas von der angekündigten Disco mitzubekommen.

Antonio beklagte sich zwar, dass er wie ein „Buschi" - das ist das Schweizerwort für „Baby" erkläre Jürgen Mario, der mitunter noch Probleme mit einigen Schweizer Wörtern hatte – behandelt würde. Doch kaum saßen die drei in der Bahn, als Antonio mit den Augen zu klimpern anfing und nach fünf Minuten bereits eingeschlafen war.

Müde und rundherum zufrieden kamen die drei gegen neun Uhr zu Hause an.

„Das war eine tolle Pride", murmelte Antonio im Halbschlaf, als Jürgen und Mario ihn ins Bett gebracht hatten. „Ich freue mich schon auf die Basler Pride."

10.

Obwohl Jürgen und Mario am Sonntagabend relativ früh schlafen gegangen waren, fühlte sich Jürgen am Montagvormittag noch recht müde, als sein Wecker ihn um halb sieben aus tiefem Schlaf riss. Er gab Mario einen Kuss und stand auf. Erst unter der Dusche wachte er richtig auf.

Jürgen war erstaunt, dass er von der Wanderung am Sonnabend bei der Zürich-Pride sogar einen leichten Muskelkater spürte. Bin ich denn so wenig daran gewöhnt, mich zu bewegen, dass mir schon ein Zug von drei Stunden Muskelkater macht, dachte er. Wenn das so ist, müssen wir unbedingt wieder mehr wandern. In den bevorstehenden Ferien würden sie ja Zeit und Gelegenheit dafür haben.

Nachdem er den Frühstückstisch gedeckt hatte, erschienen Mario und Antonio, die heute Morgen ungewöhnlich einsilbig waren. Auch ihnen war die Müdigkeit anzumerken. Jürgen musste schon bald gehen. Mario würde das Haus dann später verlassen, wenn Antonio sich auf den Weg zur Schule machte.

Für diesen Vormittag stand für Jürgen und Bernhard ein weiteres Gespräch mit Frau Vogt und Herrn Kimbangu auf dem Programm. Um kurz vor neun meldete die Sekretärin, die an der Anmeldung arbeitete, die beiden Besucher an. Bernhard holte sie von dort ab und führte sie in Jürgens Büro.

Obwohl Herr Kimbangu Jürgen ja bereits kannte, wirkte er heute besonders ängstlich und vermied es, Jürgen und Bernhard direkt anzuschauen.

Ehe Jürgen das Gespräch eröffnen konnte, ergriff Frau Vogt das Wort: „Sie müssen wissen, Herr Schneider, Herr Kimbangu steht noch völlig unter Schock!"

Jürgen schaute sie erstaunt an. „Was ist denn passiert?"

Frau Vogt schaute zu Herrn Kimbangu, offenbar um ihn zu ermuntern, selbst zu berichten. Er schüttelte aber den Kopf und starrte, dumpf brütend, vor sich hin.

„Gut. Dann berichte ich Ihnen, was passiert ist: Als Joseph

Kimbangu gestern Nachmittag in die Asylunterkunft zurückgekommen ist, war sein Zimmer verwüstet und er fand einen Zettel mit den Worten: ‚Verschwinde, du schwule Sau'. Das hat ihn natürlich wahnsinnig getroffen und hat alle die alten Ängste, die er bei der Verfolgung im Kongo erlebt hat, wieder aufflammen lassen."

Jürgen sah, dass Herr Kimbangu zitterte und sich krampfhaft bemühte, die Tränen zurückzuhalten. Er legte ihm beruhigend die Hand auf den Arm.

„Herr Kimbangu hat mich daraufhin angerufen", fuhr Frau Vogt mit ihrem Bericht fort. „Ich bin sofort zur Asylunterkunft gefahren. Dort haben wir mit dem Leiter gesprochen. Er hat zuerst gemeint, man dürfe einen solchen Zettel nicht zu ernst nehmen. Doch als wir ihm das verwüstete Zimmer gezeigt haben, war er sehr besorgt und hat vorgeschlagen, dass Joseph in eine andere Asylunterkunft umzieht, wo ihn niemand kennt. Es gab offenbar vor einigen Monaten schon eine Morddrohung einer Transgenderperson gegenüber. Da habe er auch einen Wechsel der Asylunterkunft vorgenommen."

„Gibt es denn nicht auch Asylunterkünfte speziell für sogenannte vulnerable Gruppen?", meinte Jürgen. „Dazu gehören ja auf jeden Fall auch Flüchtlinge der LGBT-Gruppe."

„Soweit ich weiß, gibt es in Basel keine solchen Unterkünfte. Aber Joseph wohnt jetzt in der Asylunterkunft Brombacherstraße, wo niemand weiß, dass er schwul ist. Dort ist er erst einmal sicher. Seine Homosexualität zu verbergen, ist bei Joseph glücklicherweise einfacher als bei Transgendern, denen die Umgebung im Allgemeinen ja ansieht, dass sie trans sind."

„Ich verstehe, dass das ein schwerer Schock für Sie war, Herr Kimbangu", wandte sich Jürgen nun ihm zu. „Ich habe auch davon gehört, dass Lesben, Schwule und Transgender in den Asylunterkünften immer wieder bedroht werden. Das ist nicht nur Ihnen so ergangen, Herr Kimbangu. Gut, dass Sie sofort Frau Vogt benachrichtigt haben. Oft melden die Opfer die Drohungen ja nicht einmal dem Personal in den Unterkünften, weil sie Angst vor den Bedrohern haben und fürchten, es könnte noch schlimmer werden, wenn sie sich beschweren würden."

Herr Kimbangu nickte.

„Darf ich Sie jetzt doch noch etwas zu Ihrem Bekannten Kito Nkunda fragen, Herr Kimbangu? Wir sind mit unseren Ermittlungen immer noch nicht viel weiter gekommen. Wir haben auch noch mit einem anderen Landsmann von Ihnen gesprochen, Herrn Tschibala. Kennen Sie ihn?"

Herr Kimbangu nickte. „Ich habe ihn ein paar Mal zusammen mit Kito getroffen."

„Dann wissen Sie wahrscheinlich, dass Herr Tschibala eine Zeitlang mit einer Schweizerin zusammen gelebt hat, die ihn finanziell unterstützt hat?."

Wieder nickte Herr Kimbangu. Bei Jürgens Frage schaute er den Kommissar kurz an, als ob er sich vergewissern wollte, was Jürgen über Herrn Tschibala wisse. Jürgen entschloss sich deshalb, Herrn Kimbangu gegenüber offen zu sein.

„Ich vermute, dass Sie auch von den Problemen gehört haben, die Herr Tschibala wegen seiner Bekannten hatte. Es ist ja sogar beinahe zu einer Auseinandersetzung vor Gericht gekommen."

„Jabari hat nie etwas Böses gemacht!", entgegnete Herr Kimbangu mit unerwarteter Heftigkeit. „Diese Frau hat ihn nur ausgenutzt und hat sich an ihm rächen wollen, weil er sie verlassen wollte."

„Das habe ich auch gehört", bestätigte Jürgen. „Soweit ich weiß, bestand ja eine ähnliche Beziehung zwischen Herrn Nkunda und seiner Vermieterin. Hat er ihnen da auch mal von Schwierigkeiten und Auseinandersetzungen erzählt, die er mit seiner Bekannten hatte?"

Herr Kimbangu hatte sich wieder beruhigt und schaute Jürgen jetzt direkt an.

„Kito war sehr verschlossen. Direkt hat er mir gegenüber nie so etwas erwähnt. Ich hatte aber doch den Eindruck, dass es Spannungen zwischen den beiden gab. Warum, weiß ich nicht. Es kann sein, dass Kito sich von ihr trennen wollte. Er war aber finanziell total abhängig von ihr. Da ist ihm sicher nichts anderes übrig geblieben, als bei ihr zu bleiben. Sonst hätte er auf sehr viele Annehmlichkeiten verzichten müssen", fügte er mit einem kritischen Unterton hinzu.

„Aber von Tätlichkeiten zwischen den beiden, so wie es bei Herrn Tschibala und seiner Vermieterin war, hat Ihnen Herr Nkunda noch nie berichtet?"

Herr Kimbangu schüttelte den Kopf. „Nein, nie. Aber er war ja, wie ich gesagt habe, in persönlichen Dingen sehr zurückhaltend. Das eine aber weiß ich ganz sicher: Er war nicht mehr glücklich mit dieser Frau!"

„Dann will ich Sie nicht mehr länger mit meinen Fragen belästigen, Herr Kimbangu. Ich bin Ihnen sehr dankbar, dass Sie trotz der Vorfälle im Erstaufnahmezentrum heute zu diesem Gespräch gekommen sind. Auch Ihnen, Frau Vogt, danke, dass Sie Herrn Kimbangu begleitet haben. Danke auch, dass Sie ihm so tatkräftig in dieser Krisenzeit zur Seite stehen", ergänzte Jürgen.

Wieder wunderte Frau Vogt sich, dass der Kommissar das Thema Homosexualität und Homosexualitätsfeindlichkeit so ernst nahm.

Nachdem Frau Vogt und Herr Kimbangu gegangen waren, vertiefte sich Jürgen noch einmal in die Protokolle von den Gesprächen mit den anderen Zeugen. Ich bin überzeugt davon, dass wir etwas übersehen haben, dachte er. Nur was könnte das sein?

Als Täter für den Mord an Herrn Nkunda kamen verschiedene Personen mit unterschiedlichen Motiven in Frage: Frau Mohler, weil sich ihr Lover von ihr trennen wollte; eine bis jetzt unbekannte Person aus dem Kongo, die Herrn Nkunda wegen seiner Kritik an der kongolesischen Regierung bis in die Schweiz verfolgt hatte, wobei sich in diesem Fall die Frage stellte, ob diese Person nicht eventuell auch Herr Kimbangu oder Herr Tschibala sein könnte; oder es war kein geplanter Mord mit einem eindeutigen Motiv gewesen, sondern eine impulsive Tat, deren Opfer Herr Nkunda geworden war, weil er zufällig zur falschen Zeit am falschen Ort gewesen war.

Wenn Jürgen sich die verschiedenen Varianten vor Augen hielt, erschien ihm eine wie die andere gleichermaßen unwahrscheinlich. Es musste eine andere Erklärung geben, auf die sie bisher aber noch nicht gekommen waren, vermutete er.

Als Jürgen an diesem Abend nach Hause kam, stürmte ihm Antonio entgegen.

„Weißt du, wer heute Abend zu uns kommt, Papa?"

Jürgen schüttelte den Kopf. Mario und er hatten nichts für den heutigen Abend geplant, und er hatte sich nach dem stressigen Tag auf einen ruhigen Abend gefreut. Jürgen war deshalb in keiner Weise begeistert, von Antonio zu erfahren, dass heute Besucher kommen würden.

„Nein, das weiß ich nicht. Wer soll das sein?", war deshalb Jürgens Frage, wobei seinem Ton anzumerken war, dass er gar nicht begeistert war.

„Du musst deshalb nicht maulen", rügte Antonio ihn.

Jürgen hörte in dieser Formulierung sich selbst, wenn Antonio mit irgendetwas nicht einverstanden war und verärgert und beleidigt reagierte. Unwillkürlich musste Jürgen grinsen. Antonios Pubertät ließ grüßen!

„Also, wer kommt heute Abend?", fragte Jürgen.

Nun grinste Antonio. „Edith und Walter kommen zu uns. Dagegen wirst du ja wohl nichts haben. Oder?"

„Nein, natürlich nicht. Ich freue mich, sie zu sehen."

Mario kam aus der Küche und begrüßte Jürgen.

„Ich höre gerade, dass Edith und Walter heute Abend zu uns kommen, Schatz. Kannst du mir sagen, warum?"

„Das habe ich kurz entschlossen mit Antonio zusammen überlegt", antwortete Mario. „Antonio wird doch ein Ferienwochenende bei ihnen verbringen. Wir dachten, es wäre gut, mit Edith und Walter über das Programm zu sprechen."

„Als ob wir das nicht alleine könnten!", kommentierte Antonio Marios Erklärung kritisch. „Aber schon gut", beschwichtigte er Mario, als er sah, dass dieser ihm widersprechen wollte.

Mario bat Jürgen und Antonio zu Tisch, damit sie das Abendessen beendet hätten, wenn Edith und Walter gegen acht Uhr kämen.

Um kurz nach acht läutete es, und Edith und Walter standen vor der Tür.

Antonio begrüßte sie begeistert. Er machte ab und zu ein Treffen mit Edith ab und genoss es jeweils, einen Nachmittag in ihrem Haus in

Riehen, einem Vorort von Basel, verbringen zu können. Umso grösser war seine Freude nun, weil er nicht nur einen Tag, sondern ein ganzes Wochenende bei ihnen sein würde.

Als Edith und Walter Platz genommen hatten, stellte Mario Salzgebäck auf den Tisch, während Jürgen Rotwein einschenkte. Antonio trank Apfelsprudel.

„Lasst uns zuerst mal das Wochenende besprechen, an dem Antonio bei uns sein wird", begann Edith, nachdem sie miteinander angestoßen hatten. „Ich bin sicher, nachher möchte Walter von dir, Jürgen, noch etwas über deine Ermittlungen wissen. Während ihr das besprecht, bringe ich Antonio ins Bett. Alle einverstanden?"

Jürgen und Mario nickten und Antonio strahlte. Er war immer begeistert, von Edith ins Bett gebracht zu werden. Dies vor allem deshalb, weil sie sich leicht – und gerne – von ihm überreden ließ, das Lesen der Gute-Nacht-Geschichte über die sonst übliche Zeit hinaus zu verlängern.

„Gibt es etwas, was du gerne an dem Wochenende bei uns mit uns machen möchtest?", fragte Edith Antonio.

„Klar!", rief er. „Ich möchte gerne ins Alpamare in Pfäffikon!"

„Das ist ja eine richtige Reise bis Pfäffikon", meinte Walter. „Würde es nicht auch das Sole Uno in Rheinfelden tun?"

„Das kann man doch nicht miteinander vergleichen", entgegnete Antonio und schüttelte missbilligend den Kopf, wobei er deutlich spüren ließ, dass dieser Vergleich gewaltig hinkte. „Das Sole Uno ist doch einfach ein 0815 Solethermalbad, während das Alpamare ein Erlebnisbad ist mit über zehn Wasserrutschbahnen, einem Wellenbad und vielen Fun-Angeboten für Kinder. Das kann man doch nicht mit dem langweiligen Sole Uno vergleichen!"

„Da hat Antonio allerdings Recht", unterstützte Edith ihn. „Es wird im Alpamare am Wochenende, und speziell in der Schulferienzeit, zwar ziemlich voll sein. Aber das Alpamare bietet für Antonio tatsächlich viel mehr als das Sole Uno in Rheinfelden. Wir planen das mal als Tagesausflug ein."

„Ich glaube allerdings, das wird ein ziemlich teurer Spaß", gab Jürgen zu bedenken. „Soweit ich mich erinnere, kostet die Tageskarte für

Erwachsene mehr als 50 Franken, und Kinder zahlen für eine Tageskarte sogar mehr als 40 Franken!"

Antonio machte eine Handbewegung, als wische er ein lästiges Insekt beiseite, und fuhr fort: „Und hinterher fahren wir noch mit dem Schiff von Pfäffikon über den Zürichsee bis Zürich!"

„Also gut. Ich gebe mich geschlagen", stimmte nun auch Walter zu und zwinkerte Jürgen und Mario zu. „Euer Sohn hat alles bestens im Griff!"

„Und an einem Tag will ich mit dir in den Basler Zoo gehen, Antonio", schlug Edith vor. „Was hältst du davon? Ich habe gelesen, die Zebras, die Giraffen und die Okapis haben Junge. Die würde ich gerne anschauen."

„Ja, das ist spannend", stimmte Antonio begeistert zu. „Und dann können wir mittags im Zoo-Restaurant Pommes frites und Schnitzel essen und als Dessert natürlich Eis! Wenn sie das haben: Vanille-Glace mit Schockisauce."

„Das wird ja ein richtiges Event-Wochenende", meinte Jürgen. „Ich bin sicher, ihr werdet euch nicht langweilen."

„Ganz sicher nicht", stimmte Walter ihm zu. „Edith und Antonio lassen sich sicher noch etliche andere Sachen einfallen. Da habe ich keinerlei Zweifel."

Als sie das Datum des Wochenendes, das Antonio bei Edith und Walter verbringen würde, festgelegt hatten, ging Antonio nach oben, um sich zu waschen, die Zähne zu putzen und seinen Schlafanzug anzuziehen. Kurze Zeit später rief er, Edith könne jetzt zum Vorlesen der Gute-Nacht-Geschichte kommen.

„Nun schieß' los, Jürgen, wie deine Ermittlungen vorangehen", forderte Walter Jürgen auf, als Edith gegangen war. „Ich bin gespannt, ob ihr schon Ergebnisse habt."

Mario lachte und meinte, zu Jürgen gewendet: „Du weißt ja, Caro, wenn Walter etwas von einem Verbrechen hört, ist er wie ein Jagdhund, der Blut gerochen hat. Spann' ihn also nicht länger auf die Folter!"

„Leider sind wir kaum weitergekommen", begann Jürgen.

Er berichtete von den Gesprächen, die er mit Frau Mohler, Frau Vogt und Herrn Kimbangu und mit dem Ehepaar Tschibala geführt hatte, und von den Drohungen gegen Herrn Kimbangu im Erstaufnahmezentrum.

„Insofern haben wir eine Menge Informationen zusammengetragen. Aber für die Aufklärung des Mordes an Herrn Nkunda hat uns das alles bisher leider herzlich wenig gebracht."

„Das heißt: Du hast auch für oder gegen keine deiner Hypothesen stichhaltige Fakten in der Hand", meinte Walter nachdenklich. „Mir leuchten alle deine Hypothesen ein. Es könnte ein Hate Crime wegen der afrikanischen Herkunft des Kongolesen sein, es könnte auch der Racheakt der Sugar Mummy sein, weil er sich von ihr trennen wollte, und es kann ebenso die Tat eines Vertreters der kongolesischen Regierung sein, der den Regimekritiker für immer zum Schweigen bringen wollte. Das ist wirklich eine schwierige Situation."

„So ist es", stimmte Jürgen ihm zu. „Und dabei bin ich nicht einmal sicher, ob wir nicht etwas Wichtiges übersehen haben und hinter dem Mord an Herrn Nkunda noch etwas ganz Anderes steckt."

In diesem Moment läutete Jürgens Diensttelefon.

„Das fehlt uns gerade noch", seufzte Mario. „Kaum sitzen wir mal gemütlich zusammen, da läutet dieses verfluchte Diensttelefon. Sag' deinen Leuten: affanculo!"

Jürgen warf Mario einen missbilligenden Blick zu und nahm den Anruf an.

„Hallo, Bernhard", hörten Mario und Walter Jürgen den Anrufer begrüßen. „Oh je!" Dann folgten die in solchen Situationen üblichen Frage: „Wo?" und die Mitteilung: „Schick' mir bitte einen Wagen vorbei. Ich komme."

„Ein neuer Mord", erklärte Jürgen den beiden kopfschüttelnd, als er das Gespräch beendet hatte. „Und dreimal dürft ihr raten, wer das Opfer ist."

Mario und Walter zuckten mit den Schultern und schauten Jürgen fragend an.

„Herr Kimbangu ist das Opfer. Ich verstehe das nicht! Ich gehe davon aus, dass die beiden Morde in irgendeiner Weise zusammenhängen. Beide Opfer sind ja Kongolesen und kannten sich. Aber was verbindet sie denn sonst noch?"

„Halt' mich bitte auf dem Laufenden", bat Walter Jürgen. „Ich bin gespannt, was ihr herausfindet."

Jürgen verabschiedete sich von Walter und Mario und ging hinauf, um sich auch von Edith und Antonio zu verabschieden. Wenig später hielt der Polizeiwagen vor dem Haus, um Jürgen abzuholen.

Auf dem Weg zum Tatort informierte der Kollege Jürgen über das, was bisher bekannt war: Ein Afrikaner sei von Jugendlichen im Horburgpark tot aufgefunden worden. Sie hätten die Polizei verständigt. Der Gerichtsarzt Dr. Ralph Elmer und Jürgens Mitarbeiter Bernhard Mall seien zusammen mit den Kollegen von der Spurensicherung schon vor Ort.

Auf der Fahrt zum Horburgpark realisierte Jürgen, dass dieser Park nicht weit entfernt von der Asylunterkunft Brombacherstraße lag, in die Herr Kimbangu erst heute eingezogen war. War er ein Opfer von denen geworden, die im Erstaufnahmezentrum sein Zimmer verwüstet und einen Zettel mit den Worten „Verschwinde, du schwule Sau" hinterlassen hatten? Oder ging es um einen politisch motivierten Mord? Und welche Beziehung bestand zwischen den beiden Morden an Kito Nkunda und Joseph Kimbangu? Fragen über Fragen, auf die Jürgen keine Antworten hatte.

Am Tor des Horburgparks erwartete Bernhard Jürgen. Jürgen war der Horburgpark, der in der Nähe des Musical-Theaters lag, mehr oder weniger unbekannt. Er wusste zwar, dass es am Ende des 19. Jahrhunderts ein Friedhof gewesen war, der in den 50er Jahren des letzten Jahrhunderts zu einem Park mit Robi-Spielplatz umgestaltet worden war. Im Park selbst war er jedoch noch nie gewesen.

Bernhard führte Jürgen auf einem der Wege zum Ort, an dem die Leiche von Joseph Kimbangu gefunden worden war. Er berichtete Jürgen, dass zwei Jugendliche gegen 20.30 zur Skateranlage gegangen seien, um dort noch bis 22 Uhr, wenn der Park geschlossen würde, zu trainieren. Halb unter Büschen versteckt, hätten sie die Leiche eines Afrikaners gefunden und hätten daraufhin die Polizei benachrichtigt.

Bernhard selbst sei kurze Zeit später zusammen mit dem Gerichtsarzt Dr. Ralph Elmer und den Kollegen von der Spurensicherung am Tatort eingetroffen. Ralph Elmer habe seine Untersuchung der Leiche eben beendet. Der Mord sei durch zwei tiefe Stiche, Ralph nehme an, mit einer Art Dolch, in den Rücken des Opfers erfolgt. Schon der erste Stich sei wahrscheinlich tödlich gewesen. Abwehrspuren habe der Gerichtsarzt bisher nicht finden können.

„Du weißt ja, Jürgen, Ralphs Standardantwort auf alle Fragen lautet: ‚Mehr erfahrt ihr nach der Obduktion'. Den Todeszeitpunkt setzt Ralph auf etwa 20 Uhr an."

Jürgen und Bernhard hatten sich inzwischen der Skateranlage genähert. Schon von weitem sah Jürgen die Kollegen von der Spurensicherung, die in ihren weißen Schutzanzügen wie eine Gruppe von Fabelwesen aussahen.

„Übrigens ist der Fundort der Leiche nicht der Tatort", fuhr Bernhard mit seinem Bericht fort. „Die Kollegen von der Spurensicherung haben Schleifspuren vom Tatort, dem Weg neben der Skateranlage, bis zu den Büschen entdeckt, unter denen die Leiche lag. Offenbar hat der Täter sie dort verstecken wollen. Wenn die Jugendlichen nicht noch zum Trainieren gekommen wären, hätte man die Leiche sicher erst morgen irgendwann während des Tages entdeckt. In der Hosentasche des Opfers habe ich seinen Ausländerausweis gefunden, der zeigt, dass der Tote Joseph Kimbangu ist."

„Gibt es Zeugen, die irgendetwas beobachtet haben?", erkundigte sich Jürgen.

„Leider nein. Um diese Zeit befanden sich nur noch wenige Besucher im Park, und es war niemand in unmittelbarer Nähe der Skateranlage. Wir haben nur einen Jogger angetroffen, der auf einer Bank saß, die nicht allzu weit von der Skateranlage entfernt war. Die Kollegen haben ihn gebeten, noch auf uns zu warten, damit wir kurz mit ihm sprechen können. Er wartet im Wagen der Kollegen. Die beiden Jugendlichen hatten offenbar einen ziemlichen Schock. Einer der Kollegen hat kurz mit ihnen gesprochen. Sie warten da drüben neben der Skateranlage. Ich werde gleich ihre Personalien aufnehmen und noch einmal mit ihnen sprechen."

Das Gelände um die Skateranlage war weiträumig abgesperrt worden. Bernhard ging zu den beiden Jugendlichen, während Jürgen sich der Leiche von Joseph Kimbangu näherte. Das Opfer lag jetzt auf dem Rücken auf der Wiese neben den Büschen, unter denen die Jugendlichen den Toten entdeckt hatten. Auf den ersten Blick sah Jürgen, dass es Joseph Kimbangu war. Er trug die gleiche Kleidung wie bei dem Gespräch, das Jürgen am Vormittag mit ihm und Frau Vogt geführt hatte.

Einer der Kollegen von der Spurensicherung zeigte Jürgen ein von ihm gemachtes Foto, auf dem die Leiche in der Stellung zu sehen war, in der die Jugendlichen sie gefunden hatten. Wenn es dem Täter darum gegangen war, sein Opfer so zu verstecken, dass es nicht so schnell gefunden werden könnte, war er wenig sorgfältig vorgegangen, dachte Jürgen. Die Beine des Toten ragten bis zu den Knien unter den Büschen hervor.

Wahrscheinlich hat der Täter die Jugendlichen kommen hören und hat deshalb die Leiche nur ein Stück weit unter die Büsche ziehen können, vermutete Jürgen. Denn wenn Ralph Elmer als Todeszeitpunkt zirka 20 Uhr annahm und die Jugendlichen um 20.30 bei der Skateranlage angekommen waren, war dem Täter nur wenig Zeit geblieben, um die Leiche zu verstecken.

Wenn nur so wenig Zeit zwischen dem Mord und der Entdeckung des Opfers vergangen war, müsste doch irgendjemand den Täter noch im Park gesehen haben. Jürg nahm sich vor, unbedingt nachher noch mit dem Jogger zu sprechen, der auf einer Bank nicht weit von der Skateranlage gesessen hatte, und ihn zu fragen, ob er bei seinem Lauf durch den Park jemanden gesehen habe. Vielleicht war der Täter aber sogar den beiden Jugendlichen auf ihrem Weg zur Skateranlage begegnet.

Jürgen ging zu Bernhard hinüber, der mit den beiden Jugendlichen sprach. Sie hatten sich offenbar wieder gefasst und diskutierten lebhaft mit Bernhard. Als Jürgen sich der Gruppe näherte, hörte er, dass einer der Jugendlichen, ein etwa 14-jähriger Junge mit kurzen blonden Haaren, offenbar auf eine Frage von Bernhard antwortete:

„Ob uns jemand begegnet ist? Das kann ich nicht sagen. Manfred und ich haben uns unterhalten und ich habe nicht darauf geachtet, wer in unserer Nähe war. Aber ich glaube nicht, dass uns jemand begegnet ist. Oder hast du jemanden gesehen, Manfred?"

Der andere, ein etwas älterer Jugendlicher, schüttelte den Kopf. „Ich habe auch nicht darauf geachtet, wer in unserer Nähe war. Klaus und ich haben uns ja miteinander unterhalten. Ich glaube aber, uns ist niemand begegnet."

Jürgen stellte sich den beiden Jugendlichen vor und fragte: „Habt ihr denn vielleicht jemanden gesehen, als ihr zum Tor in den Park hineingekommen seid? Entweder jemand, der hier im Park war, oder eine Person, die sich auf der Straße vor dem Park befunden hat?"

Wieder schüttelten die beiden den Kopf.

Jürgen verabschiedete sich von ihnen und machte sich auf den Weg zu dem am Rand des Parks wartenden Polizeiwagen, in dem der Jogger saß, den er noch als Zeugen befragen wollte.

Als Jürgen bei dem Wagen ankam, trat ihm ein Mann entgegen, den Jürgen auf Mitte 50 schätzte. Er trug einen Jogginganzug und Turnschuhe. Der Mann war offensichtlich ziemlich verärgert darüber, dass er auf Jürgen hatte warten müssen. Ehe Jürgen sich noch vorstellen konnte, kam seine empörte Frage:

„Können Sie mir mal sagen, was das alles hier bedeuten soll? Sie können mich doch nicht stundenlang warten lassen, nur weil ich zufällig in einem Park gesessen habe, in dem jemand offenbar einen Neger umgebracht hat! Das haben sich diese Leute selbst zuzuschreiben. Es treibt sich ja viel zu viel von diesem Gesindel bei uns in der Schweiz herum. Sicher eine Auseinandersetzung unter Drogendealern!"

Jürgen spürte, wie Ärger in ihm aufstieg. Er hasste diese borniete Art, in der manche Schweizer sich über Ausländer äußerten. Jeder dunkelhäutige Mensch war für sie wie selbstverständlich ein Drogenhändler. Und dann immer wieder dieser blöde Spruch davon, dass es schon viel zu viele Ausländer in der Schweiz gebe.

Da er hoffte, von dem Jogger vielleicht doch ein paar wichtige Informationen erhalten zu können, riss Jürgen sich zusammen, schluckte seinen Ärger herunter und begrüßte den Mann so freundlich, wie es ihm in dieser Situation möglich war.

„Ich bin Kommissar Schneider, der Leiter der Mordkommission Basel. Danke, dass Sie auf mich gewartet haben. Sie können uns vielleicht wichtige Informationen liefern. Können Sie mir bitte Ihre Personalien angeben?"

„Auch das noch!", stöhnte der Mann, zog seine Brieftasche hervor und reichte Jürgen eine Visitenkarte. „Hier, schauen Sie selbst!"

Jürgen las „Dr. Hans Kupfer. Archivar." Die Adresse lautete Brombacherstraße. Also ganz in der Nähe der Asylunterkunft, in der Herr Kimbangu gewohnt hatte, dachte Jürgen. Außerdem fanden sich auf der Visitenkarte eine Telefonnummer und die E-mail Adresse von Herrn Kupfer.

Nachdem Jürgen sich die Angaben notiert hatte, gab er die Visitenkarte Herrn Kupfer zurück.

„Sie haben in der Nähe der Skateranlage auf einer Bank gesessen", begann Jürgen die Befragung.

„Ist das neuerdings verboten?", unterbrach Herr Kupfer ihn. „Man findet hier ja nur noch abends – wenn man Glück hat! – einen Augenblick Ruhe. Tagsüber ist ja an dieser Skateranlage immer ein höllischer Lärm von den Jugendlichen, die da herumtoben. Dass man so eine Anlage in diesen schönen Park gebaut hat, ist eine Schande! Wir Anwohner haben uns zwar dagegen zu wehren versucht. Aber da hat man natürlich keine Chance! Die Linken im Basler Großen Rat haben sich wieder mal durchgesetzt und nicht eher Ruhe gegeben, bis die Baubewilligung vorlag."

Jürgen ging nicht auf diese Schimpftirade ein und setzte die Befragung fort: „Haben Sie, kurz bevor die Polizei gekommen ist, irgendjemanden in Ihrer Nähe gesehen?"

„Nein. Da war niemand in der Nähe. Was ist eigentlich passiert? Bis jetzt hat mich niemand genauer informiert. Nur dass es einen Neger erwischt hat. Sonst weiß ich nichts."

Jürgen entschloss sich, Herrn Kupfer ein paar Informationen zu geben. Denn noch immer hoffte er, dass der Mann vielleicht doch irgendeine Beobachtung gemacht hatte, die ihm weiterhelfen könnte.

„Bei der Skateranlage haben zwei Jugendliche die Leiche eines Afrikaners gefunden, der, soweit wir wissen, in der Asylunterkunft in der Brombacherstraße wohnte." Dabei betonte Jürgen das Wort Afrikaner. Vielleicht würde das Herrn Kupfer zeigen, dass dies die richtige

Bezeichnung des Opfers sei.

„Das ist es ja: Wir holen alle diese Leute zu uns in die Schweiz und wundern uns dann, wenn sie sich gegenseitig umbringen? Das ist doch klar: Drogendealer, die in dieser Unterkunft wohnen und sich hier ihre Kämpfe liefern. Alles kriminelles Pack! Wenn man sie beim Drogenhandel erwischt, sollte man sie schnellstens ins Abschiebegefängnis Bässlergut schaffen und von dort aus: ab nach Hause!"

„Ich bin nicht hier, Herr Kupfer, um mit Ihnen über die Asylpolitik zu diskutieren, und wäre Ihnen dankbar, wenn Sie mir auf meine Fragen antworten und Ihre Meinung über Ausländer für sich behalten würden!", entgegnete Jürgen scharf. Er hatte genug von den blöden Sprüchen dieses Typs.

Herr Kupfer schaute Jürgen erstaunt an. „Aha, auch so ein Linker", murmelte er.

Jürgen reagierte aber nicht auf diese neuerliche Provokation.

„Sie haben ja nicht weit entfernt von der Skateranlage gesessen. Soweit wir den Mord rekonstruieren können, muss der Täter in Eile gewesen sein, als er die Leiche hinter Büschen verstecken wollte, weil sich die Jugendlichen, die das Opfer gefunden haben, der Skateranlage näherten."

„Dann waren es die Jugendlichen", unterbrach Herr Kupfer Jürgen wieder. „Man liest ja dauernd in der Zeitung, dass die Jugendlichen heutzutage Menschen einfach so zum Spaß umbringen. Man muss nur zur falschen Zeit am falschen Ort sein."

Jürgen war drauf und dran, einen Wutausbruch zu bekommen. Alles, was dieser Mann von sich gab, waren Vorurteile und Entwertungen von anderen Menschen. Zuerst die Attacken gegen Ausländer und nun gegen Jugendliche!

Jürgen riss sich aber zusammen und fuhr fort: „Weil der Täter in Eile war, vermuten wir, dass er schnellstens das Weite gesucht hat. Haben Sie jemanden gesehen, der an Ihnen vorbeigelaufen ist?."

„Ich habe Ihnen doch schon gesagt, dass ich niemanden gesehen habe", antwortete Herr Kupfer gereizt. „Kann ich dann gehen? Meine Frau macht sich sicher schon Sorgen, wo ich bleibe."

„Noch eine letzte Frage", insistierte Jürgen. „Sie sind, wie ich

Ihrem Jogging-Outfit ansehe, im Park gejoggt. Ist Ihnen beim Joggen irgendeine Person begegnet?"

Herr Kupfer schwieg und überlegte.

Na endlich, dachte Jürgen, plappert er mal nicht sofort drauf los, sondern überlegt, bevor er redet.

„Ich bin meine übliche Route durch den Park gejoggt und habe nicht so auf meine Umgebung geachtet", begann Herr Kupfer. „Es sind mir ein paar Leute begegnet. Ganz sicher weiß ich noch: eine Frau mit ihrem Kind, das ununterbrochen gequengelt hat, es wolle jetzt sofort ein Eis haben. Dann war da noch ein Mann, vielleicht etwas jünger als ich, der es offenbar eilig hatte, nach Hause zu kommen. Und ich glaube, es ist mir noch eine Frau begegnet, die ich aber nur ganz flüchtig gesehen habe. Ich habe mich aufs Joggen konzentriert und nicht alle Leute angeschaut, die sich auch hier im Park aufgehalten haben."

Jürgen hatte sich diese Mitteilung notiert und hakte nach: „Könnten Sie den Mann, der Ihnen begegnet ist, beschreiben?"

Herr Kupfer zuckte mit den Schultern. „Ich kann mich nicht an ihn erinnern. Wenn Sie meinen, er könnte der Täter sein, dann irren Sie sich aber gewaltig, Herr Kommissar! Er sah vollkommen harmlos aus!"

Dass Täter nicht immer gefährlich aussehen, wollte Jürgen nicht mehr mit Herrn Kupfer diskutieren. Er verabschiedete sich deshalb von ihm, nachdem er ihm seine Karte mit seiner direkten Telefonnummer gegeben und ihn gebeten hatte, sich zu melden, wenn ihm noch irgendetwas einfallen sollte.

Herr Kupfer schaute auf seine Armbanduhr, schüttelte den Kopf und entfernte sich mit schnellen Schritten. Jürgen hasste diese Art von Zeugen, die nicht einfach auf seine Fragen antworteten, sondern meinten, ihre Meinungen über Gott und die Welt kundtun zu müssen. Es waren genau die Menschen, die ihn immer wieder in nutzlose Diskussionen über Themen verwickelten, die nichts mit dem Fall zu tun hatten, in dem er gerade ermittelte. Und sie drückten bei ihm mit ihren entwertenden Äußerungen über die Asylpolitik der Schweiz und über Ausländer im Allgemeinen meist genau die Knöpfe, die ihn hochgehen ließen. Immerhin hatte er sich in dem Gespräch mit Herrn Kupfer einigermaßen im Griff gehabt und hatte sich nicht provozieren lassen.

Jürgen reichte es für heute. Er rief Bernhard an, der eben das Gespräch mit den Jugendlichen beendet hatte, und teilte ihm mit, dass er sich jetzt nach Hause bringen lasse. Sie würden dann am nächsten Morgen über die Informationen, die sie bis jetzt zusammengetragen hatten, sprechen.

Die Leiche von Herrn Kimbangu war inzwischen abgeholt und in die Gerichtsmedizin gebracht worden.

11.

Am nächsten Morgen fand Jürgen auf seinem Schreibtisch den Bericht der Spurensicherung und das Protokoll, das Bernhard von seinem Gespräch mit den Jugendlichen verfasst hatte.

Im Bericht der Spurensicherung wurde noch einmal beschrieben, dass die Leiche vom Tatort, dem Weg, der an der Skateranlage vorbei führte, in die Büsche gezogen worden sei und der Täter sie dort, vermutlich in Eile, nur notdürftig versteckt hatte. Hinweise auf einen Kampf hatte die Spurensicherung nicht festgestellt. Das bedeutete, dass der Angriff Herrn Kimbangu völlig unvorbereitet getroffen hatte.

Bernhard hatte in seinem Bericht noch einmal geschildert, wie die Jugendlichen das Opfer gefunden und die Polizei benachrichtigt hatten. Es gab keine Hinweise darauf, dass sie in irgendeiner Weise in den Mord verwickelt waren. Ihnen war, soweit sie sich erinnern konnten, auf ihrem Weg zur Skateranlage niemand begegnet.

Jürgen rief Bernhard an und bat ihn, zu ihm zu kommen, damit sie den Stand der Ermittlungen miteinander diskutieren könnten. Später würde er dann Professor Martin Hofer, den Chef der Gerichtsmedizin, anrufen, um von ihm zu erfahren, ob die Obduktion des Opfers irgendwelche neuen Informationen geliefert habe.

Bernhard und Jürgen gingen miteinander noch einmal die Protokolle der Gespräche durch, die sie mit Frau Mohler, dem Ehepaar Tschibala und Herrn Kimbangu und Frau Vogt geführt hatten. Außerdem besprachen sie die Informationen, die sie von den beiden Jugendlichen und von Herrn Kupfer gestern erhalten hatten.

Jürgen schüttelte den Kopf. „Das macht alles keinen Sinn", stöhnte er. „Wir haben weder für den Mord an Kito Nkunda noch für den Mord an Joseph Kimbangu irgendwelche Hinweise. Und schon gar keine Verdächtigen. Nur ein paar Hypothesen, die auf sehr wackligen Füssen stehen. Außerdem sehe ich, abgesehen von der Tatsache, dass beide aus dem Kongo stammen und sich persönlich kannten, gar keine Verbindung zwischen den beiden Morden. Hast du eine Idee, Bernhard?"

Bernhard zuckte mit den Schultern. „Ich bin genauso ratlos wie du,

Jürgen. Aber es muss irgendeine Verbindung zwischen den beiden Delikten geben. Da bin ich ganz sicher. Nur haben wir die eben noch nicht gefunden."

„Meine letzte Hoffnung ist, dass Martin Hofer bei der Obduktion etwas gefunden hat, was uns weiterhelfen kann", meinte Jürgen. „Ich rufe ihn nachher an und gebe dir dann Bescheid. Kannst du in der Zwischenzeit noch im Polizeicomputer nachschauen, ob du dort etwas über Frau Mohler und das Ehepaar Tschibala findest. Ich werde jetzt Frau Vogt über den Mord an Herrn Kimbangu informieren und sie noch einmal zu einem Gespräch einladen. Sie kannte ihn ja gut und hat vielleicht etwas beobachtet, dem sie damals keine Bedeutung beigemessen hat, was sich jetzt aber als wichtig erweist."

Als Bernhard gegangen war, rief Jürgen Frau Vogt an. Sie war völlig erschüttert und konnte es nicht fassen, dass Joseph Kimbangu ermordet worden war. Sie sagte zu, sofort zu Jürgen zu kommen.

Wenig später meldete die Sekretärin vom Empfang Jürgen, Frau Vogt sei gekommen. Als er sie in sein Büro holte, sah er, dass sie vom Weinen gerötete Augen hatte.

„Ich mache mir so große Vorwürfe", begann Frau Vogt, „dass ich Joseph nicht an einen sichereren Ort gebracht habe. Ich dachte aber, in der Asylunterkunft in der Brombacherstraße, wo ihn ja niemand kannte, sei er sicher. Offenbar ist das aber nicht der Fall gewesen. Warum hat jemand diesen armen Mann umgebracht? Im Kongo ist er den Verfolgern entkommen und hat es geschafft, in die Schweiz zu fliehen, und hier bringt ihn nun jemand meuchlings um! Haben Sie schon eine Spur, wer das getan hat?"

Tränen traten wieder in ihre Augen und sie schaute Jürgen hilflos an.

„Sie haben Recht, Frau Vogt. Das ist eine schreckliche Sache. Wir haben noch keine konkrete Spur, die wir verfolgen können. Wir sind dabei, die Informationen, die wir von unseren Gesprächen mit Zeugen und von den Befunden der Spurensicherung haben, zu sichten. Außerdem warte ich im Augenblick noch auf den Bericht des Gerichtsarztes und hoffe, dass er etwas Licht ins Dunkel bringen kann. Ich wollte Sie fragen, ob Ihnen nachträglich noch etwas eingefallen ist, was Ihnen bei unseren letzten Gesprächen vielleicht unwichtig erschienen ist, sich jetzt aber als wichtig erweisen könnte."

Frau Vogt zuckte hilflos mit den Schultern. „Ich weiß nicht, was noch wichtig sein könnte. Eigentlich habe ich Ihnen alles gesagt, was ich weiß."

„Ist Ihnen in letzter Zeit aufgefallen, ob Herr Kimbangu sich von jemandem bedroht gefühlt hat?"

„Klar hatte er Angst vor demjenigen, der sein Zimmer verwüstet und ihm den Zettel hingelegt hat. Nur wusste Joseph ja nicht, wer das war. Soweit ich weiß, hatte er auch Angst vor dem Mann aus Afghanistan, der Herrn Nkunda bedroht hat. Aber der ist nicht mehr im Erstaufnahmezentrum. Er hat kurz nachdem Herr Nkunda in die Brombacherstraße umgezogen ist, auch das Erstaufnahmezentrum verlassen."

„Wissen Sie, wohin der Flüchtling aus Afghanistan gegangen ist?"

„Keine Ahnung. Aber das können Sie ja sicher leicht herausfinden, Herr Schneider."

„Kennen Sie den Namen dieses Mannes?"

„Leider nein."

„Dann werde ich den Leiter des Erstaufnahmezentrums gleich anrufen und nach dem Namen des Flüchtlings aus Afghanistan fragen. Vermutlich weiß er auch, wohin dieser Mann gezogen ist. Sonst gibt es niemanden, von dem Herr Kimbangu sich bedroht fühlte?"

Frau Vogt schüttelte den Kopf.

„Auf jeden Fall haben Sie mir schon ein Stück weitergeholfen, Frau Vogt. Danke für Ihre Unterstützung. Ich gebe Ihnen Bescheid, wenn sich etwas Neues ergibt. Und melden Sie sich bitte, falls Ihnen noch etwas einfällt."

Als Frau Vogt gegangen war, rief Jürgen im Erstaufnahmezentrum an. Der Leiter bestätigte die Aussage von Frau Vogt, dass der Flüchtling aus Afghanistan zwei Tage nach Herrn Nkunda das Zentrum verlassen habe. Er habe ihm jedoch seine neue Adresse nicht mitgeteilt, sondern sei in einer Nacht- und Nebelaktion verschwunden. Sein Name sei

Tjarek Rahmani.

Jürgen bedankte sich und rief bei der Fremdenpolizei an, weil er vermutete, dass Herr Rahmani dort seine neue Adresse angegeben hatte. Tatsächlich war der Kollege, mit dem Jürgen bei der Fremdenpolizei sprach, über die neue Adresse informiert und teilte Jürgen mit, Tjarek Rahmani lebe jetzt in der Asylunterkunft in der Brombacherstraße.

Jürgen war wie vom Donner gerührt, als er diese Information erhielt. Dann hatte der afghanische Flüchtling ja wieder in derselben Asylunterkunft wie Herr Kimbangu gewohnt! Er musste unbedingt sofort mit Herrn Rahmani sprechen.

Jürgen informierte Bernhard und schickte zwei Polizisten zur Asylunterkunft in der Brombacherstraße mit dem Auftrag, Tjarek Rahmani zu ihm ins Kommissariat zu bringen. Jürgen frohlockte. Vielleicht war das endlich der ersehnte Lichtblick im Dunkel der bisherigen Ermittlungen.

Es verging keine halbe Stunde, da führten die beiden Polizisten Tjarek Rahmani in Jürgens Büro. Bernhard war auch dort und ein Polizist blieb im Hintergrund, um notfalls eingreifen zu können.

Der Afghane war ein schlanker Mann Mitte 30 mit einem für sein Alter ungewöhnlich faltenreichen Gesicht, das von einem schwarzen Bart umrandet war. Er schaute Jürgen düster an, als er ihm gegenüber Platz nahm.

„Ich habe Sie hierher holen lassen, Herr Rahmani, weil ich mit Ihnen über einen Vorfall sprechen möchte, der sich vor einiger Zeit im Asylerstaufnahmezentrum ereignet hat."

Herr Rahmani schaute Jürgen erstaunt an. „Ich wohne ja gar nicht mehr dort. Was soll da passiert sein?"

„Sie haben damals einen Flüchtling aus dem Kongo aufs Übelste beschimpft. Daran werden Sie sich ja noch erinnern, nicht wahr?"

„Wen soll ich beschimpft haben? Jemanden aus dem Kongo? Ich kenne keine Leute von dort."

„Dann will ich Ihrem Gedächtnis etwas nachhelfen. Sie haben damals Kito Nkunda als Schwuchtel beschimpft und ihn bedroht. Er war öfter mit einem anderen Kongolesen, Joseph Kimbangu, zusammen und Sie haben offenbar angenommen, die beiden seien schwul."

„Ich habe niemanden beschimpft. Wir hatten nur eine kleine Meinungsverschiedenheit", korrigierte Herr Rahmani Jürgen. „Ich finde es ekelhaft, wenn solche Typen immer zusammen rumhängen und miteinander schmusen."

„Was aber gar nicht der Fall war", stoppte Jürgen ihn. „Kito Nkunda war nicht schwul. Sie aber haben ihn beschimpft und bedroht und er war so verängstigt, dass er schließlich die Asylunterkunft wechseln musste. Er hat dann in der Unterkunft in der Brombacherstraße gelebt. Und dann sind Sie nur wenige Tage später ebenfalls dorthin gegangen! Können Sie mir mal erklären, warum Sie das gemacht haben."

Herr Rahmani schwieg und starrte vor sich hin. Er schien krampfhaft zu überlegen, was er sagen sollte. Schließlich meinte er: „Ich hatte genug vom Erstaufnahmezentrum. Ewig der Lärm dort und die vielen Leute, die da wohnen. Deshalb bin ich in die Brombacherstraße gegangen. Ein Kollege hatte mir erzählt, dass es dort besser ist. Das kann mir doch niemand verbieten!", fügte er trotzig hinzu.

„Das will Ihnen auch niemand verbieten, Herr Rahmani. Es ist nur merkwürdig, dass Sie einen massiven Streit – und nicht nur eine kleine Meinungsverschiedenheit, wie Sie es nennen – mit Herrn Nkunda hatten und ausgerechnet in die gleiche Asylunterkunft ziehen, in die er vor Ihnen geflohen ist. Und wenige Tage später wird Kito Nkunda ermordet!"

Herr Rahmani zuckte zusammen, als er das Wort „Mord" hörte, und war aschfahl geworden. Schweißperlen traten auf seine Stirn und er schaute Jürgen mit vor Schreck geweiteten Augen an.

„Damit habe ich nichts zu tun!", keuchte er. „Das können Sie mir nicht anhängen! Nie würde ich jemandem gegenüber gewalttätig werden. Ich habe am eigenen Leib genug Gewalt in Afghanistan erlebt. Deshalb bin ich ja in die Schweiz geflohen. Nein, mit diesem Mord habe ich nichts zu tun!"

Ungerührt und mit einem sarkastischen Unterton fuhr Jürgen fort: „Und das Schicksal wollte es, dass der andere Kongolese Joseph Kimbangu, mit dem Sie Kito Nkunda zusammen gesehen haben, gestern ebenfalls in die Asylunterkunft in der Brombacherstraße gezogen ist, weil sein Zimmer verwüstet worden ist und er einen Zettel gefunden hat, auf dem stand ‚Verschwinde, du schwule Sau'. Und merkwürdig: Auch er ist gestern ermordet worden! So viele Zufälle gibt es doch gar nicht!"

Herr Rahmani war nochmals eine Spur bleicher geworden und nestelte mit zitternden Fingern am Reißverschluss seiner Jacke.

„Haben Sie mir vielleicht eine Erklärung für diese Zufälle? Ich habe keine andere Erklärung als dass Sie etwas mit diesen Morden zu tun haben!"

Herr Rahmani sank in sich zusammen und begann, heftig mit seinem Kopf auf den Tisch zu schlagen, an dem er saß. Immer und immer wieder schlug er in Wut und Verzweiflung mit dem Kopf auf den Tisch und fügte sich eine große Wunde an der Stirn zu. Bernhard sprang herbei und hielt Herrn Rahmani fest, um zu verhindern, dass er sich noch mehr verletzte. Jürgen reichte ihm ein Tempotaschentuch, mit dem Herr Rahmani sich das Blut von der Stirn abwischte.

Langsam beruhigte sich Herr Rahmani wieder, so dass Bernhard ihn loslassen und zu seinem Platz zurückgehen konnte.

„Wie soll ich Ihren Ausbruch verstehen, Herr Rahmani?", setzte Jürgen, offenbar ungerührt, die Befragung fort. „Soll das ein Eingeständnis Ihrer Schuld sein? Dann sagen Sie mir das jetzt und machen die Situation nicht noch komplizierter als sie ohnehin schon ist."

„Nein! Nein!", schrie Herr Rahmani. „Ich habe nichts mit diesen Morden zu tun! Das können Sie mir nicht anhängen! Aber als Flüchtling hat man ja keine Rechte in der Schweiz. Da können Sie mir alles anhängen und ich kann mich nicht verteidigen und werde abgeschoben. Das wäre das Ende für mich, wenn ich wieder nach Afghanistan zurück müsste! Nie gehe ich dahin zurück! Dann bringe ich mich besser gleich um!"

Entweder ist dieser Mann ein sehr guter Schauspieler oder er ist tatsächlich unschuldig, dachte Bernhard. Obwohl es eigentlich logisch ist, dass er die Morde begangen hat: Er hatte einen massiven Konflikt mit Kito Nkunda und zieht in die gleiche Asylunterkunft wie er. Und kurz darauf wird Herr Nkunda umgebracht. Und das gleiche wiederholt sich dann noch einmal mit Herrn Kimbangu. Das kann doch kein

Zufall sein.

Auch Jürgen schien durch das Verhalten von Herrn Rahmani verunsichert zu sein. Er schaute ihn durchdringend an und forderte ihn noch einmal auf, ein Geständnis abzulegen, wenn er die Morde begangen habe. Doch der Art, in der Jürgen dies sagte, war anzumerken, dass er längst nicht mehr so überzeugt von der Schuld seines Gegenübers war wie zu Beginn der Befragung.

Wieder beteuerte Herr Rahmani seine Unschuld und schien ehrlich entsetzt zu sein, dass Jürgen ihn der Morde an den beiden Kongolesen beschuldigte. Jürgen warf Bernhard einen fragenden Blick zu und teilte Herrn Rahmani mit, er müsse einen Augenblick warten. Bernhard und er hätten etwas zu besprechen und kämen gleich wieder. Der Polizist blieb mit Herrn Rahmani im Befragungszimmer zurück.

Im Flur vor den Vernehmungszimmern schauten Jürgen und Bernhard sich ratlos an.

„Ich war ziemlich sicher, dass er die beiden Morde begangen hat", begann Jürgen. „Aber aufgrund seiner Reaktionen bin ich immer unsicherer geworden. Was für einen Eindruck hast du, Bernhard?"

„Mir ist es ganz ähnlich gegangen. Nachdem wir erfahren haben, dass Herr Rahmani in derselben Asylunterkunft in der Brombacherstraße gewohnt hat wie die beiden Opfer, erschien es mir völlig unwahrscheinlich, dass er nichts mit den Morden an den beiden Kongolesen zu tun haben sollte. Auch sein anfängliches Verhalten im Gespräch mit dir hat diesen Verdacht immer noch stärker gemacht. Als er am Ende aber zusammengebrochen ist und mit dem Kopf auf den Tisch geschlagen hat, erschien er mir wirklich völlig verzweifelt. Ich bin im Verlauf eures Gesprächs immer unsicherer bezüglich seiner Schuld geworden und habe jetzt den Eindruck, er hat wahrscheinlich wirklich nichts mit den Morden zu tun. Aber willst du ihn deshalb wieder laufen lassen?"

„Das habe ich mir auch überlegt. Da ich nicht von seiner Unschuld überzeugt bin, möchte ich ihn doch noch eine Nacht hier behalten. Vielleicht äußert er sich morgen ganz anders, wenn er eine Nacht in der Zelle verbracht hat. Und außerdem gibt uns das Zeit, uns in seinem Zimmer in der Asylunterkunft umzuschauen. Vielleicht finden wir da ja etwas, was unseren Verdacht erhärtet. Falls wir dort belastendes Material finden, können wir ihn mit dem konfrontieren. Das gibt uns ganz andere Möglichkeiten, ihn aus dem Busch zu klopfen."

Bernhard empfand dieses Vorgehen auch als sinnvoll. Sie gingen in das Vernehmungszimmer zurück und Jürgen eröffnete Herrn Rahmani, dass er die kommende Nacht im Untersuchungsgefängnis bleiben müsse. Sie würden dann am nächsten Tag entscheiden, ob er wieder frei gelassen werde.

Herr Rahmani starrte Jürgen bei diesen Worten fassungslos an und begann am ganzen Körper zu zittern.

„Bitte, lassen Sie mich gehen!", bat er verzweifelt unter Tränen. „Ich halte es nicht eine Minute in einer Zelle aus. Das habe ich in Afghanistan erlebt. Ich drehe durch, wenn Sie mich einsperren! Bitte, bitte, lassen Sie mich gehen!"

Irgendwie tat der Mann Jürgen leid. Er konnte sich gut vorstellen, dass die Traumatisierungen, die er in Afghanistan erlitten hatte, jetzt wieder aktualisiert würden. Aber er konnte ihn nicht einfach gehen lassen, solange er noch nicht von seiner Unschuld überzeugt war. Immerhin ging es um zwei Morde, bei denen Herr Rahmani nach wie vor als Täter in Frage kam.

Nur mit Mühe konnte Jürgen Herrn Rahmani überreden, dem Polizisten ins Untersuchungsgefängnis zu folgen. Glücklicherweise willigte Herr Rahmani schließlich ein und ließ sich, ohne Gegenwehr zu leisten, abführen.

„Puh!", meinte Bernhard, als die beiden den Raum verlassen hatten, „ich hatte schon Angst, Herr Rahmani würde sich mit Händen und Füssen wehren und wir hätten ein ganzes Aufgebot von Polizisten holen und ihn mit Gewalt abführen lassen müssen. Das ist ja gerade noch einmal glimpflich abgelaufen."

Jürgen nickte. Auch er war sichtlich erleichtert, dass Herr Rahmani eingelenkt und sich hatte ohne Gegenwehr abführen lassen.

„Jetzt müssen wir schnellstens in die Asylunterkunft in der Brombacherstraße und uns dort im Zimmer von Herrn Rahmani umsehen", meinte Jürgen. „Lass uns zusammen dorthin gehen. Vier Augen sehen mehr als zwei."

Er telefonierte mit dem Leiter der Asylunterkunft und meldete ihren Besuch an. Als sie wenig später in der Brombacherstraße eintrafen, erwartete der Leiter sie schon an der Eingangstür.

Nachdem sich Jürgen und Bernhard vorgestellt und ausgewiesen hatten, fragte der Leiter sie:

„Es geht um Tjarek Rahmani haben Sie am Telefon gesagt? Hat er etwas angestellt?"

„Wir haben ihn lediglich verhört, werden ihn aber über Nacht im Waaghof in Untersuchungshaft behalten. Wir möchten uns jetzt gerne in seinem Zimmer umsehen."

„Aber er hat doch wohl nichts mit dem Mord zu tun, der gestern im Horburgpark verübt worden ist?", fragte der Leiter. „Tjarek ist zwar ein impulsiver und im Umgang nicht immer ganz einfacher Mann. Aber einen Mord traue ich ihm nun doch nicht zu."

„Wir ermitteln lediglich und möchten alle Möglichkeiten berücksichtigen", entgegnete Jürgen ausweichend.

Das Zimmer, in dem Herr Rahmani wohnte, war ein kleiner Raum mit einem Bett und einem Tisch mit einem Stuhl. An der Wand stand ein Schrank.

Jürgen öffnete die Schranktüren. Der Schrank war fast leer. In den Fächern lagen zwei Unterhemden, zwei Unterhosen, drei Paar Socken und ein dünner und ein etwas dickerer Pullover. An der Stange hingen eine Regenjacke und eine Winterjacke.

„Der schwimmt ja wirklich nicht gerade in Reichtümern", meinte Bernhard, als sie die Sachen durchsuchten. In den Taschen der Jacken fanden sie keine Zettel oder sonst etwas, was ihnen weitergeholfen hätte.

Jürgen und Bernhard wendeten sich dann dem Tisch zu. Auf ihm lagen zwei Briefe. Der eine war ein älterer Brief vom Migrationsamt, in dem Herrn Rahmani mitgeteilt wurde, dass sein Asylgesuch abgelehnt worden sei. Der zweite Brief hatte keinen Absender und auch keine Unterschrift unter dem Brieftext. Die Person, die den Brief verfasst hatte, berief sich darauf, Herrn Rahmani kürzlich getroffen zu haben, und teilte ihm mit, er könne gerne demnächst bei ihr wohnen.

„Das klingt ja ganz danach, als ob es eine Frau wäre, die ihn bei sich aufnehmen will", überlegte Bernhard, als sie den Brief gelesen hatten. „Noch eine Sugar Mummy? Ich habe früher nie von so etwas gehört. Und jetzt gleich bei drei Flüchtlingen! Nur wird das jetzt ja nicht mehr zustande kommen, da sein Asylgesuch abgelehnt worden ist. Das heißt: Er muss die Schweiz in Kürze verlassen."

„Und wird dann in ein Land zurückgeschickt, in dem ja nach wie vor Terror und Gewalt herrschen", seufzte Jürgen. „Wenn man unseren Nachrichten glauben darf, sind die Taliban in Afghanistan wieder im Vormarsch, und es vergeht kaum eine Woche ohne die Meldung von Selbstmordattentaten mit einer großen Zahl von Todesopfern. Schrecklich, wenn er in diese Unsicherheit zurück muss nach all den Traumatisierungen, die er sicher vor seiner Flucht erlebt hat! Er kann einem wirklich leid tun."

Auch in der Tischschublade fanden Jürgen und Bernhard keine Dinge, die in irgendeiner Weise darauf hinwiesen, Herr Rahmani könne etwas mit den Morden an den beiden Kongolesen zu tun haben. Sie fanden dort lediglich Tempotücher und eine Packung Kondome.

Bernhard musste grinsen. „Immerhin hat er offenbar auch mal Sex gehabt und hat darauf geachtet, dass es safe dabei zugeht. Aber du hast Recht, Jürgen, er kann einem wirklich leidtun. Und jetzt halten wir ihn auch noch eine Nacht in Untersuchungshaft fest!"

„Ich habe eben überlegt, ob wir ihn nicht doch wieder laufen lassen sollten", stimmte Jürgen Bernhard zu. „Nach der Durchsuchung seines Zimmers haben wir absolut nichts in der Hand gegen ihn. Und sein Verhalten am Ende der Befragung hat uns ja auch beide daran zweifeln lassen, dass er etwas mit den Morden zu tun hat. Ich glaube, wir sollten ihm die Nacht in Haft ersparen. Oder was meinst du?"

„Ich bin genau der gleichen Meinung. Wir haben absolut keine Beweise, die für die Schuld von Herrn Rahmani sprächen. Dass er ausfallend gegenüber Herrn Nkunda war, ist zwar schlimm. Aber das heißt ja noch lange nicht, dass er ihn auch umgebracht hat. Außerdem war seine verzweifelte Reaktion auf deine Mitteilung, er müsse eine Nacht in Untersuchungshaft bleiben, völlig glaubwürdig für mich. Er schien wirklich total verzweifelt und nahe an einer Panik zu sein. Ich glaube auch, wir sollten ihn laufen lassen. Wir können ihm ja sagen, dass er sich zu unserer Verfügung halten und sich täglich beim Leiter der Asylunterkunft melden soll."

Jürgen und Bernhard teilten dem Leiter der Unterkunft mit, dass alles in Ordnung sei. Sie hätten lediglich eine Routineuntersuchung des Zimmers von Herrn Rahmani durchgeführt – wobei sie offenließen, was in diesem Falle unter einer „Routinuntersuchung" zu verstehen war. Herr Rahmani werde noch heute wieder in die Unterkunft zurückkommen und solle sich täglich beim Leiter melden.

Als sie ins Kommissariat zurückgekommen waren, ließ Jürgen Herrn Rahmani holen. Angstvoll starrte dieser Jürgen an, als er ihm gegenüber Platz genommen hatte.

„Wir sind zur Überzeugung gelangt, dass Sie uns die Wahrheit gesagt haben, Herr Rahmani", begann Jürgen, „und nichts mit den Morden an den beiden Kongolesen zu tun haben."

Es war Herrn Rahmani anzumerken, dass er seinen Ohren nicht traute. Er schaute Jürgen misstrauisch an und schwieg.

„Sie müssen nicht länger hier bleiben", fuhr Jürgen fort. „Sie sind frei und können jetzt gehen. Ich muss Sie aber bitten, sich zu unserer Verfügung zu halten, das heißt Basel nicht zu verlassen. Außerdem habe ich dem Leiter der Asylunterkunft gesagt, dass Sie sich täglich bei ihm melden müssen."

Noch immer rührte Herr Rahmani sich nicht und schaute Jürgen unverwandt an.

„Ich kann gehen?", fragte er schließlich mit tonloser Stimme. „Ich muss nicht wieder in die Zelle zurück?."

Als Jürgen nickte, sprang Herr Rahmani auf und eilte auf Jürgen zu. Bernhard und der Polizist, der sich im Hintergrund aufhielt, näherten sich den beiden, bereit, Jürgen vor einem Angriff des Afghanen zu schützen.

Herr Rahmani kniete jedoch vor Jürgen nieder, drückte und küsste seine Hände und stammelte immer wieder: „Danke! Danke! Sie haben mein Leben gerettet! Ich hätte mich heute Nacht umgebracht, wenn ich hier hätte bleiben müssen. Nach all dem, was ich im Gefängnis in

Afghanistan erlebt habe, hätte ich es nicht noch einmal eine Nacht in einer Zelle ausgehalten. Danke! Danke Ihnen! Allah segne Sie."

Dann eilte er auf Bernhard zu und drückte auch seine Hände voller Dankbarkeit mit Tränen in den Augen. Schließlich ergriff er auch die Hände des völlig überraschten Polizisten, der Herrn Rahmani nun hinausbegleiten sollte, und dankte ihm.

„Da haben wir wirklich ein gutes Werk getan", meinte Bernhard nachdenklich, als Herr Rahmani und der Polizist den Raum verlassen hatten. „Ich hatte den Eindruck, er hat tatsächlich vorgehabt, sich das Leben zu nehmen, wenn er die Nacht über in der Zelle hätte zubringen müssen. Schrecklich! Denk' mal, wir hätten ihn morgen früh vorführen lassen wollen, und man hätte ihn tot in seiner Zelle gefunden!"

„Ich bin auch froh, dass wir ihn haben gehen lassen. Soweit ich jetzt sehe, hat er wirklich nichts mit den Morden an den beiden Kongolesen zu tun. Dir ist aber klar, Bernhard, dass wir damit wieder am Anfang unserer Ermittlungen stehen", fügte Jürgen mit einem Seufzer hinzu. Nach der Mittagspause berichtete Bernhard Jürgen, dass er, wie besprochen, im Polizeicomputer nachgeschaut hatte, ob dort irgendwelche Informationen über Frau Mohler oder das Ehepaar Tschibala zu finden seien. Er hatte aber, abgesehen von der später wieder zurückgezogenen Anzeige gegen Herrn Tschibala, keine Einträge gefunden.

„Also auch da keine weiteren Informationen", meinte Jürgen, wobei ein resignierter Unterton nicht zu überhören war. „Dann bleibt uns nur noch der Obduktionsbericht von Martin Hofer. Ich rufe ihn jetzt an und höre mal, was er mir zu berichten hat."

Kaum hatte Jürgen die Nummer des Gerichtsmedizinischen Instituts eingestellt, als sich schon eine schnarrende Stimme meldete: „Hier Professor Hofer, Gerichtsmedizinisches Institut Universität Basel."

Jürgen musste immer wieder grinsen, wenn er hörte, wie Martin Hofer sich meldete und konnte es sich nicht verkneifen, ihn zu imitieren.

„Hier Kommissar Schneider, Mordkommission Basel", schnarrte er in ähnlicher Weise wie der Chef der Gerichtsmedizin.

„Du machst dich offenbar lustig über mich?", fragte Martin Hofer mit gespielter Entrüstung. Aber schön, dich mal wieder zu hören, mein Lieber! Auch wenn ich nicht so begeistert darüber bin, dass du mir neuerdings Afrikaner um Afrikaner auf den Obduktionstisch lieferst. Was ist denn los in Basel? Läuft da ein Afrikaner-Hasser herum? Dann sieh bloß zu, dass du den bald dingfest machst, ehe noch mehr Flüchtlinge aus Afrika ihr Leben lassen müssen!"

„Es ist nicht ganz so einfach wie du denkst, mein Lieber, den Mörder zu fassen", seufzte Jürgen. „Um es ganz ehrlich zu sagen: Wir haben bisher nicht die geringste Spur. Nur Hypothesen, die aber alle auf tönernen Füssen stehen. Da bist du meine letzte Hoffnung!"

„Ihr habt vielleicht Wünsche! Immer soll ich euch die Lösung liefern. Am Ende soll ich euch auch noch eine genaue Personenbeschreibung des Mörders mit Alter, Schuhgröße und Wohnadresse geben, nicht wahr? Ich fürchte, diesmal kann ich nicht viel zur Lösung beitragen. Der Mann ist von hinten mit zwei Stichen, wahrscheinlich von einer dolchartigen Waffe, getötet worden. Der erste Stich war wohl schon tödlich. Er muss völlig überrascht gewesen sein. Denn es finden sich keine Abwehrspuren. Leider kann ich dir auch nicht mit DNA-Spuren dienen. Der Todeszeitpunkt ist, wie Ralph Elmer schon vermutet hat, gegen 20 Uhr. Das ist leider schon alles, was ich dir über euren Toten sagen kann."

„Es ist wie verhext", meinte Jürgen sichtlich enttäuscht über das magere Ergebnis der Obduktion. „Die Leiche des Afrikaners ist vom Mörder unter Büsche gezogen worden, um sie dort zu verstecken. Hat er dabei denn keine DNA-Spuren an der Kleidung des Toten hinterlassen?"

„Leider nein, Jürgen. Wahrscheinlich hat er Handschuhe getragen oder auf andere Art vermieden, DNA-Spuren zu hinterlassen."

„Mist!", schimpfte Jürgen vor sich hin. „Wir hatten heute Vormittag plötzlich eine Spur, die heiß zu sein schien, und haben einen Verdächtigen festgenommen. Wie wir jetzt herausgefunden haben, hat er aber nichts mit den Morden zu tun. Wir mussten ihn deshalb entlassen und stehen mit unseren Ermittlungen wieder am Anfang."

„Das ist wirklich ärgerlich", stimmt Martin Hofer Jürgen zu. „Aber ihr seid ja ein gut eingespieltes Team und werdet die Morde schon aufklären. Davon bin ich überzeugt. Nun sag' mir aber noch, wie es zuhause geht. Wenn ich Eltern mit einem Kind sehe, denke ich oft an euch. Bewundernswert, wie ihr das macht, einen Sohn groß zu ziehen und gleichzeitig beide voll berufstätig zu sein! Ich habe Antonio ja kürzlich bei der Pride in Zürich erlebt. Wie alt ist er jetzt?"

„Er ist jetzt neun."

„Dann nähert er sich ja schon bald der Pubertät, nehme ich an. Heute sind die Jugendlichen ja schon viel früher reif als wir früher."

„Das kannst du wohl sagen, Martin! Die Pubertät lässt schon grüßen. Es ist spannend, wie Antonio sich jetzt uns gegenüber behauptet und uns manchmal wirklich herausfordert. Nicht immer ganz einfach, aber auch toll zu sehen, welche Schritte er in seiner Entwicklung macht."

„Solche Erfahrungen überlasse ich gerne euch", meinte Martin Hofer. „ich bin mit meinem Single-Dasein vollauf zufrieden. Dann grüß' deinen lieben Gatten und bis bald – aber bitte nicht so schnell mit einer neuen Leiche!"

„Ciao, Martin. Ich werde mir Mühe geben, den Mörder zu fassen, bevor es eine weitere Leiche gibt."

12.

Die folgenden Tage waren für Jürgen mit verschiedenen Routinearbeiten angefüllt. Bernhard war weiterhin mit den Morden an den beiden Kongolesen beschäftigt, ohne jedoch der Aufklärung einen Schritt näher zu kommen.

Als Jürgen am Freitagabend nach Hause kam, empfing Antonio ihn mit der Nachricht: „Du weißt Papa, dass morgen Pride in Basel ist? Wir haben ja besprochen, dass wir dabei mitmachen. Mama und Sandra kommen auch."

Jürgen hatte über die Arbeit im Kommissariat die Basler Pride völlig vergessen. Eigentlich hatte er keine große Lust, dahin zu gehen. Sicher würde es nur eine kleine Zahl von Teilnehmerinnen und Teilnehmern geben. Außerdem musste Jürgen sich eingestehen, dass es ihm irgendwie peinlich war, in Basel, wo ihn viele Leute kannten, in einem Pridezug mitzumarschieren. Er lebte ja völlig offen und hatte sonst kein Problem mit seinem Schwulsein. Es hatte ihm auch nichts ausgemacht, am Samstag der vergangenen Woche bei der Zürcher Pride mit im Zug zu laufen. Aber eine Pride in Basel war eben doch etwas anderes.

„Und was meint Mario dazu?", fragte er in der Hoffnung, von ihm vielleicht Unterstützung dabei zu erhalten, dass sie doch lieber nicht teilnähmen.

„Der freut sich schon sehr auf die Pride. Endlich mal eine in Basel!", meinte Antonio begeistert. „Du gehst aber doch auch mit, Papa! Ich möchte mit euch allen zusammen dahin."

Jürgen nickte und ergab sich in sein Schicksal. Irgendwie überstehe ich die Basler Pride auch noch, dachte er. Und wenn es nur ganz wenige Teilnehmende gibt, kann ich mich ja immer noch dünn machen.

Nach dem Abendessen rief Mario Anita und Sandra an und besprach mit ihnen, sie am nächsten Tag um 14.30 Uhr im Zentrum von Basel, am Barfüsserplatz, zu treffen, von wo aus der Zug sich gegen 15 Uhr in Bewegung setzen sollte. Sie würden am Vormittag noch Getränke einkaufen, weil der Wetterbericht einen heißen Tag angekündigt hatte.

Am Samstagmorgen war Antonio schon vor sieben Uhr wach. Sonst jammerte er oft, wenn er wegen der Schule um sieben Uhr aufstehen musste, und fand, das sei viel zu früh. Heute jedoch war er putzmunter und klopfte um kurz nach sieben an die Schlafzimmertür, um Jürgen und Mario zu wecken.

„Das ist nicht dein Ernst, Antonio!", seufzte Jürgen, als Antonio ihn am Fuß zog, um ihn aufzuwecken. „Endlich können wir einmal ausschlafen, und da reißt du uns mitten in der Nacht aus dem Bett. Muss das denn sein?"

„Natürlich muss das sein, Papa", meinte Antonio und zog jetzt auch Mario am Fuß. „Aufstehen, ihr beiden Schlafmützen! Heute ist Pride in Basel!"

„Aber noch nicht jetzt am Vormittag!", grunzte Mario ärgerlich. „Es geht doch erst nachmittags los. Da haben wir noch sehr viel Zeit. Ich will noch etwas schlafen. Ihr könnt ja schon das Frühstück vorbereiten und mir dann Bescheid geben, wenn alles fertig ist."

„Immer dasselbe", meinte Jürgen. „Immer muss ich herhalten, wenn es darum geht, dass Antonio beschäftigt wird."

„Du bist ja auch mein Papa!", konterte Antonio. „Da ist es doch klar, dass du nach mir schaust. Mario ist ja nur der soziale Vater."

„Wo hast du den Begriff denn aufgeschnappt?", fragte Jürgen erstaunt.

„So heißt der zweite in einer Regenbogenfamilie doch. Oder? Das habe ich kürzlich in einem Bericht über Regenbogenfamilien gelesen. Ich bin doch kein Baby mehr und weiß, wie die Verhältnisse in unserer Familie sind. Du bist mein Papa und Anita meine Mama und Mario und Sandra sind die sozialen Eltern."

„Womit du Recht hast", stimmte Jürgen ihm zu. „Zieh dich jetzt an. Ich dusche und mache mich auch fertig. Dann gehen wir runter und bereiten das Frühstück vor."

Als der Tisch gedeckt, der Kaffee gekocht und für Antonio der Ovomaltine-Drink fertig war, weckte Jürgen Mario. Eigentlich hätte Mario gerne noch länger geschlafen. Aber er sah ein, dass das heute nicht möglich war, wo Antonio der Basler Pride entgegenfieberte.

Beim Frühstück besprachen die drei den Tagesablauf. Jürgen würde nach dem Frühstück mit Antonio zusammen einkaufen gehen. Sie mussten für das Wochenende einkaufen und etwas zum Trinken besorgen, das sie auf die Pride mitnehmen konnten. Es versprach nämlich sehr warm zu werden. In der Zeit wollte Mario im Haus Ordnung schaffen und etwas zum Mittagessen vorbereiten. Um kurz vor 14 Uhr würden sie sich dann auf den Weg machen, um einige Zeit vor dem offiziellen Beginn der Pride auf dem Barfüsserplatz zu sein, wo einige Redner auftreten würden und der Zug beginnen sollte. Auf dem Barfüsserplatz würden sie dann Anita und Sandra treffen.

Jürgen war nach wie vor skeptisch, ob sich eine größere Zahl der LGBT-Community zusammenfinden würde. In Basel sei es immer schon schwierig gewesen, meinte er zu Mario, für lesbisch-schwule Anlässe Leute zusammenzutrommeln. Jürgen warnte deshalb auch Antonio, nicht enttäuscht zu sein, wenn es nur ein kleiner Zug würde. Er dürfe auf keinen Fall mit einer so großen Zahl von Teilnehmerinnen und Teilnehmern rechnen wir in Zürich.

Nach dem Mittagessen machten sich Jürgen, Mario und Antonio um viertel vor zwei auf den Weg in die Stadt. Sie nahmen die Straßenbahn No. 8, die sie direkt bis zum Barfüsserplatz brachte.

Am Treffpunkt, der in der Ankündigung der Pride bekannt gegeben worden war, stand eine kleine Gruppe von Frauen und Männern. Zwei der Männer und eine Frau kannte Jürgen. Sie waren Mitglieder von habs-queer-basel, der homosexuellen Vereinigung in Basel, und hatten die Pride mit organisiert. Jürgen begrüßte sie und stellte ihnen Mario und Antonio vor.

Als Mario Antonios enttäuschte Miene sah, tröstete er ihn: „Es kommen ganz sicher noch viele andere. Wir sind ja sehr früh hier."

Antonio murmelte etwas wie „typisch Basel" und schaute sich suchend um.

„Annette und ihre Mütter kommen auf jeden Fall noch", meinte er dann. „Das ist das Mädchen, das eine Klasse unter mir ist und auch in einer Regenbogenfamilie lebt", erklärte er einer der Frauen. „Außerdem wird auch noch der Transjunge aus der Parallelklasse kommen. Er ist Mitglied der queeren Jugendgruppe ‚anyway'."

„Siehst du, dann kommen also noch etliche", tröstete Jürgen ihn.

Während die Erwachsenen sich miteinander angeregt unterhielten, waren nach und nach etliche andere Frauen, Männer und Jugendliche gekommen. Als sich Jürgen nach einiger Zeit umschaute, bemerkte er, dass sich die Zahl der Wartenden inzwischen erheblich vergrößert hatte. Es waren jetzt mindestens 200 Personen mit Regenbogenfahnen und Transparenten. Inzwischen waren auch die Leute erschienen, die für die Technik zuständig waren. Denn die Pride sollte ja mit einigen Reden beginnen.

Triumphierend schaute Antonio Jürgen an.

„Siehst du, Papa. Es kommen doch viele, die bei der Pride mitmachen! Dahinten sind die beiden Kinder aus meiner Schule. Ich sage ihnen schnell ‚Hallo'. Keine Angst, Papa! Ich finde dich schon wieder", beruhigte er Jürgen, als er sah, dass der Vater seinen Blick über die Menschenmenge schweifen ließ. „Ich bin ja kein Baby mehr und finde sogar alleine wieder nach Hause, wenn ich euch beim Zug verlieren würde. Also, bis später."

Mit diesen Worten verschwand Antonio in der Menge.

Nach den Reden der Frauen und Männer, welche die Basler Pride organisiert hatten, formierte sich der Zug langsam und begann seine Wanderung durch die Stadt. Inzwischen waren auch Anita und Sandra eingetroffen. Jetzt erst nahmen Jürgen und Mario wahr, dass es sicher an die 600 bis 800 Personen waren, die sich am Zug beteiligten. Antonio war wieder zu ihnen zurückgekommen und trug stolz ein Schild mit einem Slogan zum Thema „Regenbogenfamilien", das er von einer der Mütter seiner Schulkollegin bekommen hatte.

Der Zug bewegte sich durch die Innenstadt über die Freie Straße, überquerte den Rhein über die Mittlere Brücke, folgte im Kleinbasel der Clarastraße, bog dann in die Hammerstraße ein und endete schließlich auf der Claramatte, wo man Getränke und Essen kaufen konnte.

„Das war wirklich eine geile Pride", meinte Antonio, als er sich mit einem Glas Eistee erfrischte. „Natürlich kleiner als in Zürich. Aber mir hat der Zug in Basel super gefallen. Und meine Freundin und mein Freund fanden die Basler Pride auch geil!"

„Ich fand sie auch toll", stimmte Jürgen Antonio zu. „Vor allem war ich beeindruckt davon, dass viel mehr Leute daran teilgenommen haben, als ich erwartet hatte. Das ist für Basel wirklich sensationell!"

13.

Am Montagmorgen besprachen Jürgen und Bernhard, wie sie bei den weiteren Ermittlungen vorgehen könnten. Ihnen war klar, dass sie neue Wege gehen müssten, da sie, nachdem Tjarek Rahmani als Täter ausgeschieden war, praktisch wieder am Anfang standen.

„Gib' doch einfach mal die Namen aller Personen, mit denen wir bei unseren Ermittlungen gesprochen haben, in den Polizeicomputer ein", schlug Jürgen, einem spontanen Einfall folgend, vor.

„Und was soll das bringen?", meinte Bernhard erstaunt. „Über Herrn Tschibala, der ja etwas Ähnliches mit einer Sugar Mummy erlebt hat wie Herr Nkunda, haben wir uns schon schlau gemacht. Er kommt nach allem, was wir über ihn wissen, ja auch nicht als Täter der beiden Morde in Frage. Dann blieben noch die beiden Sugar Mummys, Frau Mohler und die Frau, mit der Herr Tschibala ein Verhältnis gehabt hat. Denkst du, eine von ihnen könnte die Morde begangen haben? Hat die Sugar Mummy von Herrn Tschibala die beiden ermordeten Kongolesen überhaupt gekannt? Und was sollte ihr Motiv gewesen sein? Und kannte Frau Mohler das zweite Opfer, Herrn Kimbangu? Und wenn ja, was wäre ihr Motiv für einen Mord gewesen?"

„Ich weiß auch keine Antworten auf diese Fragen, Bernhard. Aber irgendwo müssen wir doch anfangen. Deshalb hatte ich die Idee, uns im Polizeicomputer schlau zu machen. Übrigens haben wir ja noch drei andere Personen, über die wir bisher nur sehr wenig wissen: die beiden Jugendlichen, die Herrn Kimbangu gefunden haben, und der Jogger, Dr. Kupfer, der im Park auf einer Bank nicht weit vom Tatort entfernt gesessen hat."

Bernhard schaute Jürgen skeptisch an. „Ich glaube, damit vergeuden wir unsere Zeit, Jürgen."

„Wir sollten jede Möglichkeit ausschöpfen, die auch nur die geringste Chance bietet, an neue Informationen heranzukommen", beharrte Jürgen. „Schau' bitte zunächst einmal im Computer nach, wie die Frau heißt, mit der Herr Tschibala ein Verhältnis hatte, und wo sie wohnt, und biete sie zu einem Gespräch bei uns auf, am besten gleich für heute Nachmittag, wenn sie das einrichten kann. Üb' ruhig ein bisschen Druck auf sie aus. Wir müssen schauen, dass wir mit unserer Ermittlungsarbeit vorankommen. Und dann gib' bitte ihren Namen in den Polizeicomputer ein und schau', ob sich außer der Anzeige, die sie gegen Herrn Tschibala erstattet und dann wieder zurückgezogen hat, dort noch andere Einträge finden."

„Und gib' bitte auch den Namen von Frau Mohler in den Polizeicomputer ein. Wir haben das bisher ja noch nicht gemacht. Es könnte doch sein, dass wir da auch etwas finden, was Frau Mohler betrifft. Ich selbst kümmere mich um die beiden Jugendlichen und Dr. Kupfer."

Obwohl sich Bernhard wenig von dieser Strategie versprach, suchte er den Namen der Frau heraus, mit der Herr Tschibala ein Zeit lang zusammengelebt hatte. Sie hieß Therese Amstutz und wohnte in der Hammerstraße, nicht weit entfernt von dort, wo Frau Mohler mit Herrn Nkunda gewohnt hatte und wo das Ehepaar Tschibala lebte. Im Polizeicomputer fand Bernhard lediglich die später von ihr wieder zurückgezogene Anzeige gegen Herrn Tschibala.

Wie mit Jürgen besprochen, rief er Frau Amstutz an und bat sie, möglichst noch am gleichen Nachmittag für ein Gespräch im Kommissariat vorbei zu kommen. Wie Bernhard erwartet hatte, war Frau Amstutz sehr erstaunt, zu einem Gespräch eingeladen zu werden.

„Können Sie mir mal verraten, was das soll?", war ihre erstaunte Frage, in der deutlich Aggression mitschwang. „Worum geht es?"

Als Bernhard vorsichtig andeutete, sie hätten nur ein paar Fragen zu dem „Vorfall", dessentwegen Frau Amstutz vor einiger Zeit eine Anzeige gegen Herrn Tschibala erstattet habe, reagierte sie empört: „Das ist doch nicht Ihr Ernst! Das ist alles lange vorbei. Und außerdem habe ich die Anzeige ja wieder zurückgezogen, weil es mir zu dumm war, mich mit diesem Kerl herumzustreiten! Sie glauben doch nicht im Ernst, dass ich zu Ihnen komme, um über diese uralte Geschichte mit Ihnen zu sprechen."

Bernhard war von Anfang an klar gewesen, dass er mit einer solchen Reaktion von Frau Amstutz hatte rechnen müssen. Wie war Jürgen nur auf diese absurde Idee gekommen, dass er sie zum Gespräch ins Kommissariat einladen sollte?

„Es geht eigentlich nicht um diese alte Geschichte, Frau Amstutz", versuchte Bernhard sie zu besänftigen. „Wir ermitteln in einem Mordfall an zwei Kongolesen und denken, Sie könnten uns vielleicht wichtige Hinweise geben."

Ehe Bernhard die Einladung ins Kommissariat noch weiter erklären konnte, fuhr Frau Amstutz aufgebracht dazwischen: „Wollen Sie mir jetzt auch noch einen Mord unterschieben? Oder wie soll ich das verstehen? Ich glaube, Sie sind von allen guten Geistern verlassen! Sind Sie überhaupt von der Polizei? Oder machen Sie sich einen Spaß mit mir? Geben Sie mir sofort Ihre Telefonnummer! Ich möchte zuerst prüfen, mit wem ich da spreche. Wenn Sie wirklich von der Polizei sind, melde ich mich wieder."

Kaum hatte Bernhard Frau Amstutz seinen Namen und die Nummer des Kommissariats gegeben, unterbrach sie das Gespräch.

Die ganze Sache war Bernhard extrem unangenehm. Noch nie hatte er sich bei einem Telefongespräch so blöd gefühlt. Er verstand bestens den Ärger von Frau Amstutz. Es konnte für sie doch absolut keinen Sinn machen, dass jemand heute bei ihr anrief und mit ihr sprechen wollte, weil sie einmal eine Anzeige erstattet und später wieder zurückgezogen hatte. Eigentlich sollte Jürgen mit ihr sprechen und nicht ich, überlegte Bernhard.

Doch im gleichen Moment rief die Sekretärin von der Zentrale an und meldete ihm, Frau Amstutz wolle ihn sprechen.

Bernhard seufzte und nahm den Anruf entgegen.

„Immerhin sind Sie also offenbar tatsächlich von der Polizei", begann Frau Amstutz, jetzt schon etwas versöhnlicher. „Also noch einmal: Warum wollen Sie mit mir über diese alten Geschichten sprechen?"

„Verstehen Sie mich bitte richtig, Frau Amstutz", versuchte es Bernhard auf seine höflichste Art. „Es geht uns in keiner Weise um die damalige Geschichte. Ich verstehe sehr gut, dass Sie darüber nicht mehr diskutieren möchten. Wie ich vorhin gesagt habe, ermitteln wir in zwei Mordfällen an kongolesischen Flüchtlingen, die von Schweizer Frauen aufgenommen worden sind."

Dies entsprach zwar nicht ganz der Wahrheit, weil Herr Kimbangu ja in einer Asylunterkunft und nicht bei einer Frau gelebt hatte.

Bernhard war jetzt aber fast jedes Mittel recht, mit dem er Frau Amstutz überreden konnte, zu einem Gespräch ins Kommissariat zu kommen.

Bernhard spürte, dass Frau Amstutz ihn unterbrechen wollte und fuhr, ohne ihr dazu eine Gelegenheit zu bieten, fort: „Sie waren ja damals so freundlich, einen Kongolesen bei sich aufzunehmen. Eine solche Situation kann, wie wir uns denken, im Umfeld Neid und Missgunst auslösen. Uns ist deshalb wichtig, mit jemandem wie Ihnen zu sprechen, der in einer derartigen Situation war. Das könnte uns bei unseren Ermittlungen sehr viel helfen. Deshalb unsere Bitte an Sie, mit uns über Ihre damaligen Erfahrungen zu sprechen."

„Warum sagen Sie das denn nicht gleich?", kam daraufhin die nun wesentlich freundlicher klingende Reaktion von Frau Amstutz. „Wenn ich Ihnen in dieser Art behilflich sein kann, mache ich das natürlich gerne. Heute Nachmittag, haben Sie vorhin vorgeschlagen? Doch, das könnte ich einrichten."

„Das wäre natürlich sehr nett, wenn Sie uns behilflich sein könnten", raspelte Bernhard weiter Süßholz. „Würde es Ihnen um 15 Uhr passen?"

Als Frau Amstutz einwilligte, gab Bernhard ihr die Adresse des Kommissariats und war glücklich, Jürgen berichten zu können, dass die Einladung geklappt hatte. Dabei verschwieg er allerdings nicht, wie kompliziert es gewesen war, Frau Amstutz zu dem Treffen mit ihnen zu überreden.

Die nächste Aufgabe, die Bernhard zu erledigen hatte, war hingegen wesentlich einfacher. Er gab den Namen von Frau Mohler in den Polizeicomputer ein. Wie er bereits vermutet hatte, fanden sich keine sie betreffenden Einträge. Bernhard war jedoch klar, dass Frau Mohler damit natürlich nicht von der Liste der Verdächtigen gestrichen werden konnte. In der Vergangenheit aber hatte es keine strafrechtlich relevanten Vorfälle gegeben, in die Frau Mohler verwickelt gewesen war.

Während Bernhard diese Aufgaben erfüllt, gab Jürgen die Namen der beiden Jugendlichen in den Polizeicomputer ein. Beim ersten, Klaus Meister, 14 Jahre, fand sich ein Verweis darauf, dass er vor einem Jahr zusammen mit anderen Jugendlichen beim Sprayen erwischt worden sei. Er hatte als Strafe einige Nachmittage auf einem Robinson-Spielplatz bei der Betreuung von Kindern helfen müssen.

Bei der Eingabe des zweiten Jugendlichen, Manfred Kuster, 17 Jahre, hingegen kam die Information, er sei vor zwei Monaten in eine Auseinandersetzung mit türkischen Jugendlichen verwickelt gewesen und habe einen jüngeren Türken brutal zusammengeschlagen. Erst durch das Eingreifen eines jungen Mannes, der zufällig Zeuge der Auseinandersetzung geworden sei, habe Manfred von dem türkischen Jugendlichen abgelassen. Es sei zu befürchten gewesen, dass er das Opfer sonst in noch schlimmerer Weise malträtiert hätte. Bisher war noch nicht entschieden, welche Strafe Manfred erhalten würde. In den Informationen, die Jürgen aus dem Computer erhielt, hieß es, das Verhalten des Jugendlichen lasse ein "erhebliches Gewaltpotenzial" erkennen.

Wir müssen unbedingt noch einmal mit Manfred Kuster sprechen, dachte Jürgen. Wenn er so gewalttätig einem anderen Jugendlichen gegenüber gewesen ist, könnte es doch sein, dass er ein ähnlich brutales Verhalten gegenüber Herrn Kimbangu gezeigt hatte. Aus dem Gespräch, das Bernhard mit den Jugendlichen geführt hatte, war auch nicht klar hervorgegangen, ob sie die ganze Zeit zusammen gewesen waren oder sich erst im Park in der Nähe der Skateranlage getroffen hatten. Es wäre also durchaus möglich, dass Manfred Kuster den Kongolesen umgebracht und erst nachher seinen Kollegen getroffen hätte.

Jürgen schaute im Protokoll nach, das Bernhard über sein Gespräch mit den beiden Jugendlichen angefertigt hatte. Dort waren auch die Adressen der beiden und die Telefonnummern ihrer Familien vermerkt.

Als er die Nummer von Familie Kuster eingestellt hatte, verging längere Zeit, bis sich schließlich eine Frauenstimme meldete.

„Ja."

„Mit wem spreche ich?", fragte Jürgen.

„Hier ist Madeleine Kuster."

„Sind Sie die Mutter von Manfred?"

„Ja. Was wollen Sie von uns?"

Jürgen stellte sich vor, erwähnte aber nur „Kommissariat", ohne die genaue Bezeichnung „Mordkommission."

„Was hat er denn jetzt wieder ausgefressen?", kam die gereizte Rückfrage.

„Er hat nichts angestellt, Frau Kuster", beruhigte Jürgen die Mutter. „Sie wissen wahrscheinlich, dass er kürzlich zusammen mit seinem Kollegen Klaus Meister bei der Skateranlage im Horburgpark einen Toten gefunden hat und wir uns dort mit ihm als Zeugen unterhalten haben. Wir müssten jetzt noch ein paar Fragen mit ihm klären. Ist er zu Hause?"

„Ja, er ist hier. Eigentlich hätte er sich heute Vormittag um acht Uhr bei einer Firma für Stellenvermittlungen melden sollen. Aber er hat mal wieder verschlafen", seufzte sie.

„Könnten Sie ihn dann bitte ans Telefon holen, damit ich mit ihm einen Termin für das Gespräch bei uns im Kommissariat vereinbaren kann?"

„Ich versuche ihn mal aus dem Bett zu bekommen. Versprechen kann ich Ihnen aber nichts."

Jürgen hörte nach einiger Zeit im Hintergrund lautes Schimpfen und einen offenbar heftigen Streit zwischen Mutter und Sohn. Es vergingen fast zehn Minuten, bis Frau Kuster sich wieder meldete und Jürgen mitteilte, Manfred komme.

Nochmals vergingen etliche Minuten, bis Manfred Kuster sich unwirsch meldete: „Was ist los?"

„Guten Morgen, Manfred", begrüßte Jürgen ihn. „Hier Kommissar Schneider. Wir haben ja kürzlich, als du zusammen mit Klaus Meister die Leiche des Kongolesen im Horburgpark gefunden hast, schon miteinander gesprochen. Bei unseren Ermittlungen sind nun ein paar neue Fragen aufgetaucht. Ich möchte deshalb noch einmal mit dir sprechen. Könntest du jetzt gleich zu mir kommen?"

Jürgen war klar, dass Manfred nicht begeistert darüber sein würde. Er vermutete aber, die Einhaltung des Termins würde am ehesten klappen, wenn er den Termin nicht auf einen der kommenden Tage verschieben würde. Jetzt war die Mutter anwesend und könnte Manfred noch etwas Druck machen, Jürgens Aufforderung Folge zu leisten.

Manfred antwortete nicht.

„Bist du noch da? Kannst du in einer halben Stunde hier sein? Das heisst: um halb elf?"

Manfred brummelte etwas, das vermutlich eine Zustimmung sein sollte. Jürgen nannte ihm die Adresse des Kommissariats und sagte Manfred, er wolle gerne noch kurz mit der Mutter sprechen.

Als Frau Kuster am Telefon war, teilte Jürgen ihr mit, dass er Manfred um halb elf im Kommissariat erwarte. Sie seufzte und versprach, ihr Möglichstes dafür zu tun, dass der Sohn pünktlich dort sei.

Jürgen informierte Bernhard über seine Recherche über die beiden Jugendlichen im Polizeicomputer und die Terminvereinbarung mit Manfred Kuster.

Die Zeit bis zum Erscheinen von Manfred wollte Jürgen noch nutzen, um im Polizeicomputer nachzuschauen, ob es dort irgendwelche Einträge zu dem Zeugen Dr. Hans Kupfer gebe. Als er den Namen eingab, stieß er auf etliche Informationen, die einen Anlass betrafen, bei dem es zu einem heftigen, von Gewalttätigkeiten begleiteten Streit zwischen Herrn Kupfer und einem Afrikaner ging. Das ist ja interessant, dachte Jürgen, und öffnete die Seiten, auf denen von einem Prozess die Rede war, der vor einem halben Jahr stattgefunden hatte.

In den Informationen über diesen Prozess hieß es, es sei in der Brombacherstraße, in der Nähe der Wohnung von Herrn Dr. Kupfer, zu einem Streit zwischen einem nigerianischen Flüchtling, der in der Asylunterkunft Brombacherstraße gewohnt habe, und Dr. Kupfer gekommen. Was den Anlass und den Verlauf dieses Streits betraf, widersprachen sich die Aussagen der beiden daran Beteiligten völlig.

Dr. Kupfer hatte Anzeige gegen den Afrikaner ersttatet und hatte geltend gemacht, der Nigerianer habe ihn grundlos angerempelt, so dass er beinahe gestürzt sei, und habe sich dann drohend gegen ihn gewendet, als er gesagt habe, der Mann solle sich dafür entschuldigen. Der Nigerianer hingegen hatte den Vorfall so geschildert, dass er Dr. Kupfer begegnet sei und dieser ihn angeschrien habe, er solle Platz machen. Er solle dahin zurückgehen, woher er gekommen sei.

Widersprüchliche Angaben hatten die beiden Kontrahenten auch dazu gemacht, wie es dann zu Tätlichkeiten gekommen sei. Wieder habe Dr. Kupfer betont, er sei Opfer des aggressiv sich verhaltenden

Afrikaners geworden und habe sich nur durch Flucht schweren Verletzungen entziehen können. Der Nigerianer hingegen hatte Dr. Kupfer als Angreifer bezeichnet und hatte seinerseits betont, er habe sich vor dem Angriff des Schweizers nur durch Flucht schützen können.

Bei den Vernehmungen der beiden Kontrahenten hatte es zunächst von beiden geheißen, es gebe keine Zeugen dieses Vorfalls. Bei einem zweiten Gespräch mit Dr. Kupfer hatte dieser aber eine Zeugin genannt, die den Streit beobachtet habe. Er habe sie aufgrund der Aufregung, in der er sich befunden habe, nicht wahrgenommen, habe jetzt aber von ihr erfahren, dass sie die beiden aus der Ferne beobachtet habe.

Daraufhin sei Frau Frank, eine Nachbarin von Dr. Kupfer, befragt worden. Sie habe die Schilderung, die Dr. Kupfer von dem Streit gegeben hatte, bestätigt. In dem Gespräch mit Frau Frank hätten die Beamten, welche die Vernehmung durchgeführt hatten, allerdings gewisse Zweifel daran gehabt, ob die Zeugin den Vorfall wirklich beobachtet habe oder ob es ein Gefälligkeitszeugnis sei, mit dem sie Dr. Kupfer habe unterstützen wollen.

Aufgrund der Zeugenaussage habe der Richter Dr. Kupfer geglaubt und habe den Nigerianer verurteilt. Der Angeklagte habe die von Dr. Kupfer und Frau Frank vertretene Version zwar weiterhin bestritten, habe vor Gericht aber keine Chance gehabt. Da sein Asylgesuch noch nicht entschieden war, sei er in Haft in das Ausschaffungsgefängnis Bässlergut genommen worden und solle demnächst von dort nach Nigeria ausgewiesen werden.

Jürgen hatte die Informationen über den Prozess mit wachsender Spannung gelesen. Natürlich konnte er nicht beurteilen, ob in diesem Fall die Schilderungen von Dr. Kupfer und der – allerdings doch nicht ganz über jeden Zweifel erhabenen – Zeugin oder die Schilderung des Nigerianers zutrafen. Doch erinnerte er sich an die entwertende Art, in der Dr. Kupfer über den Toten gesprochen hatte, als Jürgen nach Auffinden der Leiche ein Gespräch mit ihm geführt hatte. Interessant, dass gerade Dr. Kupfer vor nicht langer Zeit in eine Auseinandersetzung mit einem Afrikaner verwickelt war und vor Gericht nur Recht bekommen hatte, weil er eine Zeugin hatte beibringen können, die seine Schilderung der Auseinandersetzung bestätigt hatte.

Jürgen informierte Bernhard über seine Recherche über Dr. Kupfer. Auch Bernhard war sehr erstaunt über das, was Jürgen dabei erfahren hatte. Sie beschlossen, Dr. Kupfer für den nächsten Tag zu einem Gespräch einzuladen.

„Ich bin sehr gespannt, was er zu dem Streit mit dem Nigerianer sagen wird", meinte Jürgen.

„Ich habe noch eine Idee", unterbrach Bernhard ihn. „Ich bin Mitglied beim Solinetz Region Basel. Du weißt, was das ist?"

Jürgen schüttelte den Kopf.

„Das Solinetz Region Basel ist die seit 20 Jahren bestehende Regionalgruppe eines Schweiz weiten Solidaritätsnetzes zur Unterstützung von Sans Papiers und abgewiesenen Asylsuchenden, denen die Rückkehr in ihr Herkunftsland nicht möglich ist und die zum Teil über viele Jahre hin keine Aufenthaltsgenehmigung und keine Arbeitsbewilligung erhalten."

Jürgen staunte. Bisher hatte er noch nie von diesem Solidaritätsnetz gehört.

„Innerhalb dieser Gruppe", fuhr Bernhard fort, „gibt es in Basel eine Untergruppe von freiwilligen Mitarbeiterinnen und Mitarbeitern, die Besuche im Abschiebungsgefängnis Bässlergut machen. Ich könnte einen dieser Mitarbeiter fragen, ob er mich an einem der Besuchstermine mitnimmt, damit ich mit dem Nigerianer sprechen kann, der in den Streit mit Dr. Kupfer verwickelt war. Ich kann mir vorstellen, dass wir von ihm einige interessante Informationen über Dr. Kupfer und die damalige Auseinandersetzung mit ihm bekommen können. Was meinst du dazu, Jürgen?"

Jürgen wiegte den Kopf hin und her.

„Ich weiß nicht recht, Bernhard, ob wir das machen sollten. Wenn du als Besucher mit dem Solinetz-Mitarbeiter in das Gefängnis gehen würdest, könnten wir die Informationen, die der Nigerianer dir gibt, vermutlich nicht offiziell verwenden. Um das machen zu können, müssten wir einen offiziellen Antrag auf Einvernahme des Afrikaners stellen, und ob wir den bekämen, nachdem der Prozess gelaufen ist und der Mann in Abschiebehaft ist, scheint mir mehr als fraglich."

„Da stimme ich dir völlig zu, Jürgen. Nur könnten wir das, was ich vielleicht von dem Nigerianer erfahre, ja in unserem Gespräch mit Dr. Kupfer benutzen, ohne die Quelle dieser Informationen zu nennen."

„Wenn es um eine solche inoffizielle Information geht, ist es in Ordnung", willigte Jürgen ein. „In dem Fall wäre es aber gut, wenn du zuerst mit dem Nigerianer sprichst und wir danach einen Termin mit Dr. Kupfer vereinbaren. Versuch' doch bitte gleich, deinen Bekannten zu erreichen, und frage ihn, ob du ihn morgen Vormittag ins Bässlergut begleiten kannst. Wenn das geht, könnten wir für den Nachmittag das Gespräch mit Dr. Kupfer planen."

Bernhard hatte Glück und erreichte seinen Bekannten, der tatsächlich für den kommenden Vormittag einen Besuch im Gefängnis Bässlergut geplant hatte. Sie besprachen, am nächsten Vormittag zusammen dorthin zu gehen. Die Besuchszeit war von acht bis zehn Uhr.

Aufgrund dieser Nachricht legten Jürgen und Bernhard das Gespräch mit Dr. Kupfer auf 15 Uhr am Nachmittag des nächsten Tages. Jürgen rief Dr. Kupfer an und bat ihn, zu diesem Termin zu kommen. Er begründete diese Einladung damit, Dr. Kupfer müsse das Protokoll, das Jürgen über ihr Gespräch im Horburgpark angefertigt habe, unterschreiben. Außerdem habe er noch ein paar ergänzende Fragen. Dr. Kupfer schien zwar wenig begeistert von dem geplanten Gespräch, willigte aber schließlich ein, am folgenden Tag um 15 Uhr ins Kommissariat zu kommen.

Als Jürgen um halb elf Uhr beim Empfang anfragte, ob Manfred Kuster gekommen sei, hatte er sich noch nicht bei der Sekretärin gemeldet. Um viertel vor elf fragte Jürgen erneut nach. Wieder Fehlanzeige. Als es elf Uhr geworden war, überlegten Jürgen und Bernhard, ob Jürgen noch einmal bei Kusters anrufen und fragen sollte, wo Manfred bleibe. In diesem Moment läutete das Telefon und die Sekretärin meldete Manfred an.

Bernhard ging zur Anmeldung und holte Manfred ab. Ärgerlich und misstrauisch schaute der Jugendliche Jürgen an, als er ihm gegenüber Platz genommen hatte. Mit keinem Wort entschuldigte er sich für die halbstündige Verspätung.

„Du hattest ja vor zwei Monaten eine ziemlich heftige

Auseinandersetzung mit einem türkischen Jugendlichen", begann Jürgen ohne langes Drumherumreden.

Manfred war durch diesen Gesprächsbeginn spürbar irritiert. Er hatte erwartet, noch ein paar Fragen zur Entdeckung der Leiche von Herrn Kimbangu beantworten zu sollen. Aber mit der Erwähnung des Streits mit dem türkischen Jugendlichen hatte er absolut nicht gerechnet.

„Was wollen Sie von mir?", brachte Manfred schließlich heraus.

„Ich möchte wissen, was da los war mit dem türkischen Jugendlichen", entgegnete Jürgen seelenruhig.

Man konnte Manfred ansehen, dass er krampfhaft überlegte, was er auf Jürgens Frage antworten sollte.

„Der Typ hat mich blöd angemacht. Da hab' ich ihm eins aufs Maul gegeben. Ich lass mich doch nicht von so einem Kanaken beleidigen!"

„Du weißt, das hätte schlimm ausgehen können, wenn nicht ein junger Mann, der euch beobachtet hat, dazwischen gegangen wäre. Du hast den anderen Jugendlichen brutal zusammengeschlagen."

Manfred hatte sich langsam wieder gefangen.

„Davon weiß ich nichts. Warum fragen Sie mich das alles? Das hat doch nichts damit zu tun, dass Klaus und ich die Leiche von diesem Neger gefunden haben."

„Das ist eben die Frage, ob das nichts miteinander zu tun hat. Zumindest zeigt dein Verhalten mit dem türkischen Jugendlichen, dass du sehr schnell ausrastest und dann brutal zuschlägst. Vielleicht war es ja ähnlich mit dem Kongolesen. Man nennt die Leute aus Afrika übrigens Afrikaner, falls du das noch nicht gewusst haben solltest", fügte Jürgen streng hinzu.

„Wir haben den doch nur gefunden und haben dann die Polizei verständigt. Ich habe den Typ überhaupt nicht gekannt."

„Das ist wieder genau die Frage", beharrte Jürgen. „Vielleicht hat er ja auch irgendetwas gesagt, was dich sauer gemacht hat, und deshalb hast du ihn erstochen."

Manfred sprang auf und näherte sich mit drohend erhobener Faust Jürgen. Bernhard trat einen Schritt vor, um notfalls eingreifen zu können. Auch Jürgen war aufgestanden.

„Du verfluchter Wichser!", schrie Manfred Jürgen an, wich aber wieder einen Schritt zurück. „Jetzt wollt ihr mir noch einen Mord unterschieben. Nur weil ich einmal einen Streit mit einem Türken hatte und das in meinen Akten steht. Ich werde jedenfalls nie wieder die Polizei benachrichtigen, wenn irgendetwas passiert ist!"

„Setz' dich hin", forderte Jürgen Manfred auf, „und antworte auf meine Frage: Hattest du Streit mit dem Afrikaner?"

„Nein! Natürlich nicht. Ich kannte ihn doch gar nicht."

„Aber du warst vorher schon bei der Skateranlage und nicht erst mit deinem Kollegen?", fragte Jürgen, wobei ihm bewusst war, dass dies sehr suggestiv war. Er wollte Manfred aber ein Stück weit in die Enge treiben. Vielleicht würde er dann zugeben, doch schon vorher an der Skateranlage gewesen zu sein.

„Natürlich nicht", verteidigte Manfred sich. „Ich habe Klaus von zu Hause abgeholt, und wir sind dann zusammen zum Horburgpark gegangen. Sie können ihn fragen."

„Das werden wir auch tun. Wie weit ist es von da, wo Klaus wohnt, bis zum Horburgpark?"

„Knapp 20 Minuten."

„Und was hast du gemacht, bevor du Klaus getroffen hast?"

„Ich war mit meiner Mutter einkaufen. Sie hat einen Großeinkauf gemacht. Da muss ich immer mitgehen und ihr helfen."

„Wo habt ihr eingekauft? Und wie lange hat der Einkauf gedauert?", fuhr Jürgen unbeirrt fort.

„Meine Mutter macht die Großeinkäufe immer mit dem Auto. Wir waren im M-Parc." Manfred überlegte kurz. „Ich glaube, wir sind um 18 Uhr dorthin gefahren und haben eingekauft. Dann haben wir die Sachen ins Auto geladen. Meine Mutter wollte unbedingt noch Kaffee in dem Restaurant vom M-Parc trinken. Ich war ziemlich unter Druck, weil ich Klaus versprochen hatte, um sieben Uhr bei ihm zu sein. Wir waren erst um halb acht wieder zu Hause."

„Und wann bist du von zu Hause weggegangen?"

„Gleich nachdem wir die Sachen, die wir eingekauft hatten, in die Wohnung gebracht hatten. Es muss so kurz vor acht gewesen sein, als ich zu Klaus gegangen bin."

Jürgen wurde immer klarer, dass es sehr unwahrscheinlich war, dass Manfred schon bei der Skateranlage gewesen war, bevor er Klaus dort getroffen hatte. Er schien die Wahrheit zu sagen, denn seine Zeitangaben ließen sich ohne Probleme durch Rücksprache mit Klaus Meister und Manfreds Mutter überprüfen.

Auch Bernhard merkte, dass sie Manfred wohl von der Liste der Verdächtigen streichen müssten. Es wäre zu schön gewesen, um wahr zu sein, wenn Manfred unser Täter gewesen wäre, dachte er. Also werden wir weitersuchen müssen.

Während Bernhard diesem Gedanken nachhing, hatte Jürgen Manfred noch einige Fragen zu seiner damaligen Auseinandersetzung mit dem türkischen Jugendlichen gestellt. Manfred reagierte darauf aber nicht mehr so gereizt wie zuvor. Auch er spürte offenbar, dass Jürgen ihn nicht mehr verdächtigte, Herrn Kimbangu ermordet zu haben, und war nun merklich entspannter.

Kurze Zeit später verabschiedete Jürgen sich von Manfred und Bernhard begleitete ihn zum Ausgang.

„Damit stehen wir nun wieder am Anfang unserer Ermittlungen", seufzte Jürgen, als Bernhard zurückgekommen war. „Wir müssen einen Verdächtigen nach dem anderen von unserer Liste streichen. Ich bin gespannt, was du morgen im Bässlergut über den Streit zwischen Dr. Kupfer und dem Nigerianer erfährst."

14.

Am nächsten Vormittag nahmen Bernhard und sein Bekannter vom Solinetz um 7.50 den Bus vom Claraplatz und stiegen an der Haltestelle Ottersbach Grenze aus. Von hier waren es nur wenige Schritte bis zum Bässlergut. Bernhard hatte diese Gefängnisanlage schon öfter beim Vorbeifahren mit dem Auto oder auch von der Bahn aus gesehen, war aber bisher noch nie in die Nähe gekommen.

Der Gefängniskomplex war laut Homepage eine Institution für die Vorbereitungs-, Ausschaffungs- und Durchsetzungshaft. Das Gefängnis war umgeben von hohen Mauern, die oben noch mit dicken Stacheldrahtrollen gesichert waren. Bernhard erinnerte sich, dass es vielfältige Kritik gegeben hatte, als im Jahr 2000 bekannt geworden war, dass Basel-Stadt ein solches Gefängnis bauen würde. In einem Teil des Gefängnisses verbüßten Ausländer kürzere Haftstrafen. Ein anderer Teil des Gebäudes war für Flüchtlinge, deren Asylgesuch abgelehnt worden war und die als fluchtgefährdet eingestuft wurden.

Bernhards Bekannter, der im Rahmen vom Solinetz Gefangene im Bässlergut besuchte, hatte Bernhard erzählt, dass viele der hier Inhaftierten nur unzureichend über ihren legalen Status informiert waren und oft auch nicht wussten, ob und wie sie sich gegen die Rückführung in ihr Heimatland – die in der Schweiz mit dem schrecklichen Wort „Ausschaffung" bezeichnet wurde - wehren könnten.

Die freiwilligen Mitarbeiterinnen und Mitarbeiter vom Solinetz klärten für die Gefangenen deren rechtliche Situation und berieten sie. Oft ging es aber auch einfach darum, die Gefangenen, die häufig keine Verwandten oder Freunde in Basel hatten, zu besuchen, ihnen Obst, Süßigkeiten oder auch Kleidung mitzubringen. Mitunter erkundigten sich die Solinetz-Mitarbeiter im Namen der Gefangenen auch bei den Kantonsärzten, die für die Gesundheitsversorgung der Inhaftierten zuständig waren, über den Gesundheitszustand und die ärztlichen Behandlungen der Inhaftierten.

Bernhards Bekannter läutete an einem großen Gittertor und teilte über die Gegensprechanlage dem Beamten, der nach ihren Namen und ihren Wünschen fragte, mit, wer sie waren und dass sie Gefangene besuchen wollten. Kurze Zeit später öffnete sich das Tor, so dass die beiden Männer ein Stück weiter gehen konnten. Sie waren nun in einer Art Schleuse und mussten warten, bis sich das Tor hinter ihnen geschlossen hatte und das nächste Gittertor sich öffnete. Für Bernhard war der Besuch eines Gefängnisses nichts Ungewöhnliches. Er war unzählige Male in den verschiedensten Schweizer Strafanstalten gewesen. Der Besuch dieses Gefängnisses löste jetzt jedoch in ihm viel intensivere Gefühle aus, als er sie sonst in solchen Institutionen erlebt hatte.

Obwohl es ein moderner Bau war, in den die beiden nun eintraten, empfand Bernhard ein starkes Gefühl der Beengung. Sie füllten die Anmeldeformulare mit der Angabe der Gefangenen, die sie besuchen wollten, aus. Der Nigerianer, mit dem Bernhard sprechen wollte, hieß Alozie Chima. Bernhard und sein Begleiter gaben dann dem Beamten, der hinter einem mit dickem Panzerglas geschützten Schalter saß, ihre Ausweise und erhielten dafür Schlüssel für Schließfächer, in denen sie ihre Sachen verstauen mussten. In den Besuchsraum durfte Bernhard nur seinen Schreibblock mitnehmen. Seinen Kugelschreiber musste er an der nächsten Kontrolle abgeben. Der Beamte lieh ihm seinen persönlichen Kugelschreiber, nachdem Bernhard ihm erklärt hatte, dass er sich einiges aus dem Gespräch, das er mit Alozie Chima führen wollte, notieren müsse.

Der Besuchsraum, in den sie nun geführt wurden, war ein langgestreckter Raum mit vergitterten Fenstern, hinter denen ein Innenhof zu sehen war, der offenbar als Platz für sportliche Aktivitäten genutzt wurde. Im Raum selbst standen in zwei Reihen Tische, an denen die Besucher mit den Gefangenen sitzen konnten.

Bernhard und sein Bekannter mussten einige Minuten warten. Dann öffnete sich eine Tür am Ende des Raumes und ein Beamter führte zwei Männer herein. Der eine war der Gefangene, den Bernhards Bekannter besuchte. Er hatte ihm erzählt, dass dieser Mann aus Syrien stammte. Der andre war ein dunkelhäutiger, zirka 30-jähriger schmächtiger Mann. Dies musste Alozie Chima sein.

Bernhard stellte sich ihm vor und erklärte ihm den Grund seines Besuches. Der Gefangene schaute ihn misstrauisch an und zögerte, als Bernhard ihn bat, ihm gegenüber Platz zu nehmen. Einen Augenblick lang befürchtete Bernhard, der Nigerianer werde sich weigern, ein Gespräch mit ihm zu führen. Er erklärte ihm deshalb noch einmal, dass es darum gehe, was damals bei dem Streit zwischen ihm und Dr. Kupfer wirklich passiert sei. In Anbetracht des Misstrauens von Herrn Chima beschloss Bernhard, dem Gefangenen wenigstens ein paar Hinweise über die Situation zu geben und deutete an, Dr. Kupfer sei jetzt in eine Straftat verwickelt und es sei deshalb wichtig für die Polizei, ein genaueres Bild von seiner Persönlichkeit und seinem Verhalten zu bekommen.

Langsam schien der Gefangene Vertrauen zu schöpfen und setzte sich. Er schilderte Bernhard den Ablauf des Streits in genau der gleichen Weise, wie er die Situation damals bei den Vernehmungen der Polizei beschrieben hatte: Er habe Dr. Kupfer zufällig auf der Brombacherstraße getroffen. Dr. Kupfer habe ihn hasserfüllt angestarrt und ihm zugezischt, er solle machen, dass er nach Afrika zurückkomme. Dann habe Dr. Kupfer ihm unverhofft einen Stoß gegen die Brust gegeben, so dass er gestolpert und beinahe gestürzt sei. Er habe sich zu verteidigen versucht und habe dem Angreifer abwehrend die Arme entgegengestreckt. Da habe Dr. Kupfer ihm mit der Faust einen Schlag ins Gesicht versetzt. Er habe sich daraufhin zu verteidigen versucht, indem er den Angreifer von sich gestoßen habe.

Herr Chima stockte in seinem Bericht, und Bernhard spürte, dass die Schilderung der damaligen Ereignisse Herrn Chima emotional sehr belastete. Bernhard wartete deshalb und nickte dem Gefangenen lediglich aufmunternd zu. Nach einigen Minuten des Schweigens fuhr Herr Chima mit seinem Bericht fort: Sein Versuch, sich zu verteidigen sei ihm später bei der Gerichtsverhandlung als Angriff ausgelegt worden. Dr. Kupfer habe jegliche Beleidigung und Tätlichkeit, die von ihm ausgegangen sei, bestritten und Herrn Chima als den bezeichnet, der ihn ohne Grund angegriffen habe.

Bernhard erschien die Schilderung, die Herr Chima gab, absolut verlässlich. Sie entsprach zum einen bis in die Details hin dem, was in den Protokollen der Vernehmungen und der Gerichtsverhandlung stand. Zum anderen war der Bericht von Herrn Chima auch emotional so authentisch, dass Bernhard nicht an der Wahrheit zweifelte. Dann ist Dr. Kupfer also tatsächlich ein Arschloch, das seinen Hass gegen Ausländer rücksichtslos ausgelebt hat, dachte Bernhard, und am Ende noch das Opfer als Angreifer hingestellt hat.

„Es hat aber doch eine Frau gegeben, die den Streit zwischen Ihnen beobachtet hat", wendete Bernhard ein, um auch diesen Punkt noch zu klären. „Sie hat ja die Version, die Dr. Kupfer von der Auseinandersetzung geschildert hat, voll bestätigt. Was meinen Sie dazu?"

„Sie war bei dem Zwischenfall überhaupt nicht in unserer Nähe. Sie hat sich ja auch erst einen Tag später bei der Polizei gemeldet und ihre Aussage gemacht. Die hat dieser Typ sich gekauft."

„Aber Sie sind für die Auseinandersetzung und die Tätlichkeiten schuldig gesprochen worden, Herr Chima, und werden deshalb jetzt ausgewiesen?", fragte Bernhard empört.

Herr Chima nickte: „Als Ausländer und erst recht als Afrikaner hast du keine Chance!", flüsterte er unter Tränen. „Die Polizei glaubt immer dem Schweizer und sagt, du würdest lügen. Und wenn dann plötzlich auch noch eine Schweizerin als Zeugin auftaucht, hast du endgültig verloren!"

Bernhard war erschüttert über das, was Herr Chima ihm berichtete. Ihm war klar, dass bei Ermittlungen Fehler unterlaufen können und dass es bei Gerichtsverhandlungen nicht immer völlig gerecht zuging. Aber einen so krassen Verstoß gegen das Recht mit so gravierenden Folgen für den fälschlich schuldig Gesprochenen hatte er noch nie erlebt.

Bernhard nahm sich vor, die Situation von Herrn Chima überprüfen und notfalls dagegen Einspruch erheben zu lassen. Wahrscheinlich könnte sein Bekannter vom Solinetz diesen Fall übernehmen. Das konnte man nicht einfach so auf sich beruhen lassen!

Ich bin aber nicht in erster Linie hier, um Herrn Chima zu rehabilitieren und zu verhindern, dass er nach Nigeria zurückgeschickt wird, dachte Bernhard und ordnete seine Gedanken wieder. In erster Linie geht es um Informationen über die Persönlichkeit und das Verhalten von Dr. Kupfer. Insofern war das Gespräch mit Herrn Chima äußerst aufschlussreich gewesen und bestärkte den Verdacht, den Jürgen und er hatten, Dr. Kupfer sei ein aggressiver Mann mit starken rassistischen

Tendenzen.

Bernhard versprach dem Gefangenen, dass er sich für die Wiederaufnahme des gegen Herrn Chima geführten Prozesses einsetzen werde, damit das Gericht den wahren Sachverhalt kennenlerne und das Urteil gegen ihn aufheben müsse. Er werde das mit seinem Bekannten vom Solinetz besprechen. Der werde alles Nötige in die Wege leiten.

Herr Chima war völlig überwältigt und dankte Bernhard überschwänglich für die unerwartete Unterstützung. Bernhard verabschiedete sich von ihm und teilte seinem Bekannten mit, er werde später mit ihm Kontakt aufnehmen und mit ihm das weitere Vorgehen bezüglich Herrn Chima besprechen. Dann holte er im Vorraum seine Sachen aus dem Schließfach, gab den Schließfachschlüssel ab und erhielt dafür seinen Ausweis wieder zurück und verließ, wieder durch die Schleuse zwischen den beiden Gittertoren, das Geländes des Bässlerguts.

Als Bernhard ins Kommissariat zurückgekommen war, berichtete er Jürgen von dem Gespräch mit Herrn Chima und fertigte ein Protokoll darüber an. Auch Jürgen war empört über die Unverfrorenheit von Dr. Kupfer, der das Opfer zum Angreifer gemacht hatte.

„Außerdem zeigt uns der Bericht des Nigerianers über den Ablauf der Auseinandersetzung – wobei ich, wie du, Bernhard, nicht an der Wahrheit seiner Darstellung zweifle -, dass Dr. Kupfer offenbar einen enormen Hass auf Ausländer hat. Das macht ihn im Rahmen unserer Ermittlungen natürlich in besonderem Masse verdächtig. Ich bin gespannt, wie er heute Nachmittag im Gespräch mit uns versuchen wird, sich aus der Klemme zu ziehen."

Um kurz nach 15 Uhr wurde Dr. Kupfer angemeldet. Er folgte Bernhard, der ihn vom Empfang des Kommissariats abgeholt hatte, und nahm Jürgen gegenüber Platz. Bei dem kurzen Gespräch im Horburgpark war Dr. Kupfer ja als Jogger in Sportkleidung unterwegs gewesen. Heute aber erschien er ausgesprochen modisch gekleidet in schwarzer Hose, hellblauem Jackett und weißem Hemd.

„Wir haben erfahren, dass Sie im vergangenen Jahr in eine Auseinandersetzung mit einem Mann aus Nigeria verwickelt waren", begann Jürgen das Gespräch.

Dr. Kupfer hatte mit diesem Thema offensichtlich überhaupt nicht gerechnet und schaute Jürgen irritiert an.

„Was soll das jetzt?", fragte er in gereiztem Ton. „Ich bin nicht hierhergekommen, um mit Ihnen über diese alten Geschichten zu reden!"

„Aber wir haben Sie eingeladen, um genau über diese alten Geschichten, wie Sie diese Auseinandersetzung nennen, zu sprechen."

„Dann gehe ich wieder. Die Sache ist mit der Verurteilung dieses Kerls für mich erledigt, und Sie haben kein Recht, mich dazu zu befragen!"

Dr. Kupfer erhob sich.

„Tatsächlich ist die Sache aber doch noch nicht ganz erledigt", konterte Jürgen und deutete mit einer Handbewegung an, dass Dr. Kupfer sich wieder setzen solle.

„Wir haben uns die Akten mit den Protokollen der Vernehmungen und der Gerichtsverhandlung genau angeschaut. Dabei ist uns aufgefallen, dass die Darstellung, die Sie von der Auseinandersetzung gegeben haben, in totalem Widerspruch zu dem steht, was der Nigerianer gesagt hat."

„Und das wundert Sie? Mein Gott, wie kann ein Mann in Ihrem Beruf nur so weltfremd sein! Dieses Pack lügt doch, sowie es das Maul aufmacht!", stieß er hasserfüllt hervor. „Ich hatte Glück, dass mir das Gericht geglaubt hat und dem Richter klar war, dass dieser Schwarze alles verdreht hat, um sich als unschuldig darzustellen. Immerhin hat er seine gerechte Strafe bekommen und wird abgeschoben", fügte Dr. Kupfer voller Befriedigung hinzu.

„Glücklicherweise mahlen die Mühlen der Schweizer Justiz langsam", entgegnete Jürgen mit aufreizender Freundlichkeit. „Der Mann ist noch nicht nach Nigeria zurückgeführt worden und hat uns die Auseinandersetzung zwischen Ihnen beiden noch einmal schildern können."

„Was überhaupt nichts bedeutet!", fiel Dr. Kupfer Jürgen ins Wort. „Er ist rechtmäßig verurteilt, und daran ist nicht mehr zu rütteln! Was hat das alles überhaupt mit dem Mord zu tun, in dem Sie ermitteln?"

„Das erkläre ich Ihnen gern, Dr. Kupfer. Zunächst aber noch einmal zu Ihrer Ansicht, an dem Urteil könne nicht mehr gerüttelt werden. Das meinen Sie vielleicht. Tatsächlich aber kann das Urteil revidiert werden, wenn sich herausstellt, dass es aufgrund falscher Informationen gefällt worden ist."

„Und was sollen das für falsche Informationen sein? Die Polizei hat damals alles sehr genau untersucht. Und außerdem hat sich dann ja auch noch eine Zeugin gemeldet, die uns beobachtet hat", fügte Dr. Kupfer triumphierend hinzu.

„Damit wären wir gerade bei dem wunden Punkt Ihrer Darstellung, Dr. Kupfer. Die sogenannte Zeugin war während Ihrer Auseinandersetzung mit dem Afrikaner gar nicht in der Nähe!"

Dr. Kupfer zuckte zusammen, fing sich aber sofort wieder und schaute Jürgen herausfordernd an. Ich bin gespannt, dachte Bernhard, ob Jürgen Dr. Kupfer nun so weich klopfen kann, dass er zugibt, selbst der Angreifer gewesen zu sein. Dieser Mann ist sehr gewandt darin, sich zu verteidigen.

„Ist es nicht merkwürdig, dass sich Ihre Zeugin erst am Tag nach der Auseinandersetzung bei der Polizei gemeldet hat?"

Dr. Kupfer zuckte mit den Schultern und grinste Jürgen an. „Wollen Sie damit sagen, Ihre Kollegen hätten ihre Arbeit schlecht gemacht? Dann nichts wie los! Sagen Sie denen doch, dass Sie es viel besser wissen, obwohl Sie damals überhaupt nicht in die Ermittlungen einbezogen waren und die Zeugin nie gesprochen haben. Ich würde Ihnen raten, Ihre Kraft lieber in Ihre jetzigen Ermittlungen zu stecken, statt in alten Sachen, die längst erledigt sind, herumzustochern."

Ohne auf diese Provokation einzugehen, fuhr Jürgen fort: „Und nun zu Ihrer zweiten Frage, Herr Dr. Kupfer, was die Auseinandersetzung zwischen Ihnen und dem Afrikaner mit unserem jetzigen Mordfall zu tun hat. Ich denke: dieser Streit hat eine Menge damit zu tun!"

Dr. Kupfer schob seinen Stuhl ein Stück vom Tisch, an dem er saß, weg, schlug die Beine übereinander und verschränkte die Arme auf der Brust. Er lächelte Jürgen in arroganter Weise an und meinte: „Ich höre! Ich bin gespannt auf Ihre krankhafte Fantasie."

Jürgen ließ sich indes durch diese Provokation in keiner Weise aus der Ruhe bringen. „Gerne teile ich Ihnen meine, wie Sie sagen ‚krankhafte Fantasie' mit, Herr Dr. Kupfer, und dann höre ich gerne Ihnen zu, wenn Sie mir darauf antworten und sagen, was Sie dazu meinen."

Dr. Kupfer schien völlig unberührt zu sein. Jürgen und Bernhard spürten aber, dass er bei Jürgens Worten zunehmend in einen angespannten Zustand geriet.

„Ich will kein Hehl daraus machen, dass ich Ihnen zunächst auf den Leim gegangen bin, als ich dachte, Sie seien ein Jogger, der zufällig in der Nähe des Tatorts auf einer Bank gesessen ist", begann Jürgen. „Ihr Verhalten bei den Auseinandersetzungen mit dem Afrikaner hat uns aber gezeigt, dass Sie einen enormen Hass gegen Ausländer haben. Das haben Sie übrigens ja auch bei unserem ersten Gespräch im Horburgpark nicht verstecken können. Sie haben nicht das geringste Zeichen von Betroffenheit oder Mitgefühl erkennen lassen, als Sie vom Tod des Kongolesen erfahren haben, sondern haben in abfälliger Weise von ‚Pack' geredet, das aus der Schweiz ausgewiesen werden müsse, und so weiter."

Dr. Kupfer hob die Augenbrauen und rollte demonstrativ mit den Augen, um Jürgen zu signalisieren, wie absurd seine Darstellung sei.

„Und dass Sie fähig sind, eine Frau aus Ihrer Nachbarschaft dazu zu bringen, als Zeugin aufzutreten, obwohl sie gar nichts von dem Streit mitbekommen hat, ist dann schon ein starkes Stück und zeigt, dass Sie skrupellos Ihre Ziele durchzusetzen versuchen. Dass der Afrikaner dann unschuldig", Jürgen betonte unschuldig, „verurteilt worden ist und ausgeschafft werden sollte, hat Ihnen nicht leid getan und hat Sie nicht bewogen, die Wahrheit zu sagen, sondern war Ihnen sogar noch ein besonderer Triumph!"

„Wir wollen dieses Pack hier nicht haben! Sie müssen weg! Alle weg!", schrie Dr. Kupfer außer sich vor Wut und starrte Jürgen hasserfüllt an.

„Genau das ist Ihre wahre Meinung! Und eben deshalb muss ich Sie bitten, noch einige Zeit unser Gast in der Untersuchungshaft zu sein", fuhr Jürgen in aufreizender Ruhe fort. „Wir werden unser Gespräch später fortsetzen. Vielleicht überlegen Sie sich bis dahin, ob Sie nicht doch mit uns kooperieren und ein Geständnis ablegen wollen.

Selbstverständlich können Sie einen Anwalt beiziehen."
„Ich brauche keinen Anwalt!", zischte Dr. Kupfer.

Als Dr. Kupfer abgeführt worden war, beschlossen Jürgen und Bernhard, sofort mit Frau Frank, der Zeugin von damals, Kontakt aufzunehmen und sie zu bitten, noch an diesem Nachmittag zu einem Gespräch ins Kommissariat zu kommen.

Glücklicherweise erreichte Jürgen Frau Frank. Sie war spürbar irritiert über Jürgens Anruf und versuchte sich zunächst damit herauszureden, dass sie heute und in den nächsten Tagen keine Zeit habe. Jürgen beharrte jedoch darauf, dass es äußerst wichtig sei, noch an diesem Nachmittag mit ihr zu sprechen. Es gehe um die Ermittlungen in zwei Morden, die begangen worden seien, und die Aussage von Frau Frank spiele dabei eine sehr wichtige Rolle. Offenbar hatten diese vagen Andeutungen eine starke Wirkung auf Frau Frank, denn sie sagte zu, in einer halben Stunde im Kommissariat zu sein.

Um fünf Uhr wurde Frau Frank angemeldet. Als Bernhard beim Empfang ankam, sah er dort eine zirka 60-jährige verhärmt wirkende Frau mit kurzen grauen Haaren sitzen. Als sie sich erhob, bemerkte er, dass sie höchstens 1,55 groß war. Sie trug einen grauen Rock und eine beige Bluse und begrüßte Bernhard mit einem scheuen Lächeln.

Jürgen gegenüber war sie äußerst zurückhaltend. Erwartungsvoll und ängstlich schaute sie Jürgen an, als sie ihm gegenüber Platz genommen hatte. Bernhard fiel auf, dass Frau Frank sich nicht anlehnte, sondern auf dem vorderen Rand des Stuhls sitzen blieb.

„Ich danke Ihnen sehr, dass Sie zu diesem Gespräch gekommen sind und es sogar noch gleich heute möglich gemacht haben", begann Jürgen vorsichtig.

Frau Frank nickte und ein Lächeln huschte über ihr Gesicht.

„Wie ich Ihnen vorhin schon bei meinem Anruf gesagt habe, ermitteln wir in zwei Mordfällen."

Frau Frank zuckte beim Wort „Mordfälle" zusammen und verkrampfte ihre Hände ineinander.

„Das ist ja grauenvoll", flüsterte sie. „Aber was habe ich damit zu tun?"

„Sie müssen keine Angst haben, Frau Frank. Sie haben gar nichts mit diesen Verbrechen zu tun."

Offensichtlich führte dieser Hinweis von Jürgen bei Frau Frank zu einer deutlichen Beruhigung. Denn nun rutschte sie auf ihrem Stuhl ein Stück zurück und lehnte sich an die Rückenlehne an.

„Bei unseren Ermittlungen sind wir auf einen Prozess gestoßen, bei dem Sie als Zeugin aufgetreten sind", erklärte Jürgen ihr. „Auch wenn das ganze schon länger zurückliegt und heute keine Bedeutung mehr hat, möchte ich Sie ein paar Dinge dazu fragen."

Jürgen ist wirklich ein Fuchs, dachte Bernhard. Indem er es so formuliert, beruhigt er Frau Frank, so dass sie sicher eher darauf antworten wird, als wenn er direkt auf ihre Zeugenaussage losgesteuert wäre.

Offenbar löste die Erinnerung an den Prozess, in dem sie als Zeugin aufgetreten war, aber doch unangenehme Erinnerungen in Frau Frank aus. Sie rutschte auf ihrem Stuhl vor und saß wieder in ängstlicher Erwartung auf der Kante.

„Sie haben sich damals ja erst am nächsten Tag bei der Polizei gemeldet. Könnten Sie mir erklären, warum Sie damit einen Tag gewartet haben? Im Allgemeinen melden sich Zeugen sofort."

Frau Frank waren Jürgens Fragen offensichtlich sehr unangenehm. Sie verkrampfte ihre Hände und starrte vor sich hin. Jürgen hatte den Eindruck, sie versuche verzweifelt zu verstehen, worauf er mit seinen Fragen hinaus wolle. Er wartete geduldig und schaute Frau Frank ermunternd an.

„Ich bin mir erst am nächsten Tag darüber klar geworden, dass meine Aussage für Herrn Dr. Kupfer wichtig sein könnte", meinte sie schließlich.

„Das heißt, dass Dr. Kupfer Sie darum gebeten hat, Ihre Aussage zu machen?"

„In gewisser Weise schon."

„Könnten Sie mir noch etwas genauer erklären, Frau Frank, was Sie damit meinen, wenn Sie sagen ‚in gewisser Weise'?"

„Ich wollte eigentlich nicht in diese Sache hineingezogen werden. Aber für ihn war es ja wichtig, dass ich eine Aussage machte."

Jürgen entschloss sich, nun direkter zu werden, und fragte: „Das war vermutlich für Sie nicht ganz einfach, weil Sie bei dem Streit zwischen Dr. Kupfer und dem Afrikaner gar nicht anwesend waren, oder?"

Frau Frank zuckte zusammen und schaute Jürgen irritiert an. Ihrem Gesichtsausdruck war zu entnehmen, dass sie unsicher war, ob Jürgen dies lediglich vermutete oder ob er wusste, dass sie eine Falschaussage gemacht hatte.

Jürgen beschloss deshalb noch einen Schritt weiterzugehen: „Ich will offen Ihnen gegenüber sein, Frau Frank: Wir wissen, dass Sie Dr. Kupfer zuliebe eine Aussage gemacht haben, obwohl Sie den Streit zwischen den beiden nicht beobachtet haben."

Frau Frank sank in sich zusammen, barg ihr Gesicht in den Händen und begann zu zittern.

„Was hätte ich denn anderes tun sollen?", stieß sie endlich verzweifelt hervor. „Ich musste für ihn diese Aussage machen. Sonst ..."

Frau Frank stockte und schaute Jürgen angstvoll an. Offenbar hat sie sich in ihrer Aufregung verplappert, dachte Bernhard, und weiß nun nicht mehr weiter.

Jürgen fuhr freundlich, aber unbeirrt fort: „Sie mussten diese Aussage machen, sagen Sie. Was wäre sonst passiert?"

Frau Frank schien total verzweifelt zu sein. Offenbar kämpften in ihr die Angst und der Wunsch, die Wahrheit zu sagen.

„Hat Dr. Kupfer Sie gezwungen, Ihre Aussage zu machen?", drängte Jürgen.

Frau Frank nickte stumm.

„Wodurch hat er Sie denn zwingen können? Hat er Ihnen in irgendeiner Weise gedroht?"

Wieder nickte Frau Frank.

„Sie müssen keine Angst haben, Frau Frank. Dr. Kupfer kann Ihnen nichts tun. Er ist in unserem Gewahrsam. Sagen Sie mir ganz ehrlich, womit er Ihnen gedroht hat."

Unter Tränen stammelte Frau Frank: „Zuerst war er sehr nett zu mir. Ich kannte ihn nur flüchtig als Nachbarn. Er hat mir gesagt, dass er von einem Ne-, ich meine von einem Afrikaner angegriffen worden sei. Er habe deshalb Anzeige gegen ihn erstattet. Der Polizei habe der

Afrikaner eine völlig andere Geschichte erzählt, nämlich, dass Dr. Kupfer ihn angegriffen hätte. So sind diese Leute natürlich", fügte Frau Frank hinzu. „Das habe ich Herrn Dr. Kupfer selbstverständlich geglaubt. Nur habe ich ihm gesagt, dass ich den Streit ja gar nicht beobachtet hätte und deshalb doch keine Zeugenaussage machen könnte."

Frau Frank stockte und schaute Jürgen angstvoll an.

„Damit hatten Sie völlig Recht, Frau Frank. Und wie hat Dr. Kupfer Sie dann gezwungen, trotzdem für ihn auszusagen?"

„Wie gesagt, am Anfang war Dr. Kupfer sehr nett. Als ich aber gesagt habe, ich könnte keine Aussage machen, weil ich bei dem Streit doch gar nicht anwesend war, hat er mich bedroht und gesagt, ich würde es noch bereuen, wenn ich ihn nicht unterstützte. Dabei hat er mich so wütend angeschaut, dass es mir kalt über den Rücken gelaufen ist. Er hat gesagt, es würden ja immer wieder Frauen von diesen – mh – Afrikanern vergewaltigt. Das würde mir sicher auch demnächst passieren, wenn wir es nicht schafften, dass diese Leute ausgewiesen würden. Ich täte etwas Gutes, wenn ich ihn unterstützen würde."

Frau Frank barg ihr Gesicht in den Händen brach in lautes Schluchzen aus.

Jürgen legte ihr tröstend die Hand auf den Arm. Er war erschüttert über die Rücksichtslosigkeit, mit der Dr. Kupfer vorgegangen war. Er hatte nicht nur das Ziel verfolgt, den Nigerianer als Täter hinzustellen und seine Ausweisung zu erreichen, sondern hatte in perfider Weise auch noch diese ängstliche Frau als Werkzeug seines Ausländerhasses missbraucht.

„Wären Sie bereit, Ihre Aussage zu Protokoll zu geben und sie, falls nötig, noch einmal vor Gericht zu bestätigen?", fragte Jürgen.

Frau Frank schaute ihn entsetzt an. „Dann müsste ich ja zugeben, damals eine falsche Aussage gemacht zu haben", stieß sie verzweifelt hervor. „Dann würde ich ins Gefängnis kommen. Das kann ich nicht machen! Das müssen Sie doch verstehen, Herr Kommissar."

„Dafür werden Sie nicht ins Gefängnis kommen, Frau Frank", beruhigte Jürgen sie. „Sie müssten allerdings ehrlich sagen, dass Dr. Kupfer Sie bedroht und Sie zu dieser Aussage gezwungen hat. Damit würden Sie viel wieder gutmachen: Sie würden dazu beitragen, dass der

Nigerianer, der nichts Böses getan hat, sondern das Opfer von Dr. Kupfers Aggression war, wieder frei kommt und sein Asylgesuch vielleicht sogar bewilligt wird."

Frau Frank nickte lebhaft. „Ich habe doch nie gewollt, dass ein Unschuldiger leidet", beteuerte sie.

„Und außerdem würden Sie uns bei unseren Ermittlungen helfen", fuhr Jürgen fort, „weil – ich will jetzt ganz offen zu Ihnen sein, weil auch Sie so offen zu uns waren – weil wir Dr. Kupfer verdächtigen, die beiden Morde an den Kongolesen begangen zu haben. Durch Ihre Aussage könnten wir jetzt beweisen, dass Dr. Kupfer nicht der harmlose Schweizer Bürger ist, als den er sich darzustellen versucht, sondern dass er ein gewalttätiger, skrupelloser Mann ist. Ihnen würde nichts passieren, weil Sie Ihre Aussage damals unter dem Druck von Dr. Kupfer gemacht haben."

Frau Frank hatte Jürgen mit angstvoll geweiteten Augen zugehört. Als er geendet hatte, war sie sichtlich erleichtert, dass sie durch die Korrektur ihrer Aussage ihr Gewissen erleichtern und etliches wieder gutmachen könnte.

Jürgen vereinbarte mit Frau Frank, dass sie mit Bernhard in dessen Büro gehen würde, wo er den Widerruf ihrer damaligen Aussage und ihre Erklärung, warum sie diese Aussage gemacht hatte, schreiben und ihr zur Unterschrift vorlegen würde.

Frau Frank bedankte sich herzlich bei Jürgen, dass er so viel Verständnis für ihre Situation gezeigt hatte, und ging mit Bernhard in dessen Büro.

Jürgen atmete auf. Jetzt hatte er endlich etwas gegen Herrn Kupfer in der Hand. Dass er Herrn Kimbangu umgebracht hatte, schien ihm nun einigermaßen plausibel. Über kurz oder lang würde die Fassade von Dr. Kupfer schon zusammenbrechen und er würde den Mord gestehen.

Offen blieb dann aber noch die Frage, wie Jürgen ihm auch den Mord an Herrn Nkunda nachweisen könnte. Bisher war es ihm und Bernhard nicht gelungen, irgendeine Verbindung zwischen Dr. Kupfer und dem ersten Opfer herzustellen. Jürgen nahm sich vor zu überprüfen, wo Dr. Kupfer am Abend des Tages gewesen war, an dem Kito

Nkunda erstochen worden war.

Es war inzwischen fast sechs Uhr geworden. Als Bernhard Jürgen die von Frau Frank unterschriebene Aussage gebracht hatte, überlegten sie miteinander, ob es nicht sinnvoll sei, Dr. Kupfer jetzt gleich noch einmal zu verhören und ihn mit der neuen Aussage von Frau Frank zu konfrontieren.

„Ich wollte eigentlich heute Abend mal rechtzeitig zu Hause sein", meinte Jürgen. „Aber ich denke, es ist besser, wenn wir jetzt gleich noch einmal mit Dr. Kupfer sprechen. Ich bin gespannt, wie er sich verhalten wird, wenn er sieht, dass seine Unschuldsbeteuerungen wie ein Kartenhaus zusammenbrechen."

Bernhard stimmte Jürgen zu und war auch bereit, heute länger im Kommissariat zu bleiben.

Jürgen gab Anweisung, Dr. Kupfer noch einmal in einen der Vernehmungsräume zu bringen. Als Dr. Kupfer von einem Beamten in das Vernehmungszimmer geführt wurde, schaute er sich mit einem amüsierten Gesichtsausdruck um.

„Und was soll das jetzt?", begann er, ohne Jürgens Aufforderung, sich zu setzen, Folge zu leisten. „Ich habe Ihnen bereits alles gesagt, was es zu sagen gibt. Warum jetzt noch einmal ein Gespräch? Das ist reine Zeitverschwendung! Sie sollten sich lieber um Ihren Job kümmern als mich unter Druck zu setzen, damit ich etwas zugebe, was ich nicht getan habe."

„Immer mit der Ruhe, Dr. Kupfer", stoppte Jürgen ihn. „Nun setzen Sie sich zuerst einmal. Wir möchte Ihnen ein paar Neuigkeiten mitteilen, die so neu für Sie eigentlich nicht sind, die Sie bisher aber immer bestritten haben."

„Als da wären?"

„Hier ist eine eidesstattliche Erklärung von Frau Frank, dass Sie sie durch massive Drohungen gezwungen haben, eine Falschaussage zu machen."

Mit diesen Worten schob Jürgen Dr. Kupfer eine Kopie der Aussage zu, die Frau Frank gemacht hatte.

Dr. Kupfer überflog den Text und Jürgen sah mit Genugtuung,

dass sein Gegenüber eine Spur blasser wurde und sich Schweißtropfen auf seiner Stirn bildeten.

Dr. Kupfer fing sich aber schnell wieder und meinte in demonstrativ beiläufigem Ton: „Und das glauben Sie dieser alten Schachtel? Dass ich nicht lache! Sie hat sich ja selbst unglaubwürdig gemacht, indem sie einmal dies und ein anderes Mal das Gegenteil sagt. Wahrscheinlich haben Sie sie so stark in die Enge getrieben, dass sie in ihrer Not alles unterschrieben hat, was Sie ihr vorgelegt haben. Einfach lächerlich!"

„Ich weiß nicht, ob Sie den ganzen Text dieser Aussage richtig gelesen haben, Dr. Kupfer. Frau Frank erklärt darin auch, wie Sie sie dazu gebracht haben, damals diese Falschaussage zu machen. Damit ist nicht nur erwiesen, dass Sie den Nigerianer fälschlich beschuldigt haben, Sie angegriffen zu haben, sondern dass Sie selbst der Aggressor waren. Außerdem haben Sie sich schuldig gemacht, Frau Frank durch massive Drohungen zu einer Falschaussage gezwungen zu haben."

Dr. Kupfer warf Jürgen einen hasserfüllten Blick zu.

„Sie können mir gar nichts beweisen! Das alles ist nur die Ausgeburt Ihrer krankhaften Fantasie!", schrie er Jürgen an.

„Doch, das kann ich Ihnen beweisen, Dr. Kupfer. Diese Aussage von Frau Frank zeigt, dass Sie den Afrikaner zu Unrecht beschuldigt haben und dass das damalige Urteil revidiert werden muss. Wir werden alles dazu tun, dass der Mann frei gelassen wird und Asyl in der Schweiz bekommt."

Dies schien für Dr. Kupfer zu viel zu sein. Er sprang auf und wandte sich drohend gegen Jürgen.

„Wenn das passiert, mache ich euch alle kalt!", schrie er außer sich vor Wut. „Schade, dass ich nur diesem einen verdammten Neger, der sich hier bei uns im Quartier herumgetrieben hat, den Garaus machen konnte! Man sollte sie alle reihenweise an die Wand stellen und abknallen!"

Bernhard und der Polizist, die im Hintergrund warteten, waren während dieses Wutausbruchs von Dr. Kupfer einen Schritt näher gekommen. Als Dr. Kupfer zum Schlag gegen Jürgen ausholte, packte der Polizist ihn und zwang ihn auf den Boden. Auch Bernhard war nun da und legte Dr. Kupfer Handschellen an.

Als Dr. Kupfer wieder auf seinem Stuhl saß, setzte Jürgen das Verhör fort. Er teilt seinem Gegenüber mit, dass er ihn hiermit verhafte wegen des dringenden Verdachts, den Kongolesen Joseph Kimbangu umgebracht zu haben. Jürgen informierte Dr. Kupfer noch einmal über seine Rechte und fragte ihn, ob er einen Anwalt wolle.

„Ich habe Ihnen doch schon gesagt, dass ich keinen Anwalt will", schrie er erbost. „Ihr verfluchten Gutmenschen steckt doch alle unter einer Decke und verdreht einem das Wort im Munde!"

„Sie geben also zu, dass Sie den Kongolesen Joseph Kimbangu erstochen haben?", fragte Jürgen ihn.

„Ja!", zischte Dr. Kupfer ihn an. „Gott sei's gedankt, dass er tot ist! Wenigstens einer von ihnen weniger in Basel!"

Jürgen witterte die Chance, dass er jetzt von Dr. Kupfer das Geständnis bekommen könnte, auch Kito Nkunda umgebracht zu haben. Er fuhr deshalb fort: „Und Sie geben auch zu, den Kongolesen Kito Nkunda erstochen zu haben?"

Dr. Kupfer starrte Jürgen entgeistert an. „Sind Sie verrückt geworden? Wollen Sie mir jetzt alle möglichen Morde, die in Basel begangen worden sind, in die Schuhe schieben? Ich kenne diesen Kerl überhaupt nicht. Sie sollten aber dem, der ihn umgebracht hat, ein Verdienstkreuz verleihen! Das hätte ich eigentlich gerne selbst erledigt. Aber leider war ich es nicht."

Jürgen war verunsichert. War Dr. Kupfer wirklich nicht für den Tod von Kito Nkunda verantwortlich? In seiner jetzigen Gemütsverfassung hätte er wahrscheinlich alle Verbrechen, die er begangen hätte, zugegeben. Bis jetzt waren Bernhard und er davon ausgegangen, dass beide Morde vom gleichen Täter verübt worden waren. Wenn Dr. Kupfer den Mord an Kito Nkunda nun aber nicht verübt hatte, wer sonst?

Jürgen blickte zu Bernhard hinüber und sah seinem Gesichtsausdruck an, dass ihm offenbar ähnliche Gedanken durch den Kopf gingen. Nach kurzem Nachdenken entschied sich Jürgen, das Verhör zu beenden, und ließ Dr. Kupfer abführen.

„Nun haben wir wenigstens den Mörder von Herrn Kimbangu", meinte Jürgen, als er mit Bernhard allein war. „Aber was ist mit dem

Mord an Herrn Nkunda? Du hast doch auch angenommen, beide Morde seien vom gleichen Täter verübt worden, oder?"

Bernhard nickte. „Ja, von dem bin ich bis jetzt ausgegangen. Aber so wie Dr. Kupfer jetzt auf deine Frage reagiert hat, denke ich, dass er wirklich nichts mit diesem Mord zu tun hat. Nur wer käme denn dann als Täter in Frage?"

Da es inzwischen spät geworden war, beschlossen Jürgen und Bernhard, dieser Frage am nächsten Tag nachzugehen. Außerdem würde Bernhard sich am nächsten Vormittag noch mit Klaus Meister und der Mutter von Manfred Kuster in Verbindung setzen, um Manfreds Alibi zu überprüfen. Jürgen und er zweifelten eigentlich nicht daran, dass Manfred die Wahrheit gesagt hatte. Sie wollten aber kein Risiko eingehen, irgendetwas zu übersehen.

15.

Am nächsten Morgen telefonierte Bernhard als erstes mit der Mutter von Manfred Kuster. Sie bestätigte das, was ihr Sohn Jürgen und Bernhard berichtet hatte: Sie sei an dem Tag, als die beiden Jugendlichen die Leiche von Joseph Kimbangu gefunden hätten, gegen Abend mit Manfred im M-Parc zum Einkaufen gewesen, und sie seien gegen halb acht wieder nach Hause gekommen. Manfred habe ihr dann noch beim Ausladen der Sachen, die sie eingekauft hätten, geholfen und hätte sich kurz vor acht auf den Weg zu Klaus Meister gemacht.

Bernhard hatte nach dem Gespräch, das Jürgen und er mit Manfred geführt hatten, keine andere Information erwartet. Immerhin mussten sie nun auch Manfred definitiv von der Liste der Verdächtigen streichen.

Bernhards nächster Anruf galt Klaus Meister. Nach längerem Läuten wurde der Anruf schließlich von Frau Meister entgegengenommen. Sie teilte Bernhard mit, dass Klaus bei der Arbeit sei. Ängstlich fragte Frau Meister, ob etwas nicht in Ordnung sei. Klaus habe ihr von dem Fund der Leiche erzählt. Bernhard beruhigte Frau Meister und fragte sie, ob sie an dem Abend, an dem die Jugendlichen die Leiche im Horburgpark gefunden hätten, zu Hause gewesen sei.

Als Frau Meister dies bejahte, bat Bernhard sie, ihm zu sagen, wann Manfred bei Klaus angekommen sei und wann die Jugendlichen dann zum Horburgpark aufgebrochen seien.

„Klaus war schon etwas sauer, weil Manfred sich verspätet hatte. Die beiden wollten sich eigentlich schon um sieben Uhr treffen. Manfred musste aber noch seiner Mutter beim Einkaufen helfen und kam deshalb erst kurz vor acht bei uns an. Die beiden sind dann kurz nachher losgegangen, um auf der Skateranlage im Horburgpark zu trainieren. Stimmt irgendetwas damit nicht?", fragte sie besorgt.

Bernhard beruhigte Frau Meister wieder und erklärte ihr, dass dies nur Routinefragen seien. Mit dem, was sie ihm jetzt mitgeteilt habe, sei alles beantwortet.

Nachdem das Alibi von Manfred Kuster eindeutig bestätigt war, ging Bernhard zu Jürgen und berichtete ihm von den Gesprächen mit

Frau Kuster und Frau Meister.

„Ich habe mir unsere beiden Mordfälle noch einmal vergegenwärtigt", begann Jürgen, „und denke, wir sind bisher von einer falschen Annahme ausgegangen, wenn wir vermutet haben, es sei ein- und derselbe Täter, der beide Verbrechen begangen habe. Dass Joseph Kimbangu von Dr. Kupfer umgebracht worden ist, ist erwiesen. Für den Mord an Kito Nkunda muss es aber eine andere Person geben."

„Das erscheint mir jetzt auch völlig logisch", stimmte Bernhard ihm zu. „Und trotzdem werde ich das Gefühl nicht los, es gebe doch irgendeinen Zusammenhang zwischen den beiden Morden."

„Dann lass' uns noch einmal von dem Täter ausgehen, der uns schon bekannt ist. Das ist Dr. Kupfer. Im Polizeicomputer hast du nur die Einträge über den Prozess gefunden, den Dr. Kupfer gegen den Nigerianer geführt hat? Oder sonst noch irgendwelche Informationen über ihn?"

„Nur über den Prozess gegen Alozie Chima. Sonst gibt es dort keine Einträge."

„Hast du auch mal im Internet nachgeschaut, ob da irgendwo der Name von Dr. Kupfer auch noch in anderen Zusammenhängen auftaucht?"

Bernhard schüttelte den Kopf.

Jürgen ging zum Computer und gab in die Suchmaschine den Namen „Dr. Hans Kupfer, Basel" ein.

Als erstes erschien ein begeisterter Bericht der Basler Zeitung, dass Dr. Kupfer vor einem Jahr ein Gemälde des Kunstmuseums Basel in hervorragender Weise restauriert habe. Es folgten Hinweise auf die Homepage von Dr. Kupfer, auf der seine Erfahrungen im Restaurieren von Bildern und antiken Gegenständen dargestellt wurden.

Als Jürgen weiterscrollte, erschien auf Dr. Kupfers Homepage plötzlich ein link zu einer Gruppierung mit dem Namen „WIR sind die Schweiz."

„Sieh' dir das mal an, Bernhard. Offenbar hat Dr. Kupfer Kontakt zu einer rechtsextremen Gruppe gehabt, denn die Formulierung ‚WIR sind die Schweiz' lässt ja wohl kaum einen anderen Schluss zu. Von einem Kontakt von Dr. Kupfer zur rechtsextremen Szene war bisher noch gar nicht die Rede. Allerdings wundert mich dieser Kontakt nicht. Denn das, was er in seiner Wut rausgelassen hat, entspricht ja genau der Meinung, die diese Gruppen vertreten. Lass' uns dem aber noch einmal ein bisschen genauer nachgehen."

Jürgen klickte auf den link, den er bei Dr. Kupfers Namen gefunden hatte, und es öffnete sich eine Seite, die schon rein graphisch zum Fürchten aussah. Auf der Startseite der Homepage dieser Gruppierung waren vermummte Gestalten zu sehen, die mit Ketten und Schlagstöcken bewaffnet waren. In großen Lettern hieß es: „Auf in den Kampf! Schluss mit dem Ausverkauf des Abendlandes! Schluss mit dem Asylmissbrauch!" Als Jürgen auf die nächste Seite ging, fanden sie dort detaillierte Informationen über die Ideologie dieser Gruppe.

Mit Erschrecken lasen Bernhard und Jürgen die Ideen, die diese Gruppe vertrat. Die Losung war „WIR sind die Schweiz" und es wurde ein „Stopp der afro-asiatischen Einwanderung" gefordert. Lang und Breit wurde gegen die „Überfremdung von Rasse und Glaube durch Asiaten, Neger und Moslems" und gegen die „Gutmenschen" gewettert, die „unseren Staat zugrunde richten werden."

Jürgen und Bernhard schauten sich entsetzt an, als sie weiterlasen: Das Ziel dieser Gruppierung sei, gegen „die Macht des Geldes (Juden, Drogenmafia)" und gegen „teuren Wohnraum (weg mit der ausländischen Konkurrenz)" anzutreten. Homosexuelle müssten „ausgemerzt" werden, weil sie „Zersetzer des gesunden europäischen Erbgutes" seien. „Bei uns gibt es Ordnung, Aktion und Volkskameradschaft", versprach die Gruppe.

„Das ist ja nationalsozialistisches Gedankengut in Reinkultur", meinte Jürgen erschüttert. „Ich habe gar nicht geahnt, dass es solche nationalistischen Gruppierungen mit einem so unverhohlen zu Tage tretenden Rassismus bei uns in der Schweiz gibt."

„Das Beunruhigende dabei ist – so empfinde ich es jedenfalls", ergänzte Bernhard, „dass dies die Spitzen vom Eisberg sind. Was die Anhänger solcher Gruppierungen sagen, ist doch offensichtlich auch die Meinung eines mehr oder weniger großen Teils unserer Bevölkerung, die dies nicht so offen ausspricht, aber im tiefsten Innern auch meint. Mit dem politischen Rechtsrutsch und dem Populismus, den wir weltweit beobachten können, sind doch viele Dinge wieder salonfähig geworden - das heißt sie werden ohne Zögern ausgesprochen - wie es vor 15 oder 20 Jahren noch absolut undenkbar war."

„Damit hast du allerdings leider Recht, Bernhard", stimmte Jürgen ihm zu. „Das zeigt ja beispielsweise auch die Diskussion um den Schutz der Europa-Außengrenzen – was mit anderen Worten doch heißt: Wir wollen Flüchtlinge wie Kito Nkunda, Joseph Kimbangu und andere, die vor Krieg, Verfolgung und Folter in ihren Heimatländern fliehen, so weit wie möglich von unseren Ländern fernhalten. Dabei kümmert es die Öffentlichkeit in unseren Ländern wenig, dass die Flüchtlinge, die an diesen Außengrenzen festgehalten werden, in Lagern wie in Libyen ein menschenunwürdiges Dasein fristen und schlimmsten Menschenrechtsverletzungen ausgesetzt sind."

Auf einer letzten Seite der Gruppe „WIR sind die Schweiz" fanden sich Blogs, auf denen „Maßnahmen" genannt wurden, mit denen die Mitglieder dieser Gruppierung zur „Säuberung unserer Gesellschaft" beitragen wollten. Darunter fand sich mehrfach der Aufruf, sich in Basel einer „Bürgerwehr" anzuschließen. Auf die Polizei sei kein Verlass mehr. Die Polizei sei von „fremden Fötzeln" unterwandert. „Deshalb müssen wir unsere Sache selbst in die Hand nehmen. Lasst uns vor allem im Kleinbasel, das ja schon lange nicht mehr uns, sondern der Türken- und der Moslemmafia gehört, eine Bürgerwehrtruppe zum Schutz unserer Frauen und Kinder zusammenstellen!"

Jürgen seufzte und verließ mit einem Klick die Seite dieser Gruppierung.

„Es reicht mir! Unglaublich der Hass, der aus diesen Formulierungen spricht! Was mögen das für Menschen sein, die sich solchen Ideologien verschreiben? Und dann noch dieser Aufruf, eine Bürgerwehr zu formieren. Das heißt ja nichts anderes als Selbstjustiz!"

Jürgen stockte und überlegte.

„Was meinst du, Bernhard, haben wir es bei dem Mord an Kito Nkunda vielleicht mit den Machenschaften einer solchen Gruppierung zu tun?"

Bernhard überlegte kurz und nickte.

„Das würde ungefähr das bestätigen, was Frau Mohler, die Sugar

Mummy von Kito Nkunda, gesagt hat. Sie hat doch im Zusammenhang mit Racial Profiling und den vielen Polizeikontrollen, die bei Herrn Nkunda durchgeführt worden sind, davon gesprochen, vielleicht hätten Polizisten ihn umgebracht. Auch wenn das mehr als unwahrscheinlich ist, könnte sie ja gemeint haben, Polizisten und Mitglieder einer rechtsextremen Bürgerwehr seien identisch. Ich denke, wir sollten uns etwas genauer in den rechtsextremen Kreisen in Kleinbasel umschauen, auch wenn es mir nach dem, was wir eben gelesen haben, ehrlich gesagt, ein bisschen graut, mich mit diesem Sumpf zu beschäftigen."

„Das geht mir genauso – und du hast ja gelesen, ich bin als schwuler Mann für diese Gruppen ein ‚Zersetzer des gesunden europäischen Erbgutes'! Aber vielleicht kommen wir auf diesem Weg dem Mörder von Herrn Nkunda auf die Spur."

16.

Um sicher zu sein, dass sie den Aussagen von Dr. Kupfer bezüglich seines Alibis für den Mord an Kito Nkunda Glauben schenken dürften, telefonierte Bernhard am folgenden Vormittag noch mit Frau Kupfer. Sie war am vorhergehenden Tag von Jürgen darüber informiert worden, dass ihr Mann vorläufig festgenommen worden sei. Einzelheiten hatte Jürgen ihr aber nicht mitteilen können.

Als sich Bernhard jetzt meldete, hoffte Frau Kupfer offenbar, sich endlich mehr Klarheit über die Situation ihres Mannes verschaffen zu können.

„Warum haben Sie meinen Mann denn festgenommen? Er hat doch nichts getan! Hans kann doch keiner Fliege etwas zu leid tun!"

Einer Fliege vielleicht nicht, dachte Bernhard. Aber er hat nicht die geringsten Skrupel, einen Menschen zu erstechen. Frau Kupfer tat ihm leid, denn sie täuschte sich offensichtlich massiv über diese aggressive Seite ihres Mannes.

„Wir haben unsere Ermittlungen noch nicht abgeschlossen, Frau Kupfer. Ich kann Ihnen deshalb leider keine Details mitteilen. Ihr Mann wird heute dem Haftrichter vorgeführt. Der entscheidet dann, ob Ihr Mann in Untersuchungshaft bleiben muss. Sobald das entschieden ist, werden wir Sie benachrichtigen."

„Um Gottes Willen!", rief Frau Kupfer. „Sie sagen: Untersuchungshaft? Er hat aber doch nichts Böses getan! Das muss ein Irrtum sein. Wahrscheinlich verwechseln Sie ihn mit jemand anderem. Er war an dem Abend, als Sie die Leiche im Horburgpark gefunden haben, doch zum Joggen dort und hat nichts mit diesem grässlichen Mord zu tun. Das hat er Ihnen doch sicher schon erklärt."

„Ja, wir haben das alles genau mit Ihrem Mann besprochen. Ich verstehe gut Ihre Beunruhigung darüber, dass Ihr Mann in Untersuchungshaft ist. Aber leider mussten wir ihn bei uns behalten. Es geht unter anderem um seine Kontakte zu einer rechtsextremen Gruppierung."

„Was? Rechtsextreme Gruppierung? Da sehen Sie, Sie verwechseln ihn mit einer anderen Person! Hans hatte niemals mit Rechtsextremen zu tun. Da bin ich absolut sicher!"

„Mehr kann ich Ihnen leider im Moment nicht mitteilen, Frau Kupfer. Darf ich Sie jetzt aber noch etwas ganz anderes fragen: Wissen Sie noch, wo Ihr Mann am Montag der vorletzten Woche am Abend war?"

„Warum fragen Sie?", kam die erstaunte Rückfrage von Frau Kuster. „Vor zwei Wochen am Montag? Das weiß ich doch heute nicht mehr. Was soll das alles?"

„Es wäre für uns – und auch für Ihren Mann – sehr wichtig, wenn Sie mir diese Frage beantworten könnten, Frau Kuster. Überlegen Sie bitte. Vielleicht fällt Ihnen das ja doch noch ein. Haben Sie einen Kalender oder ein Schwarzes Brett, auf dem Sie Daten notieren, an denen Sie etwas vorhaben. Schauen Sie doch bitte einmal dort nach. Vielleicht hilft Ihnen das, sich zu erinnern."

„Einen Augenblick. Ich schaue mal in unserem Kalender nach."

Nach wenigen Minuten kam Frau Kuster wieder ans Telefon. „Sie meinen, wo mein Mann an diesem Montagabend war?"

„Ja."

„Ich habe gerade im Kalender gesehen, dass wir da zusammen in Zürich an einem Konzert waren. Wir sind mit einem der letzten Züge gegen 24 Uhr wieder in Basel gewesen. Aber warum fragen Sie mich das, Herr Kommissar?"

„Danke für Ihre Mithilfe. Wir mussten bei unseren Ermittlungen noch diese Information haben. Sie haben uns – und auch Ihrem Mann!", betonte Bernhard, „einen großen Dienst erwiesen."

Innerlich seufzte er. Denn mit dieser Auskunft hatte Dr. Kupfer ein eindeutiges Alibi und konnte für den Mord an Kito Nkunda nicht verantwortlich sein.

In den folgenden Tagen vertiefte sich Bernhard im Internet in die Informationen über rechtsextreme Gruppen in Basel. Auch wenn die Zahl von Mitgliedern in diesen Gruppen vermutlich klein war, hätte er es nie für möglich gehalten, dass es so viele Gruppen dieser Art in Basel gab. Das, was Bernhard im Internet über ihren ideologischen Hintergrund erfahren konnte, glich mehr oder weniger dem, was Jürgen und er bei der Organisation „WIR sind die Schweiz" gelesen hatten.

Immer wieder wurde auf diesen Seiten die „Gefahr" beschworen, in der sich die Schweiz in Anbetracht der „Ströme von Asylanten" befinde. Es wurde vor der „Vermischung mit ungesundem asiatischen und afrikanischen Erbgut" gewarnt, und es wurden die Ideale der in diesen Gruppen herrschenden „Kameradschaft" und der „Vaterlandsliebe" gepriesen.

„Interessant auch", berichtete Bernhard Jürgen über seine Recherchen, „dass es männerbündlerische Gruppen sind, in deren Darstellungen starke homoerotische Züge sichtbar werden. Und gleichzeitig wird ein immenser Hass gegen Schwule geäußert."

„Das ist eigentlich nicht verwunderlich", meinte Jürgen. „Gerade weil die homoerotische Dimension eine starke Triebfeder in einigen dieser Gruppen ist, besteht extreme Angst vor Homosexualität und Hass uns gegenüber. Denn Schwule sind für die Anhänger solcher Ideologien das Paradebeispiel für Unmännlichkeit. Weil eine Macho-Männlichkeit das hohe Ideal der Mitglieder ist, muss Homosexualität vehement abgelehnt werden."

Bernhard nickte. „Du hast Recht. Wenn man es so betrachtet, ist der Kampf gegen Schwule einleuchtend."

„Die Männlichkeitsbilder der Mitglieder solcher Gruppen sind Ausdruck einer toxischen Männlichkeit, die alles Weiche, alles Gefühlshafte als ‚unmännlich' empfindet und ablehnt", erklärte Jürgen weiter. „Deshalb auch die Verachtung von Frauen, Schwulen, Transmenschen und allen, die nicht dem Mainstream, sprich dem Bild ‚harter' Männer entsprechen."

Obwohl Bernhard bei seinen Recherchen im Internet Namen und Angaben über die Ideologien etlicher rechtsextremer Gruppen fand, tauchten nirgends die Namen der Mitglieder auf.

„Natürlich könnte ich an die E-mail Adresse einer dieser Gruppen schreiben und mitteilen, ich wolle gerne Kontakt mit jemandem dort aufnehmen", meinte Bernhard. „Die würden sich aber selbstverständlich kundig machen, wer ich bin und sicher nicht antworten."

„Wir müssten jemanden, der nichts mit der Polizei zu tun hat, bitten, einen ersten Kontakt herzustellen", schlug Jürgen vor. „Einerseits werden solche Gruppen ja begeistert sein, mit Leuten in Kontakt zu kommen, die sich für ihre Ideologien interessieren. Andererseits nehme ich aber an, dass sie auch sehr vorsichtig sein werden, wem gegenüber sie sich zu erkennen geben."

„Kennst du jemanden, der einen solchen ersten Kontakt herstellen würde und uns Namen besorgen könnte, Jürgen?"

„Ich weiß nicht recht. Es müsste jemand sein, dem wir voll vertrauen können. Und gleichzeitig frage ich mich, ob wir diese Person nicht unter Umständen einer Gefahr aussetzen würden. Denn viele dieser Gruppen sind sehr gewaltbereit, und mir ist nicht klar, wie sie reagieren würden, wenn sie feststellten, dass sich jemand bei ihnen eingeschlichen hat."

„Ich denke mir, diese Person müsste ja nur für uns konkrete Namen oder Treffpunkte der Mitglieder herausfinden. Alles Übrige würden wir erledigen. Dann würde den Mitgliedern der Gruppe auch gar nicht bekannt werden, auf welchem Weg wir an die Namen gekommen sind."

„Das könnte vielleicht ein Weg sein. Aber ich fürchte, Bernhard, dass diese Organisationen sehr misstrauisch sind. Wenn wir plötzlich offiziell mit einem ihrer Mitglieder, der erst vor kurzem von einer fremden Person angesprochen worden ist, in Kontakt treten, werden die doch eins und eins zusammenzählen, und ihnen wird klar sein, woher wir die Information haben. In diesem Fall bestünde dann doch eine große Gefahr für unseren Informanten. Mir ist bei dem Ganzen nicht wohl."

„Aber wir brauchen dringend konkrete Namen, Jürgen. Sonst kommen wir keinen Schritt weiter in unseren Ermittlungen."

„Wie wäre es denn", meinte Jürgen nach kurzem Nachdenken, „wenn wir eine Person, die nicht in Basel, sondern weit weg von hier wohnt, bitten, konkretere Informationen für uns zu beschaffen? Eine solche Person wäre ja viel weniger in Gefahr, Ziel von Racheaktionen zu werden."

„Das könnte tatsächlich eine Lösung sein", stimmte Bernhard ihm zu. „Bei meinen Recherchen habe ich zwar gesehen, dass die rechtsextremen Gruppierungen über viele Länder hin miteinander verlinkt sind. Doch würde jemand, der für uns ein paar konkrete Namen herausfindet, von den Mitgliedern einer Basler rechtsextremen Gruppe sicher nicht als so gefährlicher Feind empfunden, dass sie ihn weltweit verfolgen würden. Denkst du an jemanden Bestimmten, der diese Rolle für uns übernehmen könnte?"

„Ja. Ich habe einen Freund, der in den USA lebt. Er ist Historiker. Ich könnte ihn fragen, ob er oder vielleicht noch besser einer seiner Söhne Kontakt mit einer der Basler Gruppierungen aufnehmen würde. Er könnte der Gruppe ja per E-Mail schreiben, er werde demnächst in die Schweiz kommen und interessiere sich für diese Gruppe, weil er in den USA mit ähnlichen Gruppen in Kontakt stünde."

„Das könnte tatsächlich eine Möglichkeit sein. Und das würde die Person, die mit der Basler Gruppierung Kontakt aufnimmt, sicher nicht in Gefahr bringen. Willst du deinen Freund fragen, Jürgen? Vielleicht kommen wir auf diese Weise an eine dieser Gruppen heran. Alles Weitere müssen wir dann sehen."

Jürgen schrieb noch am gleichen Tag eine Mail an seinen in New York lebenden Freund und vereinbarte mit ihm eine Zeit für ein Telefongespräch. Er wollte diese heikle Frage lieber telefonisch mit dem Freund besprechen als via Email.

Bei ihrem Telefongespräch hörte der Freund Jürgen interessiert zu, als dieser ihm in groben Zügen erklärte, warum er konkrete Namen von Mitgliedern einer der rechtsextremen Gruppen von Basel suche. Zu seinem Erstaunen bestätigte der Freund Jürgens Vorsicht, nicht eine Person aus Basel zu bitten, einen solchen Kontakt herzustellen, sondern ihn oder einen seiner Söhne darum zu bitten.

Der Freund berichtete Jürgen, dass er selbst vor einigen Jahren einen Artikel für eine Zeitung über die rechtsextreme Szene in den USA geschrieben habe. Bei seinen Nachforschungen habe er festgestellt, dass man dabei äußerst vorsichtig vorgehen müsse. Die Mitglieder dieser Gruppen seien sehr misstrauisch und würden genau prüfen, wer die Person sei, die mit ihnen Kontakt aufnehmen wolle.

Jürgens Freund schlug vor, dass nicht er, sondern einer seiner Söhne Kontakt zu der Basler Gruppe, die Jürgen ihm nenne, aufnehmen solle. Dieser Sohn sei Student und als jüngerer Mann für eine solche Gruppe vermutlich interessant. Außerdem würde man ihm sicher glauben, wenn er schreibe, er wolle demnächst die Schweiz besuchen.

Zusammen mit Bernhard sichtete Jürgen in den folgenden Tagen die Informationen, die Bernhard über die in Basel aktiven rechtsextremen Gruppierungen zusammengetragen hatte. Von diesen Organisationen schien aufgrund der Informationen im Internet die Gruppe „WIR sind die Schweiz" die größte und aktivste zu sein. Außerdem war Dr. Kupfer ja auch mit dieser Gruppe verlinkt. Deshalb teilte Jürgen dem Sohn seines Freundes in New York die Emailadresse der Gruppe „WIR sind die Schweiz" mit und bat ihn, ein paar Namen von Ansprechpartnern in Erfahrung zu bringen.

Gleichzeitig nahm Jürgen Kontakt zu einem Kollegen, Manuel Leiser, auf, der im Eidgenössischen Justiz- und Polizeidepartement angestellt war und in der interdepartementalen Arbeitsgruppe zur Bekämpfung des Rechtsextremismus mitarbeitete. Manuel lebte mit seiner Familie in Bern. Jürgen und Manuel Leiser hatten sich vor vielen Jahren bei einem Kurs für polizeiliche Führungskräfte kennengelernt. Seither hatten Jürgen und Mario immer wieder Kontakt mit Manuel und seiner Frau, telefonierten miteinander und besuchten sich einige Male pro Jahr.

Jürgen rief Manuel Leiser an und berichtete ihm von seinen Ermittlungen und der Verbindung von Dr. Kupfer zu der Gruppierung „WIR sind die Schweiz." Manuel hörte Jürgens Bericht zu und unterbrach ihn nur selten mit einer Zwischenfrage.

„Ich denke, du bist auf einen wichtigen Punkt gestoßen", meinte Manuel, als Jürgen seinen Bericht beendet hatte. „Wir haben die Gruppierung ‚WIR sind die Schweiz' natürlich auf unserem Radarschirm. Auch wenn ihre Slogans und die Ideologie, die sie vertreten, eindeutig in die Kategorie von Hate-Speech fallen, haben wir ihnen nie etwas nachweisen können, das strafrechtliche Relevanz im engeren Sinne hätte. Wenn sie jetzt tatsächlich, wie du vermutest, in einen Mord verwickelt wären, hätten wir endlich etwas Konkretes gegen sie in der Hand. Gib' mir doch Bescheid, wenn du noch Informationen brauchst. Und sei bitte vorsichtig, Jürgen. Du hast mit dieser Gruppe einen gefährlichen Gegner!"

Schon zwei Tage nach dem Gespräch, das Jürgen mit dem Sohn seines Freundes in New York geführt hatte, berichtete dieser ihm, auf seine Anfrage hin habe ihm ein Markus Leitner sehr freundlich geantwortet. Er sei, wenn er die Schweiz besuche, herzlich bei der Gruppe „WIR sind die Schweiz" willkommen. Er solle sich rechtzeitig bei ihm melden. Dann werde er ein Treffen des Studenten mit anderen Mitgliedern ihrer Organisation arrangieren.

Jürgen und Bernhard waren froh, nun endlich einen konkreten Namen von einem Mitglied dieser Gruppe in der Hand zu haben. Aufgrund der Information, die der Sohn seines Freundes Jürgen vermittelt hatte, war Markus Leitner offenbar eine der Führungspersonen der Organisation.

Damit Markus Leitner möglichst keine Verbindung zwischen dem Mail des Studenten aus New York und Jürgens Kontaktaufnahme mit der Gruppe herstellen würde, warteten Jürgen und Bernhard zwei Tage, bis Jürgen Markus Leitner anrief.

Mit Bernhard hatte Jürgen beschlossen, Herrn Leitner zu sagen, dass er auf ihn durch einen link auf der Homepage von Dr. Kupfer gestoßen sei. Was Jürgen ihm nicht mitteilen würde, war, wie er den Namen von Manuel Leitner erfahren hatte.

Herr Leitner reagierte auf Jürgens Anruf freundlich, aber sehr reserviert. Als Jürgen den Namen Dr. Kupfer erwähnte, spürte Jürgen bei seinem Gesprächspartner ein Zögern.

„Und was wollen Sie von mir?", fragte Herr Leitner. „Was habe ich mit diesem Dr. – wie war noch sein Name? – zu tun?"

„Leider kann ich Ihnen keine genaueren Informationen geben, da wir unsere Ermittlungen, die sich auf Dr. Kupfer beziehen, noch nicht abgeschlossen haben", wich Jürgen aus. „Wir sprechen mit möglichst vielen Personen, die Dr. Kupfer kennen. Und da ich den link zu Ihrer Gruppe ‚WIR sind die Schweiz' auf Dr. Kupfers Homepage gefunden habe, ist es mir sehr wichtig, auch mit Ihnen zu sprechen."

„Ich kenne diesen Dr. Kupfer nicht und weiß auch nicht, was für ein link das ist, den Sie auf seiner Homepage gefunden haben. Das war's dann wohl?"

„Augenblick bitte noch, Herr Leitner! Sie kennen Dr. Kupfer auf jeden Fall. Das hat er uns bestätigt", log Jürgen und grinste Bernhard an, der das Telefongespräch mithörte.

Herr Leitner schien irritiert zu sein, als er dies hörte.

Jürgen ließ ihm keine Zeit für eine Entgegnung und fuhr fort: „Ich möchte Sie deshalb bitten, morgen Vormittag um neun Uhr zu einem Gespräch zu mir zu kommen. Sie würden uns damit einen großen Gefallen tun", ergänzte er und zwinkerte Bernhard zu.

Wieder ein kurzes Schweigen. Offenbar beruhigte Jürgens Hinweis Herrn Leitner und er schien es wahrscheinlich für taktisch klug zu halten, Jürgens Einladung zu folgen, denn er willigte ein, am nächsten Tag um neun Uhr ins Kommissariat zu kommen.

„Auch wenn ich Ihnen sicher nichts Relevantes über diesen Dr. Kupfer sagen kann", ergänzte er.

Am nächsten Vormittag wurde Markus Leitner um Punkt neun Uhr bei Jürgen angemeldet. Als Bernhard ihn am Empfang abholte, traf er dort einen kahlköpfigen Mann Mitte 50 in schwarzer Kleidung. Erst später, als Herr Leitner Jürgen gegenübersaß, entdeckte Bernhard auf dem Vorderarm von Herrn Leitner Tattoos von einem Hakenkreuz und einem Adlerkopf.

Jürgen eröffnete das Gespräch mit dem Hinweis, dass er in zwei Mordfällen ermittle, deren Opfer zwei Kongolesen seien.

„Was sollte ich damit zu tun haben?", fragte Herr Leitner mit amüsiertem Lächeln. „Das ist nicht Ihr Ernst, dass Sie mich deshalb hierher gebeten haben!"

„Immerhin sind Sie ja nicht gerade ein Freund von Afrikanern, wie ich der Homepage Ihrer Organisation entnehme", konterte Jürgen.

„Jetzt werden Sie bitte nicht unverschämt", empörte sich Herr Leitner. „Meine politische Meinung geht Sie gar nichts an! Natürlich müssen wir uns dafür einsetzen, von diesem Negerpack nicht überrollt zu werden. Doch darum bringe ich niemanden um! Außerdem geht es in unserem Gespräch doch nicht um mich, sondern um diesen Dr. –

wie heißt der noch?"

„Um ihn auch. Aber als Sympathisant und Mitglied Ihrer Organisation hängt er ja doch auch irgendwie mit Ihnen zusammen."

Herr Leitner starrte Jürgen an, und es war spürbar, dass er sich seine Argumente sorgfältig zurechtzulegen versuchte.

„Ich sehe da keinerlei Verbindung! Und wie gesagt: Ich kenne diesen Dr. Kupfer nicht."

„Er vertritt genau die gleichen fremdenfeindlichen Ideen wie Ihre Organisation, Herr Leitner. Das hat er unmissverständlich ausgedrückt – und durch sein Verhalten auch bewiesen!", fügte Jürgen hinzu.

„Ich weiß nicht, was Sie damit meinen, Herr Kommissar. Und ehrlich gesagt, interessiert es mich auch gar nicht. Ich sage Ihnen zum letzten Mal: Ich kenne diesen Dr. Klapfer, Klopfer oder wie er heißt nicht und habe nichts mit dem zu tun, was er vielleicht gemacht hat. Ich denke, ich gehe dann."

Mit diesen Worten erhob sich Herr Leitner und verließ grußlos den Raum. Bernhard eilte ihm nach, um sicher zu sein, dass er das Kommissariat auch tatsächlich verließ.

„Puh!", seufzte Jürgen, als Bernhard zurückgekommen war. „Viel hat uns das Gespräch mit diesem Typ ja nicht gebracht. Was für einen Eindruck hattest du von ihm, Bernhard?"

„Er ist auf jeden Fall aalglatt und in keiner Weise kooperativ – was wir bei dem, was wir seiner Homepage entnommen haben, ja auch eigentlich nicht erwarten konnten. Dass er steif und fest behauptet, Dr. Kupfer nicht zu kennen, ist allerdings nicht glaubhaft. Wahrscheinlich kennen sich die beiden sogar sehr gut. Sonst hätte Herr Leitner es nicht nötig gehabt, so dezidiert zu betonen, Dr. Kupfer nicht zu kennen."

Nach dem Gespräch mit Herrn Leitner bedankte Jürgen sich bei dem Sohn seines Freundes aus New York für seine Unterstützung. Auf dessen Frage, ob die Kenntnis des Namens von Markus Leitner Jürgen in seinen Ermittlungen weitergebracht habe, musste Jürgen jedoch ehrlich antworten, es zeichne sich, zumindest im Moment, noch keine Lösung ab. Immerhin sei er sehr froh, nun wenigstens eine konkrete Person der Organisation „WIR sind die Schweiz" zu kennen.

Das Gleiche berichtete Jürgen seinem Kollegen Manuel Leiser, der im Eidgenössischen Justiz- und Polizeidepartement in Bern arbeitete.

„Ich kann dir nur raten: Halt' deine Augen und Ohren offen, Jürgen. Vielleicht hat das Gespräch mit Markus Leitner, der nach unserer Kenntnis tatsächlich der Chef dieser Organisation ist, doch etwas in Bewegung gebracht", meinte Manuel. „Wie du mir euer Gespräch schilderst, hast du Herrn Leitner durch die Informationen, die du über die Gruppe ‚WIR sind die Schweiz' hast, wahrscheinlich schon etwas aufgescheucht. Denn er wird sich auf jeden Fall fragen, woher du seinen Namen hast."

„Ich habe behauptet, ich hätte ihn von Dr. Kupfer", erklärte Jürgen. „Das stimmt zwar nicht, weil ich seinen Namen ja über den Sohn meines Freundes aus New York bekommen habe. Aber dann weiß Herr Leitner auch nicht, ob und welche weiteren Informationen Dr. Kupfer mir gegeben haben könnte. Denn dass die beiden sich kennen, steht für mich außer Zweifel."

„Das war ein kluger Schachzug von dir, Jürgen, dich auf Dr. Kupfer zu beziehen. Das schützt zum einen deinen Informanten aus den USA. Und zum anderen ist es immer gut, wenn diese Leute nicht wissen, welche Informationen wir über sie haben. Das macht sie natürlich unruhig und lässt sie unter Umständen in Panik Schritte unternehmen, mit denen sie sich, wenn wir Glück haben, verraten."

„Ich lasse mich überraschen, Manuel."

„Und noch einmal, Jürgen: sei vorsichtig und unterschätz' nicht die Gefährlichkeit dieser Leute! Sie geben sich zum Teil völlig harmlos, sind aber, wenn es um ihre Gruppen und ihre Ideologien geht, sehr gewalttätig."

„Danke, Manuel. Ich werde vorsichtig sein und dich weiterhin auf dem Laufenden halten."

Als Jürgen an diesem Abend nach Hause ging, kam ihm immer wieder Manuels Warnung in den Sinn. Vor einigen Jahren hatte er ja schon erlebt, dass ein Täter, gegen den er ermittelte, in der Nacht versucht hatte, bei ihnen einzubrechen, mit dem Ziel, Antonio als Geisel zu entführen. Er durfte Manuels Warnung nicht auf die leichte Schulter nehmen, da sich aggressive Aktionen ja nicht nur gegen ihn, sondern ebenso gegen Mario und Antonio richten konnten. Jürgen beschloss, das mit Mario zu besprechen und die nötigen Vorsichtsmaßnahmen zu treffen.

Als Antonio im Bett lag, berichtete Jürgen Mario von den Ereignissen des vergangenen Tages und dem Gespräch, das er mit Manuel Leiser geführt hatte.

Mario war sehr beunruhigt durch das, was Jürgen ihm berichtete.

„Du weißt, Jürgen, Manuel ist kein ängstlicher Mensch. Wenn er dir zur Vorsicht rät, müssen wir das meiner Meinung nach sehr ernst nehmen. Aber was können wir konkret tun, um uns und vor allem Antonio zu schützen?"

Nach kurzem Überlegen meinte Jürgen: „Wir haben doch mit Edith und Walter vereinbart, dass Antonio während seinen Ferien einige Tage bei ihnen verbringt und Edith mit ihm verschiedenes unternehmen wird. Ich rufe Edith jetzt gleich an und frage sie, ob Antonio schon morgen Vormittag zu ihnen kommen kann. Dort ist er hundertprozentig sicher. Denn dort wird ihn niemand vermuten."

Der Anruf bei Edith und Walter hatte Erfolg. Edith hatte in den nächsten Tagen Ferien und hatte ohnehin fragen wollen, ob Antonio schon am nächsten Tag zu ihnen kommen wolle.

„Aber es beunruhigt mich ziemlich, Jürgen, zu hören, dass du wegen deinen Ermittlungen von dieser rechtsextremen Gruppe aggressive Reaktionen erwarten musst!"

„Dass Antonio schon morgen zu euch kommt, ist ja lediglich eine Vorsichtsmaßnahme", versuchte Jürgen sie zu beruhigen. „Ein Freund im Eidgenössischen Justiz- und Polizeidepartement, der im Bereich der Bekämpfung von Rechtsextremismus arbeitet, hat mir geraten, sehr vorsichtig zu sein. Deshalb möchte ich Antonio aus der Schusslinie bringen. Du erinnerst dich sicher noch daran, dass vor einigen Jahren ein Mann, gegen den ich ermittelt habe, Antonio entführen und als Geisel verwenden wollte, mit dem Ziel, dadurch auf mich Druck ausüben zu können."

„Klar erinnere ich mich daran, Jürgen. Sehr gut sogar! Und noch heute läuft es mir kalt über den Rücken, wenn ich daran denke, dass er

Antonio tatsächlich entführt hätte! Ihr könnt Antonio auf jeden Fall bei uns lassen, solange ihr wollt. Er hat ja Ferien und wird sicher nichts dagegen einzuwenden haben."

„Da hast du allerdings Recht, Edith. Er wird begeistert sein! Danke für dein Angebot. Das beruhigt mich sehr. Mario sagt mir gerade, er kann Antonio morgen Vormittag zu euch bringen. Gruß an Walter und nochmals herzlichen Dank für eure Unterstützung."

„Dir und Mario auch eine gute und friedliche Nacht, Jürgen."

Um absolut sicher zu sein, dass es zu keinem aggressiven Akt gegen sie käme, beschlossen Jürgen und Mario in der Nacht abwechselnd Wache zu halten.

„Ich komme mir ein bisschen wie im Krimifilm vor", meinte Mario. „Aber mir ist auch wohler, wenn wir vorsichtig sind, selbst wenn wir vielleicht etwas zu ängstlich reagieren."

Mario übernahm den ersten Teil der Nacht, weil er noch einige Bestellungen für seine Boutique machen wollte und nicht so müde war wie Jürgen. Jürgen legte sich ins Bett, schlief aber trotz seiner Müdigkeit ziemlich unruhig und wachte mehrmals auf.

Als Mario ihn um kurz vor drei weckte, übernahm er die Wache und Mario legte sich hin.

Die Nacht verlief indes ohne irgendeine Störung. Dennoch waren Jürgen und Mario froh, wach geblieben zu sein und das Haus bewacht zu haben.

Als Antonio um sieben Uhr aufwachte, teilte Jürgen ihm mit, dass Edith ihn schon für heute einlade und er einige Tage bei Steiners bleiben dürfe. Antonio war, wie erwartet, selig, schon an diesem Tag zu ihnen gehen zu können und eine längere Zeit bleiben zu dürfen als ursprünglich geplant war. Nach dem Frühstück brachte Mario ihn zu Edith und Walter nach Riehen.

17.

Da Antonio bei Edith und Walter war, beschlossen Jürgen und Mario am Abend zu einem Event in der Kaserne zu gehen. Schon vor einiger Zeit hatten sie sich vorgenommen, das neue Programm „Let's sing Arbeiterin" der Gruppe „Les Reines Prochaines" anzuschauen, waren bis jetzt jedoch nicht dazu gekommen. Sie hatten diese Gruppe vor einigen Jahren schon einmal in der Kaserne Basel gesehen und waren total begeistert gewesen von der politisch-satirischen und sozialkritischen Performance der „Les Reines Prochaines". Da sie heute Abend alleine waren, bot sich die Möglichkeit, zur Aufführung des neuen Programms zu gehen.

Nach der Vorstellung tranken Jürgen und Mario noch etwas in der Bar der Kaserne. Um kurz vor elf machten sie sich schließlich auf den Weg zur Straßenbahnhaltestelle. Als sie dort auf die Bahn warteten, sahen sie auf der anderen Straßenseite ein Polizeiauto, das langsam neben einem dunkelhäutigen Mann herfuhr. Offenbar hatten die zwei Polizisten, die im Auto saßen, diesen Mann im Visier. Gespannt beobachteten Jürgen und Mario, was sich weiter ereignen würde.

Das Auto hielt an und die beiden Polizisten stiegen aus und näherten sich mit schnellen Schritten dem dunkelhäutigen Mann. Der eine Polizist war ein jüngerer, auffallend großer, schlanker Mann, der andere wesentlich älter und eher korpulent.

„Hallo, du da, bleib' stehen!", rief der Jüngere der beiden Polizisten in einem unwirschen Ton und trat dem Mann in den Weg. „Wo willst du hin?"

Der Mann zuckte zusammen und schaute sich ängstlich um, als versuche er abzuschätzen, ob er eine Chance habe davonzulaufen. Die beiden Polizisten hatten dies offenbar auch bemerkt. Denn nun trat der ältere der beiden näher und packte den dunkelhäutigen Mann am Arm.

„Was treibst du dich hier rum?", herrschte der Jüngere den Mann an. Er stieß ihn gegen das Polizeiauto, drückte ihn mit roher Gewalt auf die Kühlerhaube und begann ihn abzutasten.

„Das ist doch nicht möglich, jemanden, der einfach auf der Straße läuft, auf diese Weise zu behandeln", flüsterte Mario Jürgen zu. „Ist das erlaubt? Die beiden Polizisten verhalten sich ja so, als ob sie einen Verbrecher festnehmen wollten."

Jürgen schüttelte den Kopf. „Du hast Recht, Mario. Das ist völlig unverhältnismäßig! Komm', lass' uns ein bisschen näher herangehen. Ich bin gespannt, wie das weitergeht. Wenn das nicht Racial Profiling ist! Dieser Mann ist ja der einzige dunkelhäutige Mensch hier, und genau auf den haben es die Polizisten abgesehen."

Jürgen und Mario überquerten die Straße und gingen Hand in Hand langsam auf die beiden Polizisten und den dunkelhäutigen Mann zu.

Als die beiden Polizisten sie näherkommen sahen, rief ihnen der Jüngere zu: „Haut' ab, ihr verdammten Schwuchteln! Wir brauchen hier keine Zuschauer. Stört uns nicht und lasst uns in Ruhe unsere Arbeit machen!"

Mario zuckte bei diesen aggressiven Worten zusammen und wollte ein Stück zurückgehen. Er hatte keine Lust, in eine Auseinandersetzung mit den Polizisten verwickelt zu werden. Ihre Art, mit dem dunkelhäutigen Mann umzugehen, machte ihm Angst. Er versuchte Jürgen ein Stück weiterzuziehen.

Jürgen blieb jedoch stehen und schaute die beiden Polizisten unbeeindruckt an. Diese fühlten sich dadurch offensichtlich provoziert. Während der Ältere den Mann festhielt, kam der Jüngere drohend auf Jürgen und Mario zu.

„Versteht ihr kein Deutsch? Ich habe gesagt, ihr sollt abhauen und uns nicht stören!"

„Es stört Sie niemand", entgegnete Jürgen seelenruhig. „Wir beobachten nur aus der Ferne, was hier abläuft."

„Das geht euch Schwuchteln überhaupt nichts an! Haut' endlich ab!"

Mit diesen Worten trat der jüngere Polizist dichter an Jürgen und Mario heran und hob seine geballte Faust, so dass Mario befürchtete, er werde sie schlagen.

„Komm', Jürgen. Lass' uns gehen", bat Mario.

„Nein", erwiderte Jürgen mit einer Mario verblüffenden ungewöhnlichen Strenge. „Wir bleiben! Jetzt wird es erst richtig interessant."

Zu dem Polizisten gewendet, fuhr er fort: „Ich warne Sie!"

„Willst du mir drohen?", schrie der Polizist außer sich vor Wut Jürgen an und trat nochmals einen Schritt näher an sie heran.

„Jetzt reicht es", entgegnete Jürgen, zog seinen Dienstausweis, den er schon griffbereit hatte, aus der Tasche und hielt ihn dem völlig verdutzten Polizisten unter die Nase. „Ich hoffe, Sie können lesen", meinte Jürgen ironisch. „Nun zeigen Sie beide mir Ihre Ausweise."

„Die stören uns bei unserer Arbeit. Jag' sie doch endlich weg!", rief der Ältere, der offenbar nicht mitbekommen hatte, dass Jürgen auch von der Polizei war.

„Schon gut, Alex", rief der Jüngere ihm zu. „Er ist auch Polizist."

„Nein, ich bin kein Polizist", korrigierte Jürgen ihn. „Ich bin Leiter der Mordkommission Basel-Stadt. Jetzt bitte Ihre Ausweise. Und lassen Sie endlich den Mann los!"

Widerwillig ließ der Ältere den dunkelhäutigen Mann, den er immer noch auf das Polizeiauto gedrückt hatte, los, holte seinen Dienstausweis hervor und gab ihn Jürgen. Auch der Jüngere hatte inzwischen Jürgen seinen Ausweis ausgehändigt. Der dunkelhäutige Mann schaute sichtlich irritiert dem Geschehen zu. Er verstand überhaupt nicht, was hier ablief.

„Warum mischen Sie sich hier ein?", versuchte der Ältere die Situation zu retten. „Wir tun hier nur unsere Pflicht, und Sie intervenieren und tun so, als ob wir etwas falsch machten."

„Immerhin haben Sie beide sich jetzt zum ‚Sie' durchgerungen", bemerkte Jürgen sarkastisch und notierte sich die Namen der beiden Polizisten. Der Jüngere hieß Alex Kaiser und der Ältere Max Dürst.

„Was soll das denn jetzt?", meinte Alex Kaiser. „Warum notieren Sie unsere Namen?"

„Ich möchte doch wissen, wer meinen Partner und mich als ‚verdammte Schwuchteln' beschimpft und uns bedroht und einen Ausländer, der nichts Böses gemacht hat, in einer Art behandelt, die völlig unangemessen ist."

„Es ist unsere Pflicht, für die Sicherheit auf unseren Straßen zu sorgen", begehrte Max Dürst auf. „Sie ahnen ja nicht, was hier in Kleinbasel abgeht. Sie wohnen sicher in Riehen oder auf dem Bruderholz, wo sich kein Ausländerpack herumtreibt", ergänzte er giftig.

„Es ist völlig uninteressant, wo wir wohnen!", entgegnete Jürgen scharf. „Klar müssen Sie für Ordnung sorgen. Aber dabei ist es auch Ihre Pflicht, respektvoll mit den Menschen umzugehen, die sich hier aufhalten und sich korrekt verhalten, egal ob es ‚Schwuchteln' sind, wie Sie uns bezeichnet haben, oder ob es dunkelhäutige Menschen sind wie dieser Mann hier."

Mit diesen Worten wendete sich Jürgen dem dunkelhäutigen Mann zu und reichte ihm die Hand. Der Mann hatte dem, was hier abgelaufen war, sichtlich irritiert zugeschaut und schien überhaupt nicht zu verstehen, was los war. Ängstlich wich er zurück, als Jürgen sich ihm näherte.

„Sie müssen keine Angst haben", beruhigte Jürgen ihn. „Ich bin auch bei der Polizei und habe beobachtet, dass diese beiden Polizisten unverschämt und brutal mit Ihnen umgegangen sind. Ich werde etwas dagegen unternehmen! Darf ich Sie nach Ihrem Namen fragen?"

Der Mann zog seinen Ausweis aus der Hosentasche. „Obinna Azikiwe" aus Nigeria las Jürgen. Es war ein F-Ausweis für vorläufig in der Schweiz aufgenommene Flüchtlinge. Jürgen notierte sich auch den Namen des Nigerianers.

„Es tut mir leid, dass Sie belästigt worden sind", fuhr Jürgen fort, als er Herrn Azikiwe seinen Ausweis zurückgab. „So etwas sollte nicht passieren. Entschuldigen Sie bitte."

Alex Kaiser und Max Dürst rollten demonstrativ mit den Augen und stießen ein verächtliches „Ph!" hervor.

Mit den Worten: „Sie werden noch von mir hören", wendete sich Jürgen von den beiden Polizisten ab und ergriff demonstrativ Marios Hand.

Zu dem Nigerianer meinte er: „Welchen Weg gehen Sie? Wenn Sie einverstanden sind, begleiten wir Sie noch ein Stück."

Herr Azikiwe nickte, und es war zu spüren, dass er nach diesem Vorfall Jürgens Angebot gerne annahm.

„Ich wohne in der Hammerstraße und war auf dem Nachhauseweg, als mich die Polizisten angehalten haben", erklärte er und schaute sich ängstlich nach den beiden um, die jedoch mit schnellen Schritten zu ihrem Auto gingen und davon fuhren.

„Dann gehen wir noch ein Stück mit Ihnen, Herr Azikiwe, damit Sie unbelästigt nach Hause kommen", beruhigte Jürgen ihn. „Ich werde ein Protokoll über diesen Vorfall anfertigen und werde dem Fall weiter nachgehen. Sie können sicher sein, dass Sie von diesen beiden Polizisten nicht mehr belästigt werden!"

Als Alex Kaiser und Max Dürst außer Sichtweite waren und Herr Azikiwe nach kurzer Zeit auf ein Haus auf der linken Straßenseite wies und sagte, dass er dort wohne, verabschiedeten sich Jürgen und Mario von ihm.

„Puh! Das war ja der reinste Krimi, den wir heute Abend erlebt haben", seufzte Mario, als Jürgen und er in der Straßenbahn saßen. „Zwischendurch war mir echt unwohl. Vor allem als sich der jüngere Typ so drohend vor uns aufgebaut hat! Wenn ich allein gewesen wäre, hätte ich schnellstens Reißaus genommen."

„Das ist genau das, was diese Typen wollen", meinte Jürgen ärgerlich. „Sie drohen den Leuten und gehen davon aus, dass alle dann den Schwanz einziehen und verschwinden. Mich hat das Verhalten, das die beiden dem Afrikaner gegenüber gezeigt haben, wahnsinnig wütend gemacht. Du hattest Recht, als du gesagt hast, das wäre doch Racial Profiling! Und wenn ein Mann wie der Nigerianer in einer solchen Situation in Panik geriete und wegliefe oder sich sogar wehrte, hieße es nachher, die Polizei habe durchgreifen müssen, weil der Ausländer versucht habe, sich der Kontrolle zu entziehen. In solchen Situationen kann es dann unter Umständen zu massiver Gewalt der Polizisten kommen. Du hast ja gesehen, wie aggressiv sie sich schon gleich zu Beginn verhalten haben."

„Ich fand das Ganze wirklich sehr unangenehm", meinte Mario, „und verstehe gut, warum viele Menschen, die Zeuge solcher Vorfälle werden, einfach wegschauen und weitergehen. Ich hatte Angst, die beiden Polizisten würden auch uns gegenüber gewalttätig. Vor allem als der eine uns als ‚Schwuchteln' beschimpft hat, weil er gesehen hat, dass wir Hand in Hand gingen."

„Wenn ich bei dir bin, Schatz, musst du keine Angst haben! Immerhin habe ich Selbstverteidigungstechniken gelernt und würde mich allemal gegen solch einen Kerl wehren können. Ich werde mich morgen im Kommissariat mal über diese beiden Typen schlau machen und dann entscheiden, auf welche Weise ich mich über sie beschwere."

18.

Am nächsten Vormittag berichtete Jürgen Bernhard von den Ereignissen des vergangenen Abends und schaute mit ihm zusammen im Computer nach, wer die beiden Polizisten waren und wo sie arbeiteten. Beide waren der Polizeiwache Clara an der Clarastraße zugeordnet und machten seit zwei Jahren Dienst im Quartier um die Kaserne.

Als Jürgen den Namen des Vorgesetzten von Alex Kaiser und Max Dürst heraussuchte, stellte er fest, dass es René Kalt war, mit dem zusammen er vor etlichen Jahren einen Selbstverteidigungskurs der Polizei besucht hatte.

„Das erleichtert die Sache erheblich", erklärte Jürgen Bernhard. „Mit René kann ich offen sprechen, und er wird mir gegenüber auch ehrlich sagen, was er von den beiden hält. Ich stelle den Lautsprecher am Telefon an. Dann kannst du gleich mithören."

Als Jürgen sich meldete, reagierte René Kalt sehr erfreut: „Das ist ja Jahre her, dass wir uns gesprochen haben, Jürgen. Wie geht es dir und deinem Partner?"

„Danke, René. Uns geht es gut. Wir haben auch einen Sohn, der inzwischen schon neun Jahre alt ist. Ich weiß nicht, ob du das damals mitbekommen hast."

„Nein, das wusste ich nicht. Das freut mich, dass es euch gut geht."

„Und wie geht es euch, deiner Frau und dir? Eure Kinder sind ja sicher schon ausgeflogen?"

„Ja. Sie haben ihre Ausbildungen abgeschlossen und sind beide schon verheiratet. Auf Enkelkinder warten wir allerdings noch. Aber nun sag' mal, was mir die Ehre deines Anrufs verschafft. Denn du rufst sicher nicht an, um mit mir über unser Privatleben zu plaudern – obwohl ich es toll fände, wenn wir uns mal wieder privat träfen!", fügte René Kalt hinzu.

„Da hast du allerdings Recht, René. Lass' mich gleich auf den Punkt kommen: Mein Partner und ich hatten gestern Abend ein unangenehmes Zusammentreffen mit zwei von deinen Leuten, und zwar mit Alex Kaiser und Max Dürst."

René Kalt seufzte vernehmlich.

„Bedeutet dein Seufzen, dass du öfter mit den beiden Probleme hast?", fragte Jürgen erstaunt.

„Das kannst du wohl sagen, Jürgen! Aber erzähl' mir erst einmal, was du mit den beiden erlebt hast."

Jürgen schilderte dem Kollegen die Szene, deren Zeuge Mario und er am vergangenen Abend geworden waren.

„Im Computer habe ich gesehen, dass die beiden offenbar regelmäßig Dienst in Kleinbasel in der Nähe der Kaserne machen. Bedeutete dein Seufzer vorhin, dass du schon öfter Klagen über sie gehört hast?"

„Ich will ganz offen zu dir sein, Jürgen, und möchte dich bitten, dies als vertrauliche Mitteilung zu behandeln: Alex Kaiser und Max Dürst sind zwei sehr engagierte Kollegen, aber soweit ich sehe oft zu engagiert. Eigentliche Klagen habe ich bisher nicht gehört. Aber in den schriftlichen Rapporten der beiden sehe ich immer wieder, dass es zu Handgreiflichkeiten zwischen ihnen und den Ausländern, die sie kontrolliert haben, gekommen ist. Die beiden Kollegen haben diese Situationen immer so dargestellt, dass sie wegen der Aggressivität der Ausländer gezwungen waren, hart durchzugreifen. Aber ich lese solche Schilderungen nur bei den beiden. Wenn andere Kollegen Dienst haben, kommt es nie zu solchen Auseinandersetzungen. Das hat mich seit längerer Zeit stutzig gemacht."

„Das ist allerdings interessant", meinte Jürgen. „Weißt du etwas über die politische Ausrichtung der beiden?"

„Warum fragst du das, Jürgen?"

„Ich ermittle im Moment in zwei Mordfällen. Die Opfer sind afrikanische Flüchtlinge. Und zumindest ein Opfer ist von einem Mann umgebracht worden, der der rechtsextremen Gruppe ,WIR sind die Schweiz' angehört. Es wäre deshalb interessant für mich zu wissen, ob die beiden Polizisten auch einer solchen rechtsextremen Gruppen nahe stehen oder gar Mitglieder sind."

„Über die politische Ausrichtung von Alex Kaiser und Max Dürst weiß ich nichts, Jürgen. Was die beiden aber in Gesprächen oft beiläufig erwähnen, klingt für mich eindeutig rechtslastig. Aber wohlgemerkt, das ist nur meine ganz persönliche Einschätzung."

„Was würdest du mir empfehlen, René: Soll ich offiziell bei dir als ihrem Vorgesetzten eine Beschwerde wegen der übergriffigen Kontrolle des Afrikaners gestern Abend einreichen? Dann könntest du die beiden vielleicht abmahnen. Wenn sie klug sind, werden sie sich in Zukunft korrekter verhalten. Oder was soll ich machen?"

René Kalt überlegte eine Weile.

„Das ist schwierig zu sagen. So wie ich die beiden kennengelernt habe, würde eine Beschwerde deinerseits und eine Abmahnung von mir sicher eine Wirkung auf die beiden haben. Aber ob die Folge wäre, dass sie sich dann korrekter verhalten würden, wage ich zu bezweifeln. Sie werden in Zukunft höchstens vorsichtiger sein und Hinweise auf Tätlichkeiten zwischen ihnen und den Ausländern, die sie kontrollieren, in ihren Berichten nicht mehr erwähnen. Allerdings weiß ich auch nicht, was du außer einer offiziellen Beschwerde sonst tun könntest."

„Mir fällt da etwas ein, René", meinte Jürgen nach kurzem Überlegen, „wobei ich aber nicht weiß, ob du dabei mitspielen würdest."

„Also lass' hören, Jürgen. Ich kann ja immer noch ‚nein' sagen."

Jürgen zögerte. Ihm war klar, dass der Gedanke, der ihm eben durch den Kopf geschossen war, sich rechtlich mindestens im Graubereich bewegte, wenn er nicht sogar juristisch gar nicht zu rechtfertigen war.

„Ich möchte dir diesen Gedanken nicht hier am Telefon mitteilen, René. Können wir uns kurz in einem Café treffen?"

„Wow! Du machst es wirklich spannend, Jürgen. Ich hoffe, du willst mich nicht in irgendwelche illegalen Machenschaften verwickeln", lachte René. „Aber gut, wir können uns gerne zu einem Kaffee treffen. Wann? Und wo?"

„Wenn ich ehrlich sein soll: Am liebsten jetzt gleich. Damit du nicht viel Zeit verlierst, komme ich gerne in ein Café in deiner Nähe."

„Du scheinst ja wirklich unter großem Druck zu stehen, Jürgen. Also gut: Treffen wir uns in einer halben Stunde in dem Tearoom am Wettsteinplatz. OK?"

„Super, René. Danke. Bis gleich."

Als Jürgen das Gespräch beendet hatte, schaute Bernhard ihn erstaunt an.

„Was für eine Idee hast du denn, Jürgen, die so geheimnisvoll ist, dass du sie René Kalt nur im persönlichen Gespräch mitteilen willst?"

„Mir ist der Gedanke gekommen, René könnte mir die Namen von ein oder zwei Ausländern mitteilen, mit denen die beiden Polizisten massivere Konflikte hatten. Wir könnten uns dann mit diesen Personen in Verbindung setzen und uns genauer informieren, was da abgelaufen ist. Vielleicht stoßen wir auf diese Weise auf neue Informationen."

„Das ist allerdings heiß", gab Bernhard zu bedenken. „Ich weiß auch nicht, ob es möglich ist, dass René Kalt dir die Namen nennt und wir Kontakt mit diesen Ausländern aufnehmen."

„Das ist mir völlig klar, Bernhard. Aber wir müssen alle Möglichkeiten nutzen. Und vielleicht ist dies eine."

Eine halbe Stunde später saß Jürgen im Tearoom am Wettsteinplatz René Kalt gegenüber.

„Nun spann' mich nicht länger auf die Folter und rück' mit deinem Plan heraus", begann René Kalt.

Jürgen schilderte ihm das, was er zuvor Bernhard erklärt hatte.

René Kalt seufzte. „Das ist wirklich ein sehr spezieller Plan", meinte er nach kurzem Nachdenken. „Du hast Recht, ich würde mich wahrscheinlich rechtlich in einem Graubereich bewegen, wenn ich dir die Namen der Personen gäbe, bei deren Kontrollen es zwischen den beiden Kollegen und ihnen zu Konflikten gekommen ist. Denn wenn ich den Eindruck hätte, es sei bei diesen Kontrollen nicht korrekt zugegangen, müsste ich der Sache nachgehen und sicher nicht du."

Die beiden Männer schwiegen. Jürgen hatte Einwände dieser Art erwartet und war ja auch selbst nicht von der Rechtmäßigkeit seines Plans überzeugt. Dennoch war er enttäuscht, dass René Kalt auf diesen Plan offensichtlich nicht eintreten konnte.

„Ich verstehe gut, dass du jetzt enttäuscht bist, Jürgen. Aber ich denke, ich kann dir die Namen dieser Ausländer nicht geben."

Er stockte. Ihm schien eine Idee gekommen zu sein.

„Es gibt allerdings höchstwahrscheinlich eine Möglichkeit für dich, an die Namen heranzukommen, ohne dass ich sie dir gebe. Mir ist aufgefallen, dass Alex Kaiser und Max Dürst jeweils großen Wert darauf gelegt haben, dass ihre Rapporte von den Situationen, in denen es zu Handgreiflichkeiten gekommen war, mit dem Vermerk, es handle sich um gewaltbereite Flüchtlinge, auf die für euch alle zugängliche Seite unserer Polizeiwache gestellt würden. Die beiden haben gemeint, dies sei notwendig, falls diese Personen irgendwo sonst in Basel angehalten und kontrolliert würden. Die betreffenden Kollegen müssten durch die Rapporte gewarnt werden."

Jürgen pfiff durch die Zähne.

„Das ist allerdings sehr interessant, René. Ich finde es schon eigenartig, dass Alex Kaiser und Max Dürst so viel daran lag, dass diese Rapporte intern zugänglich sein sollten. Ihr Argument, sie machten das, um andere Kollegen zu warnen, überzeugt mich nicht."

„Das habe ich ihnen auch nicht abgenommen", stimmte René Kalt Jürgen zu. „Ich hatte den Eindruck, es ging den beiden um den eigenen Schutz. Vielleicht wollen sie sich dadurch rechtzeitig eine Verteidigung aufbauen, falls auf irgendeine Weise doch bekannt würde, dass sie mit unverhältnismäßiger Gewalt gegen die Ausländer vorgegangen sind."

„Das könnte gut sein", stimmte Jürgen ihm zu. „Wir schauen uns dann einmal auf eurer Seite um. Du würdest uns allerdings viel Arbeit ersparen, wenn du mir unter der Hand die Daten oder wenigstens die Monate nennen würdest, in denen diese Kontrollen stattgefunden haben."

Nach kurzem Überlegen stimmte René Kalt zu.

„Ich schaue nachher nach und schicke dir die Daten ohne irgendwelche weiteren Hinweise per Email. Alles Übrige ist dann deine Sache. Ehrlich gesagt, bin ich froh, wenn du dem weiter nachgehst. Denn wohl ist mir schon lange nicht mehr mit den beiden Kollegen. Ich habe kürzlich in der Zeitung von einer rechtsextremen Gruppe in Deutschland gelesen, zu der, wie sich jetzt herausgestellt hat, auch Polizisten gehören. Mir sind beim Lesen dieses Artikels sofort Alex Kaiser und Max Dürst eingefallen und ich habe gedacht, dass die beiden hoffentlich nicht zu einer ähnlichen Gruppe in Basel gehören. Das würde uns gerade noch fehlen!"

Eine Stunde später erhielt Jürgen eine Mail von René Kalt mit zwei Daten. Zusammen mit Bernhard machte sich Jürgen unverzüglich auf die Suche nach den Rapporten dieser beiden Einsätze.

Da René Kalt Jürgen nicht nur Monatsangaben, sondern die exakten Daten geschickt hatte, hatten Bernhard und Jürgen keine große Mühe, die Rapporte zu finden. Sie glichen einander sehr stark. In beiden Fällen waren es Kontrollen von Afrikanern und jedes Mal war die Rede davon, die Männer hätten sich durch Handgreiflichkeiten der Kontrolle zu entziehen versucht. Alex Kaiser und Max Dürst seien deshalb gezwungen gewesen, sie „mit allen Mitteln" davon abzuhalten. Dabei sei in Anbetracht der „Aggressivität" der Kontrollierten auch ein „hartes Durchgreifen" seitens der Polizisten „unvermeidbar" gewesen.

„Das heißt im Klartext: In beiden Fällen sind die Polizisten gewalttätig gewesen und haben ihr Verhalten vorsorglich, falls sich die Opfer über ihre Aktionen beklagt hätten, als unvermeidbar zur Erfüllung ihrer Pflichten deklariert", meinte Jürgen. „Clever und perfid zugleich!"

„Du hast Recht, Jürgen. Wirklich unverschämt und skrupellos! Aber auf jeden Fall haben wir nun die Namen dieser beiden Opfer und können mit ihnen Kontakt aufnehmen, ohne dass dein Kollege sich auf die Äste des rechtlichen Graubereichs hinauswagen musste."

„Jetzt müssen wir uns allerdings überlegen, Bernhard, wie wir den beiden Afrikanern unser Interesse an dem, was bei den Kontrollen abgelaufen ist, erklären wollen. Nach dem, was sie sonst erleben, werden sie uns wahrscheinlich misstrauen und annehmen, unsere Anfrage würde am Ende gegen sie verwendet."

„Ich denke, wir müssen ihnen insofern reinen Wein einschenken, dass wir ihnen sagen, wir ermittelten in Mordfällen gegen andere Afrikaner."

„Und wie erklären wir ihnen die Verbindung der Morde mit den Kontrollen durch Alex Kaiser und Max Dürst?"

„Wir könnten das doch ganz vage halten und sagen, dass uns in diesem Zusammenhang die Polizeikontrollen interessieren. Wir seien dabei auf ihren ganz ehrlichen Bericht angewiesen und würden ihnen garantieren, dass ihnen daraus keine Nachteile erwachsen. Mehr Details könnten wir ihnen aus ermittlungstechnischen Gründen im Moment leider nicht mitteilen."

Jürgen überlegte einige Minuten, ehe er antwortete.

„Das ist eine Möglichkeit, Bernhard. Auf diese Weise sind wir ehrlich und können die beiden Afrikaner vielleicht zu einer Mitarbeit bewegen. Ich habe mir die Namen und Adressen der beiden Männer notiert. Beide wohnen in der Nähe der Kaserne. Am besten gehen wir nicht zusammen zu ihnen. Wenn wir bei ihnen zu zweit anrücken, könnte das bei ihnen unter Umständen zu großer Angst und Ablehnung führen."

„Ich denke auch, es ist besser, wenn wir je einzeln bei ihnen erscheinen. Wahrscheinlich ist es am sinnvollsten, wenn wir ohne Vorankündigung zu ihnen gehen. Denn ihnen am Telefon zu erklären, worum es uns geht, ist viel zu kompliziert."

„Zumal wir auch nicht wissen, wie gut die beiden Männer deutsch sprechen", ergänzte Jürgen. „Da ist es einfacher, direkt zu ihnen zu gehen und ihnen unser Anliegen zu erklären. Ich denke, wir sollten unsere Aktion so schnell wie möglich starten."

Jürgen nahm den Zettel, auf dem er die Namen und Adressen der beiden Afrikaner notiert hatte und tippte auf den ersten Namen

„Adinoy Awolo. Dann nehme ich den. Er wohnt, übrigens wie Kito Nkunda, in der Sperrstraße."

„Und ich übernehme den anderen Afrikaner Abdullah Haddad aus Eritrea", meinte Bernhard. „Er wohnt in der Drahtzugstraße."

Gerade als Jürgen und Bernhard das Kommissariat verlassen wollten, meldete Jürgens Sekretärin ihm, Frau Kupfer sei am Telefon und wolle ihn „unbedingt sofort" sprechen. Sie sei offenbar in großer Aufregung.

Jürgen wollte so schnell wie möglich das Gespräch mit dem Nigerianer führen und hatte eigentlich keine Lust, sich jetzt noch das Jammern und die Vorwürfe von Frau Kupfer, dass er ihren Mann festgenommen hatte, anzuhören. Dennoch willigte er ein, dass seine Sekretärin den Anruf zu ihm durchstellte.

Kaum hatte er sich gemeldet, begann Frau Kupfer flüsternd: „Kann ich offen sprechen, Herr Kommissar? Sind Sie alleine, und hört auch niemand Ihr Telefon ab?"

„Was ist denn los, Frau Kupfer? Sie scheinen ja völlig außer sich zu sein."

„Ich werde bedroht, Herr Kommissar! Bitte schützen Sie mich! Ich weiß vor Angst nicht ein noch aus."

„Nun mal langsam, Frau Kupfer", versuchte Jürgen sie zu beruhigen. „Wer bedroht sie?"

„Es sind wahrscheinlich die Leute, mit denen mein Mann sich eingelassen hat. Sie haben ja kürzlich gesagt, er hätte zu irgendeiner dubiosen Gruppe Kontakt. Als ich heute Vormittag die Zeitung aus unserem Briefkasten genommen habe, lag da ein Brief. Er ist nicht handgeschrieben, sondern die Sätze sind aus Buchstaben zusammengesetzt, die jemand aus einer Zeitung herausgeschnitten hat."

Frau Kupfer fing hemmungslos an zu weinen.

„Und was steht in diesem Brief, Frau Kupfer?"

„Da steht, wenn ich meinen Mann lebend wiedersehen möchte und mir mein eigenes Leben lieb sei, dürfe ich mit niemandem und auf keinen Fall mit der Polizei über ihn sprechen. Dabei weiß ich doch gar nichts von seinen Kontakten zu irgendeiner rechtsextremen Gruppe, die Sie erwähnt haben. Was soll ich nur tun? Ich will meinen Mann doch nicht gefährden!"

„Zuerst einmal: Bewahren Sie Ruhe und lassen Sie sich durch diesen Brief nicht verrückt machen. Ihrem Mann kann absolut nichts passieren. Der ist bei uns ja, wie man so schön sagt, in sicherem Gewahrsam. Es ist gut, dass Sie mich telefonisch benachrichtigt haben und nicht persönlich zu uns gekommen sind. Falls Sie beobachtet werden, wissen die Leute, die Ihnen den Brief geschickt haben, nicht, dass ich informiert bin. Ich denke, Ihnen droht keine Gefahr. Wenn Sie irgendetwas Neues hören oder sonst etwas Ungewöhnliches beobachten, geben Sie mir aber bitte sofort Nachricht."

Frau Kupfer schien durch Jürgens Worte einigermaßen beruhigt zu sein und dankte ihm für das Gespräch. Er bedankte sich auch für die Information, die sie ihm gegeben hatte. Auf die Frage von Frau Kupfer, wann ihr Mann denn wieder nach Hause komme, antwortete er ausweichend mit dem vagen Hinweis, es gebe einiges, das zuerst noch geklärt werden müsse.

Das Telefongespräch mit Frau Kupfer beunruhigte Jürgen mehr, als er ihr gegenüber gezeigt hatte. Er befürchtete nicht unbedingt, ihr könne etwas zustoßen. Dieser Drohbrief zeigte aber, dass er es, wie sein Kollege aus Bern es formuliert hatte, mit einem sehr gewaltbereiten Gegner zu tun hatte. Umso mehr eilte es nun, so viele Informationen wie möglich über die beiden Polizisten zusammenzutragen.

Als Jürgen eine halbe Stunde später bei dem Haus in der Sperrstraße ankam, das im Rapport der beiden Polizisten als Wohnort von Adinoy Awolo genannt worden war, konnte er den Namen dieses Mannes an keinem der Klingelschilder oder der Postkästen finden. Ohnehin gab es bei diesem Haus keine gedruckten Schilder, sondern neben die Klingelknöpfe waren kleine Zettel geklebt, auf denen die Namen handschriftlich und unleserlich standen.

Auf gut Glück läutete Jürgen bei der untersten Klingel. Wenig später summte der Türöffner und Jürgen trat in das Treppenhaus. Es war relativ dunkel, da im Parterre nur eine schwache Birne in der Lampe an der Wand funktionierte. Eine Afrikanerin war aus einer der beiden Türen im Erdgeschoss getreten und schaute Jürgen misstrauisch an.

Er grüßte freundlich und fragte, ob sie ihm sagen könne, wo Herr Adinoy Awolo wohne.

Der Gesichtsausdruck der Frau wurde nochmals eine Spur misstrauischer.

„Was wollen Sie von ihm?", war ihre Gegenfrage.

Jürgen lächelte sie auf seine gewinnendste Art an und antwortete ausweichend: „Ich müsste nur schnell etwas mit ihm besprechen."

„Sind Sie von der Fremdenpolizei?", fragte die Frau.

„Natürlich nicht!", verwahrte Jürgen sich. „Mit denen habe ich nichts zu tun."

Was ja auch wahr ist, dachte er und musste grinsen.

Jürgens Grinsen beruhigte die Frau offenbar, denn sie schaute ihn jetzt freundlicher an.

„Es ist etwas Privates, was ich mit Adinoy Awolo besprechen möchte", bekräftigte er.

„Er wohnt im zweiten Stock", teilte die Afrikanerin Jürgen nun mit. „Du hast Glück. Er ist, soweit ich weiß, zu Hause."

Interessant, dachte Jürgen, jetzt ist sie zum „Du" übergegangen.

Offenbar traut sie mir nun.

Die Frau fuhr fort: „Du musst bei der rechten Wohnung läuten. Hier im Haus haben wir nämlich keine Namen an den Wohnungen. Aus Vorsicht, musst du wissen", fügte sie vertrauensvoll hinzu. „So können wir uns gegenseitig besser schützen, wenn diese Typen von der Fremdenpolizei und von anderen Schweizer Behörden kommen und hier herumschnüffeln wollen."

Jürgen bedankte sich herzlich bei ihr und stieg in den zweiten Stock hinauf.

Auf jedem Stockwerk gab es zwei Wohnungen, eine rechts und eine links. Wie die Frau gesagt hatte, stand an keiner Wohnung ein Name. Als Jürgen an der rechten Wohnung geläutet hatte, reagierte zuerst niemand. Die Afrikanerin hatte zwar gesagt, Adinoy Awolo sei zu Hause. Aber vielleicht ist er doch weggegangen, dachte Jürgen. Er läutete noch einmal und wollte schon wieder gehen, als er leise Schritte hinter der Wohnungstür hörte.

„Herr Awolo, könnten Sie mir öffnen", sagte Jürgen leise. „Die Frau unten im Parterre hat mir gesagt, dass Sie hier wohnen. Ich würde gerne etwas Privates mit Ihnen besprechen."

Wieder verging einige Zeit. Doch schließlich öffnete sich die Tür einen Spalt breit und Jürgen sah einen Afrikaner, der ihn misstrauisch musterte.

„Was wollen Sie von mir?", fragte Herr Awolo.

„Es ist etwas Privates, das ich nicht hier im Treppenhaus sagen kann. Dürfte ich zu Ihnen in die Wohnung kommen?"

Herr Awolo schien unentschlossen, ob er dem Fremden erlauben sollte, in seine Wohnung einzutreten. Doch schien die Erwähnung der Frau aus der Parterrewohnung sein Misstrauen zerstreut zu haben, so dass er die Türe schließlich ganz öffnete und Jürgen eintreten ließ.

Im Flur, von dem drei Türen in verschiedene Zimmer führten, hingen mehrere Jacken und Mäntel an der Garderobe und am Boden standen etliche Paare Schuhe. Offenbar wohnten hier mehrere Menschen. Jürgen erinnerte sich, vor einiger Zeit in der Zeitung einen Artikel gelesen zu haben, dass manche Vermieter Zimmer an Flüchtlinge vermieten und die Wohnungen überbelegen, so dass sie einen enormen

Gewinn erzielen, wobei die Bewohner dort unter desolaten Bedingungen leben.

Herr Awolo öffnete eine der Türen und ließ Jürgen in ein kleines Zimmer eintreten. Es war Wohn- und Schlafzimmer zugleich. An der einen Wand stand ein Bett, an der anderen ein zerschlissenes Sofa. In der Mitte des Raumes befand sich ein Tisch mit zwei Stühlen. Es war sauber im Raum, aber alles wirkte ausgesprochen ärmlich. Herr Awolo wies Jürgen einen der Stühle zu, setzte sich ihm gegenüber und schaute ihn erwartungsvoll an. Nach wie vor lagen in seinem Blick Angst und Misstrauen.

Jürgen erklärte ihm den Grund seines Kommens in der Art, wie er es mit Bernhard besprochen hatte. Als er die Polizeikontrolle erwähnte, verhärtete sich der Blick von Herrn Awolo und Jürgen sah, wie er die Fäuste ballte. Die Erklärung für Jürgens Interesse an der Polizeikontrolle schien Herrn Awolo jedoch einzuleuchten und er entspannte sich wieder.

Als Jürgen seinen Bericht beendet hatte, schaute Herr Awolo ihn längere Zeit prüfend an. Offensichtlich überlegte er, ob er Jürgen trauen dürfe.

Schließlich begann er: „Es war der reinste Horror! Die beiden Polizisten haben mich angehalten und kontrolliert. Sie haben mich ganz gezielt ausgewählt. Es waren noch andere Leute auf der Straße. Ich hatte mich schon gewundert, warum ein Polizeiauto einige Zeit lang im Schritttempo neben mir her fuhr. Dann hielt das Auto und die beiden Polizisten sprangen aus dem Auto, packten mich, drückten mich brutal auf die Kühlerhaube des Autos und fingen an, mich abzutasten. Dabei haben sie mich angeschrien, solche Leute wie mich wollten sie nicht in der Schweiz!"

Herr Awolo begann bei der Erinnerung an diese Szene zu zittern. Jürgen wartete und nickte ihm aufmunternd zu.

Dann fuhr Herr Awolo fort: „Das war schrecklich und ich habe mich so geschämt! Sie haben mir beim Abtasten absichtlich wehgetan. Der eine hat mir mit der Faust in den Rücken geschlagen und der andere hat mich gegen das Schienenbein getreten. Das hat so wehgetan, dass ich laut schreien musste."

„Ist Ihnen denn niemand von den anderen Leuten, die auf der Straße waren, zu Hilfe gekommen?", fragte Jürgen.

„Nein. Ein paar Leute haben zwar zu uns rüber geschaut. Ich hatte aber den Eindruck, sie wollten nichts damit zu tun haben, und sind schnell weitergegangen. Die Polizisten haben mir Handschellen angelegt und mich beschuldigt, ich würde Drogen verkaufen. Dabei hatte ich nie etwas mit Drogen zu tun und habe ihnen das auch gesagt."

Herrn Awolo versagte die Stimme, und er starrte vor sich hin. Als er sich wieder gefangen hatte, setzte er seinen Bericht fort: „Die Polizisten haben mich in ihr Auto gestoßen und sind mit mir zur Polizeiwache gefahren. Hier musste ich mich nackt ausziehen und sie haben ..." Herr Awolo stockte und räusperte sich. „Ich musste sicher eine halbe Stunde nackt vor ihnen stehen und sie haben mir – sie haben – mir überall hin gegriffen und dabei ganz gemein gelacht. Als ich sie gebeten habe, mich doch in Ruhe zu lassen, haben sie mir mit der Faust ins Gesicht geschlagen und, als ich am Boden lag, haben sie mir Tritte in den Bauch gegeben."

Herr Awolo stockte wieder und Tränen rannen ihm über das Gesicht.

„Dann haben sie mich nackt in eine kalte Zelle gesperrt und das Licht abgeschaltet, so dass ich im Dunkeln saß. Ich habe so ähnliche Sachen erlebt, als mich Leute von der Terrororganisation Boko Haram im Norden von Nigeria gefangen genommen haben. Ich bin fast verrückt geworden vor Angst, als die Polizisten mich in die Zelle gesperrt haben. Ich weiß nicht, wie lange ich dort war, sicher ein oder zwei Stunden. Dann kamen die beiden Polizisten wieder und brachten mir meine Kleider. Als ich mich angezogen hatte, haben sie mich bis zur Tür von der Polizeiwache geführt und mir gesagt, diesmal hätte ich noch Glück gehabt. Wenn sie mich noch einmal erwischen würden, würden sie mich kaputt machen."

„Kaputt machen, haben die beiden gesagt?", hakte Jürgen nach.

„Ja. Das hat mir furchtbare Angst gemacht. Ich habe ja solche Misshandlungen schon von Boko Haram erlebt und weiß, das sagen solche Leute nicht nur, sondern tun das auch!"

Jürgen hörte diesen Bericht und war fassungslos. Also war seine

Vermutung, dass Alex Kaiser und Max Dürst sich brutaler Übergriffe schuldig gemacht hatten, doch richtig gewesen! Im schriftlichen Rapport stand kein Wort davon, dass sie Herrn Awolo zur Polizeiwache mitgenommen hatten, er sich dort nackt ausziehen und sogar intim hatte untersuchen lassen müssen und dann nackt in einer Zelle eingesperrt worden war.

„Ich bin Ihnen sehr, sehr dankbar, Herr Awolo, dass Sie mir das alles so offen berichtet haben. Diese Informationen sind für unsere Ermittlungen in den Mordfällen, mit denen wir zu tun haben, außerordentlich wichtig."

„Die beiden Polizisten haben mich aber noch ein zweites Mal kontrolliert", meinte Herr Awolo.

„Was? Sie sind zweimal mit denen zusammengetroffen?", fragte Jürgen erstaunt.

„Ja. Und beim zweiten Mal war es noch schlimmer! Es war spät am Abend, und diesmal war niemand außer mir auf der Straße. Ich habe das Polizeiauto erst in dem Moment bemerkt, als es langsam neben mir her fuhr. Ich habe noch versucht wegzulaufen. Darauf schienen die beiden Polizisten – es waren wieder die gleichen wie beim ersten Mal – nur gewartet zu haben. Sie stoppten und rannten hinter mir her und schrien, ich sollte stehen bleiben, sonst würden sie mich abknallen."

Herrn Awolo versagte die Stimme, und er verbarg das Gesicht in den Händen. Es vergingen ein paar Minuten, bis er weitersprechen konnte.

„Der eine hat mir ins Gesicht geschlagen und mir, als ich am Boden lag, mit seinem Stiefel in den Bauch getreten. Ich hatte wahnsinnige Angst, sie würden mich umbringen. Die beiden haben mich beschimpft und mich immer wieder getreten. Ich habe nicht einmal gewagt zu schreien. Ich war wie gelähmt vor Angst."

Wieder versagte Herrn Awolo die Stimme, und Jürgen spürte, dass ihm der Bericht dieser Szene wahnsinnige Mühe machte. Am liebsten hätte er ihm das Weitersprechen erspart. Aber sie brauchten diese Informationen unbedingt. Deshalb machte Jürgen sich Notizen, wartete und nickte seinem Gegenüber aufmunternd zu.

Nach einigen Minuten fuhr Herr Awolo fort: „Sie haben mich

immer wieder geschlagen und getreten und gesagt, ich sollte aus der Schweiz verschwinden."

Jürgen fiel bei diesem Bericht ein, dass es über diesen zweiten Anlass keinen Rapport gab. Offenbar hatten Alex Kaiser und Max Dürst sich total sicher gefühlt, dass Herr Awolo so unter Angst stünde, dass er sich nicht offiziell wegen der Misshandlungen beschweren würde.

Jürgen bedankte sich herzlich bei Herrn Awolo für seine Unterstützung und versicherte sich noch einmal, ob Herr Awolo auch bereit sei, falls nötig, seine Aussage unter Eid vor Gericht zu wiederholen. Herr Awolo nickte zustimmend.

„Ich danke Ihnen sehr. Sie haben uns enorm geholfen, Herr Awolo."

Als er die Angst in den Augen des Nigerianers sah, ergänzte Jürgen: „Und ich garantiere Ihnen, dass die beiden Polizisten Ihnen nichts mehr anhaben können. Da können Sie absolut sicher sein! Ich werde ein Protokoll von unserem Gespräch anfertigen und komme morgen noch einmal bei Ihnen vorbei, damit Sie es unterschreiben können. Wahrscheinlich müssen Sie Ihre Aussage dann gar nicht mehr persönlich vor Gericht wiederholen."

Herr Awolo begleitete Jürgen zur Tür und verabschiedete sich von ihm. Jürgen fiel ein Stein vom Herzen. Egal, ob Alex Kaiser und Max Dürst in irgendeiner Form in den Mord an Kito Nkunda verwickelt waren oder nicht. Das Gespräch mit Adinoy Awolo hatte sich auf jeden Fall gelohnt, um die beiden Polizisten zur Rechenschaft zu ziehen und andere Ausländer vor ihren brutalen Übergriffen zu schützen.

Während Jürgen bei Adinoy Awolo war, hatte Bernhard sich auf den Weg zu dem zweiten Afrikaner, Abdullah Haddad aus Eritrea, gemacht, über den Alex Kaiser und Max Dürst ebenfalls einen Rapport angefertigt hatten. Dieser Mann lebte in der Klingentalstraße, ebenfalls nicht weit entfernt von der Kaserne.

Bernhard ging es bei der Suche nach Abdullah Haddad ähnlich wie Jürgen im Haus, in dem Adinoy Awolo lebte. Weil Bernhard die Namen an den Klingelschildern nicht entziffern konnte und dort teilweise gar keine Namen standen, läutete er an irgendeiner Klingel. Als niemand öffnete, versuchte er es bei einer zweiten. Wieder verging etliche Zeit. Doch dann summte der Türöffner und Bernhard konnte eintreten.

Es war ein dunkles Treppenhaus, in das Bernhard eintrat. Im Haus herrschte ein starker Geruch von Essen und Reinigungsmitteln. Bernhard stieg die knarrende Holztreppe hinauf, bis er im ersten Stock einen Mann traf, der in der Wohnungstür stand und ihn erwartungsvoll anschaute. Offenbar war er die Person, bei der Bernhard geläutet hatte. Der Mann war von gedrungener Gestalt und hatte einen etwas dunkleren Teint, so dass Bernhard vermutete, dass er aus Nordafrika stammen könnte.

„Guten Tag", begrüßte Bernhard ihn. „Entschuldigen Sie bitte, dass ich bei Ihnen geläutet habe. Ich möchte zu Abdullah Haddad, konnte seinen Namen aber nicht an den Klingelschildern finden."

Der Mann musterte Bernhard misstrauisch.

„Kenne ich nicht!", war seine unwirsche Antwort.

So schnell wollte sich Bernhard jedoch nicht geschlagen geben und hakte nach: „Er heißt Abdullah Haddad und kommt aus Eritrea. Er wohnt ganz sicher hier im Haus."

„Kenne ich nicht!", wiederholte der Mann, drehte sich um, verschwand in seiner Wohnung und schlug die Tür hinter sich zu.

Immerhin habe ich es bis ins Haus geschafft, dachte Bernhard. Dann muss ich mein Glück eben bei anderen Bewohnern versuchen. Er läutete an einer der beiden anderen Wohnungen, die auf dem gleichen Stockwerk lagen. Es verging längere Zeit, bis die Tür einen Spalt weit geöffnet wurde. Da es im Treppenhaus und in der Wohnung dunkel war, konnte Bernhard die Person, die geöffnet hatte, nicht erkennen.

„Ich möchte zu Abdullah Haddad", sagte er.

Keine Reaktion der Person in der Wohnung. Da Bernhard nicht klar war, ob er sich verständlich gemacht hatte, wiederholte er seine Frage, diesmal aber etwas lauter.

Nun hörte er hinter der Tür flüsternde Stimmen.

„Was wollen Sie von ihm?", fragte die Stimme eines Mannes.

„Es ist etwas Privates", antwortete Bernhard, „das ich mit ihm besprechen müsste. Wohnt er hier?"

„Das ist mein Cousin", war die knappe Antwort.

„Könnten Sie mir bitte öffnen, damit ich hineinkommen kann. Dann erkläre ich Ihnen alles. Es ist etwas schwierig, das vom Treppenhaus aus zu machen."

Wieder flüsternde Stimmen hinter der Tür. Dann öffnete sich die Tür und zwei Männer mit dunkler Hautfarbe wurden sichtbar. Bernhard schätzte den einen auf Ende 30. Er war hager und hatte längere schwarze Haare. Sein Gesicht bedeckte ein dichter schwarzer Bart. Der andere Mann war älter, vermutlich Anfang 50, untersetzt, mit kurzen welligen schwarzen Haaren und einem Schnauz. Er war offenbar derjenige, der bisher mit Bernhard verhandelt hatte.

„Sind Sie von der Fremdenpolizei? Oder von der Sozialhilfe?", fragte der Ältere.

Bernhard schüttelte den Kopf und erklärte den beiden Männern sein Anliegen. Der Jüngere der beiden schaute immer wieder fragend seinen Cousin an. Offenbar verstand er nicht, was Bernhard sagte.

„Augenblick", meinte der Ältere und schaute Bernhard etwas freundlicher an. „Ich muss Abdullah übersetzen, was Sie gesagt haben. Er versteht kaum Deutsch."

Als der Ältere seine Übersetzung beendet hatte, schauten die beiden Bernhard unsicher an. Offenbar waren sie noch nicht überzeugt, dass er tatsächlich so harmlos war, wie er sich den Anschein zu geben versuchte. Die beiden sprachen wieder einige Zeit miteinander. Der Ältere schien eher geneigt, Bernhards Erklärungen zu glauben, während der Jüngere Bernhard nach wie vor misstrauisch musterte.

Schließlich hatten die beiden sich offenbar geeinigt. Der Ältere öffnete eine der Türen, die vom Flur in die Zimmer führten, und bat Bernhard einzutreten.

Bernhard atmete auf. Es schien so, als ob Abdullah Haddad bereit war, mit ihm über die Polizeikontrollen zu sprechen. Bernhard erklärte noch einmal den Grund seines Kommens in der Art, wie er sie mit Jürgen geplant hatte. Der Ältere übersetzte wieder. Schließlich nickte Abdullah Haddad, und sein Cousin teilte Bernhard mit, Abdullah werde ihm Auskunft geben.

Bernhard war erschüttert, als er erfuhr, wie die sogenannten Polizeikontrollen von Alex Kaiser und Max Dürst abgelaufen waren. Abdullah war abends alleine auf der Straße gewesen, als ihm die Polizisten plötzlich in den Weg getreten seien. Abdullah, der in Eritrea im Gefängnis Folter erlitten hatte und schwer traumatisiert war, war in Panik geraten und hatte auch wegen seiner geringen Sprachkenntnisse nicht verstanden, was die Polizisten von ihm gewollt hatten. Sie hätten ihn daraufhin brutal gepackt und auf ihn eingeschrien, was Abdullah nochmals mehr in Angst versetzt habe. Eine ältere Frau, die in der Nähe gewesen sei, habe die Polizisten offenbar beschwichtigen wollen. Die Polizisten hätten sie aber auch angeschrien und sie sei voller Angst schnell weitergegangen.

Mit Gewalt hätten die Polizisten Abdullah auf den Boden gedrückt und ihm seinen Ausweis weggenommen. Er habe längere Zeit auf dem Boden liegen müssen, wobei die Polizisten ihm immer wieder Fußtritte versetzt hätten. Schließlich hätten sie ihm seinen Ausweis zugeworfen und seien weggegangen.

Da Abdullah nicht gewusst habe, ob er aufstehen dürfe und ob die beiden wiederkommen würden, sei er noch längere Zeit auf dem Boden liegen geblieben. Dann sei ein jüngerer Mann vorbeigekommen. Der habe wahrscheinlich gedacht, Abdullah sei gestürzt, und habe ihm geholfen aufzustehen. Abdullah sei dann voller Panik nach Hause gerannt.

Jürgen und Bernhard hatten aufgrund der Rapporte von Alex Kaiser und Max Dürst zwar vermutet, dass es bei den Kontrollen zu Aggressionen gekommen war. Bernhard war aber erschüttert, von dem Eritreer nun vom Ausmaß der von den Polizisten ausgeübten Brutalität zu erfahren. Er bat den Cousin, Abdullah Haddad zu versichern, dass ihm die beiden Polizisten so etwas nicht noch einmal antun könnten. Dafür werde er sorgen. Doch ihm garantieren, dass er Racial Profiling und rassistische Übergriffe nie mehr erleben wird, kann ich leider nicht, dachte Bernhard voller Bitterkeit. Es ist eine Schande, dass es in der Schweiz zu solchen Übergriffen kommt.

Bernhard dankte Abdullah Haddad und seinem Cousin für die Bereitschaft, ihm über die Kontrolle der beiden Polizisten so offen

Auskunft gegeben zu haben. Er kündigte an, dass er am folgenden Tag noch einmal mit dem Protokoll, das er von ihrem Gespräch anfertigen werde, kommen werde, damit Abdullah Haddad seine Aussage unterschreiben könne.

Nachdem Jürgen und Bernhard ins Kommissariat zurückgekommen und die Protokolle ihrer Gespräche geschrieben hatten, setzten sie sich zusammen, um das weitere Vorgehen zu besprechen.

„Unabhängig davon, ob Alex Kaiser und Max Dürst etwas mit dem Mord an Kito Nkunda zu tun haben oder nicht, haben wir jetzt auf jeden Fall genug Fakten, um gegen sie vorzugehen", fasste Jürgen die bisherigen Ergebnisse zusammen. „Ich habe mit René Kalt, dem Vorgesetzten der beiden, besprochen, dass er, nachdem er mir die Daten der Kontrollen angegeben hat, offiziell nicht in Erscheinung tritt. Ich habe ihm allerdings gesagt, dass ich ihn über unsere nächsten Schritte inoffiziell informieren werde. Was meinst du, Bernhard, wie wir jetzt vorgehen sollen?"

„Ich habe den Eindruck, wir haben genügend Fakten in der Hand, um Alex Kaiser und Max Dürst zur Rechenschaft zu ziehen."

„Das denke ich auch. Die Frage ist nur, wie wollen wir das machen? Wir könnten eine Anzeige erstatten und auf diese Weise gegen sie vorgehen. Da es mich brennend interessiert, ob die beiden Kontakte zur rechtsextremen Szene haben, sehe ich bei diesem Vorgehen allerdings die Gefahr, dass Alex Kaiser und Max Dürst durch die Anzeige gewarnt werden und alles Beweismaterial, das auf ihre Verbindung zu rechtsextremen Gruppierungen hinweist, beseitigen. Ich würde deshalb lieber eine Überraschungsaktion starten und unverhofft zugreifen."

„Du meinst, eine für die beiden unerwartete Hausdurchsuchung durchführen?", meinte Bernhard erstaunt. „Haben wir dafür denn genügend gegen sie in der Hand? Sonst würde uns der Staatsanwalt doch nie eine Erlaubnis für eine Hausdurchsuchung geben."

„Das ist genau das Problem, das mich beschäftigt, Bernhard. Wir müssten dem Staatsanwalt unseren Verdacht, dass die beiden für den Mord an Kito Nkunda verantwortlich sind, eindringlich und überzeugend darstellen. Wenn uns das gelingt, wird er uns grünes Licht geben."

„Das sollten wir eigentlich schaffen. Denn es besteht doch tatsächlich eine große Wahrscheinlichkeit, dass die beiden, die derart brutal bei den Kontrollen von Ausländern vorgegangen sind, Kito Nkunda umgebracht haben."

Jürgen nickte zustimmend.

„Dann telefoniere ich mit dem Staatsanwalt und bitte ihn jetzt gleich um ein Gespräch. Ich nehme unsere Protokolle von den Gesprächen mit dem Nigerianer und dem Eritreer mit und erkläre dem Staatsanwalt die Situation. Ich hoffe, ich kann ihn überzeugen. Wenn er zustimmt, könnten wir noch heute Abend zugreifen. Ich bin ziemlich sicher, wir werden etliche interessante Informationen bei den beiden finden."

„Wenn das so ist und wir vielleicht sogar Verbindungen von Alex Kaiser und Max Dürst zu einer rechtsextremen Gruppierung finden, müssten wir dann nicht möglichst schnell auch bei dieser Gruppe eine Hausdurchsuchung durchführen?", überlegte Bernhard.

„Du hast Recht. Ich bespreche das auch gleich mit dem Staatsanwalt und kündige ihm an, dass wir in dem Fall heute Abend noch einmal auf ihn zukommen, um auch eine Bewilligung für die Hausdurchsuchung bei einer solchen rechtsextremen Gruppe zu bekommen. Ich bin sehr gespannt!"

Das Gespräch mit dem Staatanwalt war nicht einfach. Es leuchtete ihm zunächst nicht ein, aufgrund der Brutalität von Alex Kaiser und Max Dürst bei den Kontrollen von Ausländern anzunehmen, sie kämen als Täter des Mordes an Kito Nkunda in Frage. Es gelang Jürgen schließlich aber doch, den Staatsanwalt zu überzeugen.

Strahlend kam Jürgen wenig später in Bernhards Büro und präsentierte ihm die Bewilligungen für die Hausdurchsuchungen bei Alex Kaiser und Max Dürst. Jürgen und Bernhard beschlossen, noch an diesem Abend um 21 Uhr bei den beiden Polizisten zur gleichen Zeit mit den Kollegen der Spurensicherung zu erscheinen. Jürgen würde bei der Hausdurchsuchung bei Alex Kaiser anwesend sein, während Bernhard mit zu Max Dürst ginge. Nach den Hausdurchsuchungen würden sie die beiden Polizisten in jedem Fall ins Kommissariat mitnehmen, um dort ausführlich mit ihnen zu sprechen.

„In dem Fall wird es sicher eine lange Nacht", seufzte Bernhard. „Ich werde meine Frau anrufen und sie vorwarnen. Aber sie ist langsam schon daran gewöhnt, dass das Leben von uns Polizeileuten so verläuft."

„Dann werde ich Mario auch informieren. Er wird absolut nicht begeistert sein", meinte Jürgen. „Aber es ist ja auch ein Trost für ihn, wenn er hoffen kann, dass wir mit den Hausdurchsuchungen der Aufklärung des Mordes an Kito Nkunda näherkommen und dann wieder mehr Ruhe in unserem Privatleben einkehrt."

19.

Pünktlich um 21 Uhr läuteten Jürgen und die Kollegen von der Spurensicherung bei Alex Kaiser, und zur gleichen Zeit standen Bernhard und die Kollegen der Spurensicherung bei Max Dürst vor der Tür. Die beiden Polizisten hatten absolut nicht mit einer derartigen Aktion gerechnet und waren wie vom Donner gerührt.

Alex Kaiser, der Jüngere der beiden, lebte allein in einer 3-Zimmer-Wohnung. Als Jürgen geläutet hatte, fragte Alex Kaiser durch die Gegensprechanlage, spürbar erstaunt, wer zu ihm wolle. Offenbar hatte er keine Besucher erwartet. Jürgen nannte seinen Namen.

„Was wollen Sie von mir? Warum stören Sie mich in meiner Freizeit?", fragte Alex Kaiser unwirsch. Seiner Reaktion war zu entnehmen, dass er sich genau an Jürgen erinnerte.

„Bitte öffnen Sie uns, Herr Kaiser. Wir haben einen Durchsuchungsbeschluss für Ihre Wohnung."

Schweigen.

„Hallo, Herr Kaiser. Bitte öffnen Sie!"

Es verging wieder einige Zeit, bis der Türöffner summte. Jürgen stieg mit den Kollegen von der Spurensicherung in den ersten Stock hinauf. Alex Kaiser stand in der Wohnungstür und starrte Jürgen und seine Begleiter wütend an. Jürgen gab ihm den Durchsuchungsbeschluss.

„Das ist eine Frechheit sondergleichen, mich in dieser Art zu belästigen!", zischte er Jürgen an und gab den Weg in die Wohnung frei. „Eine billige Art von Rache! Ich werde mich bei Ihren Vorgesetzten beschweren."

„Tun Sie das ruhig, Herr Kaiser. Ich habe nichts dagegen. Nun lassen Sie die Kollegen ihre Arbeit tun."

Während die Leute von der Spurensicherung mit der Untersuchung der Zimmer begannen, schaute sich Jürgen in der Wohnung um. Alex Kaiser folgte ihm und ließ ihn nicht aus den Augen.

Die Wohnung bestand aus einem üppigen Wohnraum, den Jürgen auf mindestens 30 Quadratmeter schätzte. Die großen Fenster gaben den Blick in einen Garten frei, der hinter dem Haus lag. Auf der einen

Seite des Raumes befand sich eine Couch aus schwarzem Leder mit vier schweren Ledersesseln und einem Couchtisch. In der anderen Hälfte des Wohnraums stand ein großer Esstisch mit vier Stühlen.

An den Wänden hingen Bilder von Adlerköpfen, die zum Teil mit Eichenlaub umkränzt waren, Plakate mit der Aufschrift „Wiking Jugend", etliche Wahlplakate der Schweizerischen Volkspartei SVP, auf denen dem „Asyl-Missbrauch" und der „Überfremdung der Schweiz" der Kampf angesagt wurde, sowie diverse Flaggen von zumeist schwarzer Farbe mit rechtsradikalen Emblemen. Jürgen schauderte es, als er diese Ansammlung von rechtsextremem Gedankengut sah. Da haben wir auf jeden Fall schon eindeutige Hinweise auf die Nähe von Alex Kaiser zur rechtsextremen Szene, dachte er.

Das zweite Zimmer war das Schlafzimmer von Alex Kaiser. An einer Wand befand sich ein großes Bett. Jürgen erkannte sofort, dass es ein Boxbett war, denn vor einigen Jahren hatte Mario gefunden, sie müssten unbedingt ein Boxbett kaufen. Die Recherchen bei einigen Möbelgeschäften hatten dann aber ergeben, dass gute Boxbetten etliche tausend Franken kosten. Damit war das Thema für Jürgen und Mario vom Tisch gewesen.

Ein großer eingebauter Kleiderschrank nahm eine Seite des Schlafzimmers von Alex Kaiser ein. An der anderen Wand standen zwei Kommoden. Eine flüchtige Durchsuchung des Schranks und der beiden Kommoden brachte nichts Relevantes zum Vorschein. Die Spurensicherung würde alles noch genauer untersuchen.

Als Jürgen sich dem dritten Zimmer näherte, geriet Alex Kaiser spürbar in Aufregung.

Mit den Worten „Müssen Sie denn hier überall herumschnüffeln?", versuchte er Jürgen abzulenken.

Jürgen nickte nur und öffnete die Tür des dritten Zimmers. Als er eintrat, wurde ihm klar, warum Alex Kaiser in Aufregung geraten war. Dies war offenbar sein Arbeitszimmer. Die Wände waren, wie im Wohnraum, voll von Bilder mit rechtsextremen Inhalten und diversen Flaggen. Schon ein erster Blick zeigte Jürgen, dass auf dem großen Schreibtisch diverse Broschüren und Schriftstücke lagen.

„Interessant! Interessant!", murmelte er, doch laut genug, dass

Alex Kaiser es hören konnte. „Dann will ich mich hier mal ein bisschen genauer umschauen."

Alex Kaiser schaute Jürgen gehässig an und schien langsam in Panik zu geraten. Er war blass geworden, und es hatten sich Schweißperlen auf seiner Stirn gebildet. Das ist ein gutes Zeichen, frohlockte Jürgen. Ich bin also auf einer heißen Spur.

Jürgen setzte sich auf den Schreibtischstuhl und begann die Unterlagen, die auf dem Schreibtisch lagen, zu sichten.

„Sieh mal da!", entfuhr es ihm, als er unter den Broschüren einige Hefte mit internen Mitteilungen der Gruppe „WIR sind die Schweiz" entdeckte. „Sie sind also Mitglied bei dieser Gruppe."

„Ja und? Ist das verboten? Ich kann Mitglied sein, wo ich will!"

„Das diskutieren wir später im Kommissariat."

„Da gibt es gar nichts zu diskutieren", entgegnete Alex Kaiser giftig. „Sie glauben doch nicht im Ernst, dass ich nachher noch mit Ihnen ins Kommissariat fahre. Wenn Sie und Ihre Leute endlich verschwinden, muss ich schlafen. Ich habe morgen früh Dienst."

„Ich fürchte, von Ihrem Dienst morgen müssen Sie sich abmelden, Herr Kaiser. Vielleicht sogar von allen Ihren Diensten bei der Polizei."

„Was soll das denn jetzt?", fragte Alex Kaiser konsterniert. „Sie sind ja total verrückt geworden!"

„Ich möchte das jetzt nicht weiter mit Ihnen diskutieren, Herr Kaiser. Lassen Sie mich meine Arbeit tun. Alles Weitere später."

Jürgen sichtete die Unterlagen, die auf dem Schreibtisch lagen. Soweit er bei dieser ersten Durchsicht feststellen konnte, waren es Darstellungen mit rechtsextremen Inhalten und Hinweise auf Treffen von rechtsradikalen Gruppen in der Schweiz, in Deutschland, Österreich und Frankreich. Die sind ja bestens vernetzt, stellte Jürgen mit Erstaunen fest.

Die meisten Unterlagen stammten von der Gruppe „WIR sind die Schweiz." In dem Fall werden wir heute Nacht wohl auch noch eine Hausdurchsuchung bei Markus Leitner, dem Chefideologen der Gruppe „WIR sind die Schweiz" machen müssen, überlegte Jürgen und schickte dem Staatsanwalt eine Nachricht mit der Bitte um die Bewilligung einer Hausdurchsuchung bei Markus Leitner.

In den Schreibtischschubladen fand Jürgen weiteres Informationsmaterial über rechtsextreme Gruppierungen in den verschiedenen europäischen Ländern und über entsprechende Literatur.

Die unterste Schublade war verschlossen.

„Bitte öffnen Sie mir diese Schublade", forderte Jürgen Alex Kaiser auf.

„Ich kann sie nicht öffnen. Ich habe den Schlüssel verloren. Sie ist leer", versuchte der Polizist sich herauszureden.

„Verkaufen Sie mich bitte nicht für dumm, Herr Kaiser. Sie glauben doch nicht im Ernst, dass ich Ihnen das abnehme. Wenn Sie die Schublade nicht sofort aufschließen, lasse ich sie von den Kollegen der Spurensicherung aufbrechen. Also!"

Widerwillig zog Alex Kaiser ein Schlüsselbund aus der Hosentasche und schloss die Schublade mit einem kleinen Schlüssel auf.

Als Jürgen einen Blick in die Schublade warf, war ihm zunächst nicht klar, warum Alex Kaiser unter allen Umständen verhindern wollte, dass Jürgen Zugriff dazu hätte. In der Schublade lagen etliche handgeschriebene Listen mit diversen Namen.

Plötzlich stutzte Jürgen, als er die Namen „Adinoy Awolo" und „Abdullah Haddad" las. Hinter den Namen standen die Daten der Kontrollen und ein paar Stichworte, die Jürgen nicht entziffern konnte. Nun schaute Jürgen auch die übrigen Namen genauer an. Es waren ausnahmslos Namen von Ausländern. Dahinter wie bei Adinoy Awolo und Abdullah Haddad jeweils Daten und ein paar Notizen. Alex Kaiser hatte also genau Buch geführt über die von ihm vorgenommenen brutalen Kontrollen. Unglaublich, dachte Jürgen. Alles in allem waren es an die 30 Namen, zum Teil mit drei oder vier Daten!

Alex Kaiser hatte Jürgen beobachtet und war noch eine Spur blasser geworden, als er sah, dass Jürgen offenbar begriff, was die Namen und Daten bedeuteten. Er konnte sich das zwar nicht erklären, denn Jürgen konnte, soweit er wusste, doch keinen dieser Namen kennen.

Vielleicht ist noch etwas zu retten, überlegte Alex Kaiser und meinte in einem beiläufigen Ton: „Das sind Freunde von mir. Das ist meine Privatsache!"

„Ach ja?", fragte Jürgen ironisch. „Dann haben Sie in Ihrem

Freundeskreis ja eine ganz besondere Vorliebe für Ausländer. Das hätte ich bei Ihnen gar nicht erwartet. Sehr interessant!"

Noch immer hoffte Alex Kaiser, dass Jürgen nicht wusste, was die Liste bedeutete. Doch Jürgens nächste Äußerung ließ ihn zusammenzucken und machte ihm klar, dass Jürgen mehr wusste, als er gedacht hatte.

Jürgen fuhr nämlich fort: „Schön, dass Sie so gut Buch geführt haben über Ihre sogenannten Kontrollen. Sie erleichtern uns damit unsere Arbeit gewaltig! Da haben wir ja noch einen Bekannten", rief Jürgen, als er den Namen „Obinna Azikiwe" las, den Namen des Mannes, dessen Kontrolle Mario und er vor wenigen Tagen miterlebt hatten. „Bewundernswert, wie sorgfältig Sie die Liste Ihrer Brutalitäten führen! Und sogar schon auf dem neusten Stand. Alle Achtung, Herr Kaiser!"

Alex Kaiser war kreidebleich geworden und schien verzweifelt nach einem Ausweg zu suchen.

„Geben Sie sich keine Mühe, sich herauszureden, Herr Kaiser. Die weitere Arbeit überlassen wir der Spurensicherung, und wir beide fahren jetzt ins Kommissariat. Ihren Dienst für morgen vergessen Sie mal. Sie werden erst einmal unser Gast im Untersuchungsgefängnis im Waaghof sein. Alles Weitere wird sich zeigen."

Alex Kaiser war klar, dass es kein Entrinnen mehr gab. Wütend schaute er Jürgen an, folgte ihm aber widerspruchslos zum Polizeiauto, das ihn ins Kommissariat brachte.

Zur gleichen Zeit, als Jürgen bei Alex Kaiser geläutet hatte, war Bernhard zusammen mit drei Kollegen von der Spurensicherung beim Ehepaar Dürst angekommen.

Auf Bernhards Läuten hin öffnete Frau Dürst die Tür. Sie war wie ihr Mann Ende 50 und wirkte verhärmt. Sie hatte kurze graue Haare und trug einen schwarzen Hosenanzug. Erstaunt schaute sie die vier Männer an, die vor ihrer Tür standen.

„Was wollen Sie denn bei uns um diese Zeit?", fragte sie, noch ehe Bernhard eine Erklärung abgeben konnte. „Max, komm doch mal her und erledige du das."

Max Dürst erschien und schaute die Besucher ratlos an.

„Wer sind Sie? Und was wollen Sie?", fragte er unwirsch.

Bernhard stellte sich vor, erklärte Max Dürst den Grund ihres Kommens und händigte ihm den Hausdurchsuchungsbeschluss aus.

„Was soll das denn?", polterte Max Dürst los. „Sie können uns doch nicht mitten in der Nacht überfallen und unsere Wohnung auf den Kopf stellen! Wieso überhaupt eine Hausdurchsuchung? Sie behandeln uns ja wie Verbrecher. Ich bin Polizist wie Sie und habe mir nie etwas zuschulden kommen lassen!"

Frau Dürst starrte die Männer fassungslos an.

„Warum wollen die unser Haus durchsuchen, Max? Wir haben doch nichts Unrechtes getan! Wehr' dich doch und ruf' deinen Chef an. Hier liegt sicher eine Verwechslung vor", beschwor sie Bernhard.

„Nein. Wir verwechseln Sie mit niemandem", korrigierte Bernhard sie. „Nun geben Sie bitte die Tür frei und lassen Sie uns unsere Arbeit tun."

Widerwillig ließ das Ehepaar Dürst Bernhard und die Kollegen von der Spurensicherung eintreten.

Es war eine große Wohnung mit fünf Zimmern, Küche und Badezimmer. Während die Kollegen von der Spurensicherung sich in den verschiedenen Zimmern verteilten, entschied Bernhard sich nach einem kurzen Gang durch die Zimmer, mit einer genaueren Untersuchung des Arbeitszimmers zu beginnen. Hier hing eine große Zahl von rechtsextremen Emblemen, Flaggen und Abbildungen an den Wänden, was Bernhard vermuten ließ, dass er unter den Unterlagen, die auf dem Schreibtisch lagen, wichtige Informationen über Kontakte von Max Dürst zur rechtsextremen Szene Basels finden würde.

Auf dem Schreibtisch türmten sich diverse Broschüren und Schriftstücke. Schon eine flüchtige Durchsicht zeigte Bernhard, dass es bei allen diesen Unterlagen um rechtsextreme Inhalte ging. Es waren Ankündigungen von Treffen diverser rechtsradikaler Gruppierungen in der Schweiz und im Ausland und etliche Schreiben, die zwischen Max Dürst und Markus Leitner, dem Chefideologen der Gruppe „WIR sind die Schweiz", ausgetauscht worden waren.

Bingo! Frohlockte Bernhard. Jetzt haben wir endlich Beweise für die Verbindung zwischen den beiden Polizisten und dem Chef der Basler rechtsextremen Gruppe. Er telefonierte mit Jürgen und teilte ihm mit, was er bei Max Dürst entdeckt hatte.

„Dann werde ich gleich beim Staatsanwalt die Bewilligung für eine Hausdurchsuchung bei Markus Leitner einholen", meinte Jürgen. „Ich habe das ja schon angekündigt. Bring' Max Dürst ins Kommissariat und lass die Kollegen von der Spurensicherung die Wohnung auf den Kopf stellen. Sie sollen alle Schriftstücke, die sie finden, mitbringen. Wir machen uns dann auf den Weg zu Markus Leitner und statten ihm einen unerwarteten Besuch ab. Ich bin sehr gespannt, was wir dort finden werden. Es wird zwar eine lange Nacht für uns. Aber ich denke, wir nähern uns der Aufklärung unseres Falles."

Bernhard teilte Max Dürst mit, dass er ihn vorläufig festnehme und ihn zum Untersuchungsgefängnis bringen werde.

Frau Dürst reagierte panisch auf diese Mitteilung und beschwor Bernhard, ihren Mann nicht mitzunehmen. Es sei alles ein Irrtum. Er habe nie etwas Unrechtes getan. Bernhard bekam den Eindruck, dass sie tatsächlich keine Ahnung von all den Brutalitäten hatte, die ihr Mann beging. Andererseits lebte sie aber doch mit ihm zusammen und sah tagtäglich die rechtsextremen Abbildungen und Flaggen an den Wänden ihrer Wohnung. Wahrscheinlich versucht sie sich darüber hinwegzutäuschen, dass ihr Mann tief in die rechtsextreme Szene verwickelt ist, dachte Bernhard.

Max Dürst versuchte seine Frau zu beruhigen und versicherte ihr, es werde sich alles am kommenden Vormittag aufklären. Dann werde Bernhard wegen dieser Hausdurchsuchung von seinen Vorgesetzten zur Rechenschaft gezogen. Sie solle sich keine Sorgen machen.

Als Bernhard im Kommissariat ankam, hatte Jürgen die Bewilligung zur Hausdurchsuchung bei Markus Leitner bereits vom Staatsanwalt bekommen. Mit weiteren Kollegen von der Spurensicherung machten sie sich auf den Weg zur Wohnung von Markus Leitner.

Inzwischen war es 23 Uhr geworden, als sie bei Markus Leitner läuteten. Es verging längere Zeit, bis er sich, sichtlich verärgert, durch die Gegensprechanlage meldete: „Wer ist da?"

Jürgen nannte seinen Namen und bat Markus Leitner, ihm zu öffnen.

„Sind Sie verrückt geworden, mich um diese Zeit zu stören?! Ich denke gar nicht daran, Ihnen zu öffnen! Kommen Sie morgen zu einer vernünftigen Zeit wieder. Dann können wir uns unterhalten. Nicht jetzt mitten in der Nacht!"

„Es bleibt Ihnen nichts anderes übrig, Herr Leitner, als uns zu öffnen. Wir haben eine Bewilligung zu einer Hausdurchsuchung bei Ihnen und möchten schnellstens mit unserer Arbeit beginnen."

Diese Mitteilung schien Markus Leitner die Sprache zu verschlagen. Es blieb längere Zeit still.

„Wahrscheinlich gerät unser Freund jetzt langsam in Panik", flüsterte Jürgen Bernhard grinsend zu. „Mit einer Hausdurchsuchung hat er offenbar nicht gerechnet."

„Hallo, Herr Leitner, bitte öffnen Sie jetzt sofort oder ich lasse die Tür aufbrechen", sagte Jürgen in das Mikrofon der Gegensprechanlage.

Wieder keine Reaktion von Herrn Leitner.

„Wenn Sie jetzt nicht augenblicklich öffnen, lasse ich die Tür aufbrechen! Ich zähle bis drei. Eins ... zwei."

In diesem Moment summte der Türöffner und Jürgen, Bernhard und die Kollegen von der Spurensicherung konnten eintreten. In der Wohnungstür stand Markus Leitner und schien einen letzten Versuch starten zu wollen, ihnen den Eintritt in die Wohnung zu verwehren: „Wo ist die angebliche Bewilligung?", fuhr er Jürgen an. „Ich lasse niemanden in meine Wohnung, bis ich die gesehen und auf ihre Rechtmäßigkeit geprüft habe."

Jürgen gab Herrn Leitner die von der Staatsanwaltschaft ausgestellte Bewilligung. Er nahm sie und wollte damit in die Wohnung verschwinden. Im letzten Moment konnte Jürgen noch seinen Fuß zwischen die Tür schieben, so dass Herr Leitner die Tür nicht schließen konnte.

„Die Tür bleibt offen!", herrschte Jürgen ihn an. „Und beeilen Sie sich mit dem Durchlesen. Wir möchten unsere Arbeit machen."

Herr Leitner zog sich ein Stück in die Wohnung zurück und las das Schreiben der Staatsanwaltschaft. Offensichtlich wollte er Zeit gewinnen, um seinen Kopf doch noch auf irgendeine Weise aus der Schlinge zu ziehen.

„Wir haben offenbar ins Schwarze getroffen", flüsterte Bernhard Jürgen zu. „Sonst würde er nicht so verzweifelt versuchen, uns so lange hinzuhalten. Ich möchte wetten, dass wir in der Wohnung enorm viel Belastungsmaterial finden werden."

Jürgen nickte und wendete sich an Herrn Leitner: „Es reicht jetzt, Herr Leitner! Versuchen Sie nicht, uns länger aufzuhalten. Wir beginnen jetzt mit unserer Arbeit."

Mit diesen Worten stieß Jürgen die Wohnungstür ganz auf und trat zusammen mit Bernhard und den Kollegen von der Spurensicherung ein. Herr Leitner unternahm noch einmal einen Versuch, die Durchsuchung der Wohnung zu verhindern, indem er darauf hinwies, es sei sein Recht, zuerst noch mit dem Staatsanwalt zu telefonieren und sich von ihm die Hausdurchsuchung begründen zu lassen. Erst danach werde er die Beamten in seine Wohnung lassen.

„Sie können gerne mit dem Staatsanwalt telefonieren, Herr Leitner. Aber wir beginnen jetzt mit unserer Arbeit. Und geben Sie mir bitte Ihr Handy. Ich stelle gerne die Nummer der Staatanwaltschaft ein. Aber andere Telefongespräche untersage ich Ihnen hiermit."

Widerwillig gab Herr Leitner Jürgen sein Handy. Als Jürgen ihn fragte, ob er die Nummer der Staatsanwaltschaft einstellen solle, kam die wütende Antwort: „Steck' dir das Handy in den A...!"

Es war Herrn Leitner gerade noch gelungen, das Wort „Arsch" herunterzuschlucken. Vielleicht wollte er ja gar nicht den Staatsanwalt anrufen, dachte Bernhard, sondern die Mitglieder seiner Gruppe „WIR sind die Schweiz" warnen. Gut, dass Jürgen ihm das Handy abgenommen hat.

Die Wände des Flurs, in den sie nun traten, waren in gleicher Weise wie bei Alex Kaiser und Max Dürst bedeckt mit Plakaten und Flaggen mir rechtsradikalen Inhalten. Es sah aus wie in einer Ausstellung mit rechtsextremem Propagandamaterial. Jürgen warf Bernhard einen Blick zu und rollte mit den Augen.

Vom Flur führten sechs Türen in verschiedene Räume. Jürgen und Bernhard öffneten die Türen der Zimmer und verschafften sich einen ersten Überblick, während sich die Kollegen von der Spurensicherung auf die verschiedenen Räume verteilten.

„Am besten schaust du dich genauer im Wohnraum um, Bernhard", meinte Jürgen. „Ich nehme mir das Büro vor."

Mit den Worten: „Das ist mein privater Bereich. Der geht sie gar nichts an!", versuchte Herr Leitner Jürgen davon abzuhalten, das Büro zu betreten. Demonstrativ stellte er sich breitbeinig in den Türrahmen und versperrte Jürgen den Weg.

„Jetzt reicht es mir!", herrschte Jürgen Herrn Leitner an. „Geben Sie sofort die Tür frei!"

Herrn Leitner war klar, dass er keine Chance hatte, Jürgen vom Betreten des Büros abzuhalten, und er gab den Zugang frei.

Wenn schon der Flur mit den vielen Emblemen, Fahnen und Bildern wie ein Museum für rechtsextreme Propaganda aussah, so übertraf das, was Jürgen nun im Büro von Herrn Leitner vorfand, alles andere bei weitem. Das Büro quoll geradezu über von Plakaten und Flaggen, die an den Wänden hingen. Auf dem Schreibtisch befanden sich Haufen von Broschüren und Schriftstücken.

Jürgen setzte sich auf den Schreibtischstuhl und versuchte, sich wenigstens einen groben Überblick über die Schriftstücke zu verschaffen, die dort lagen. Es waren, wie bei Alex Kaiser und Max Dürst, zumeist Broschüren mit rechtsextremen Inhalten, Ankündigungen von Märschen und Protestaktionen rechtsradikaler Gruppierungen und eine Unmenge an Briefen. Die werden wir wohl oder übel sorgfältig im Kommissariat sichten müssen, dachte Jürgen. Wahrscheinlich werden uns da noch die Augen auf- und übergehen.

In den Schubladen eines unter dem Schreibtisch stehenden Korpus waren weitere Broschüren, kleine Plakate und Briefe. Als Jürgen die Schreibtischschublade öffnen wollte, hörte er hinter sich ein Geräusch. Er drehte sich blitzschnell um und konnte gerade noch die Hand von Markus Leitner abwehren, der versucht hatte, ihn von hinten anzugreifen. Jürgen hielt die Hand von Herrn Leitner eisern fest und rief Bernhard.

Bernhard verstand zunächst nicht, was geschehen war, als er ins Büro trat. Erst als er genauer hinschaute, wurde ihm klar, dass Herr

Leitner Jürgen daran hatte hindern wollen, die Schreibtischschublade zu öffnen.

„Alles in Ordnung, Jürgen?", fragte Bernhard besorgt und legte Herrn Leitner Handschellen an.

Jürgen nickte. „Aber nun wollen wir mal sehen, was unseren Chefideologen so beunruhigt hat, dass er mich mit Gewalt daran hindern wollte", meinte Jürgen und öffnete die Schreibtischschublade. Dort lagen, ähnlich wie bei Alex Kaiser, Listen mit Namen von Ausländern. Hinter den Namen waren auch hier Daten eingetragen. Einige Namen waren durchgestrichen und dahinter stand ein weiteres Datum. Jürgen erstarrte, als er hier die Namen Kito Nkunda und Joseph Kimbangu sah, dahinter, wie ihm schlagartig klar wurde, die Todesdaten der beiden!

Bei der Durchsuchung der Schublade stieß Jürgen auf weitere Listen, auf denen Persönlichkeiten des öffentlichen Lebens aufgeführt waren. Hinter den Namen standen die Adressen dieser Personen und weitere Informationen wie Arbeitsorte, aber auch Beschreibungen der Wege, die diese Personen vom Wohnort zur Arbeit wählten, Hinweise auf Freizeitbeschäftigungen sowie Angaben zu Angehörigen. Die in den Listen aufgeführten Personen gehörten ausnahmslos der Sozialdemokratischen und der Grünen Partei an oder es waren Frauen und Männer, die sich in der Flüchtlingsarbeit engagierten. Jürgen konnte es kaum fassen: Hier war eine sorgfältig geführte Kartei von potenziellen Opfern der Gruppierung „WIR sind die Schweiz"!

Plötzlich stutzte Jürgen. Er hatte eine Liste entdeckt, die die Überschrift „Gefährliche Gegner" trug. Beim Durchlesen der Listen war er auf seinen Namen und die Namen von Mario und Antonio gestoßen!

„Das ist doch nicht die Möglichkeit!", flüsterte er. „Schau' mal, Bernhard. Ich kann das nicht fassen!"

Bernhard trat näher und nahm das Blatt mit der Liste, die Jürgen ihm reichte.

„Das ist ja grauenvoll!", entfuhr es Bernhard. „Was soll das bedeuten?"

„Das ist völlig klar, was es bedeuten soll", entgegnete Jürgen. „Mario, Antonio und ich stehen auf der Abschussliste dieser Gruppe."

Dabei wies Jürgen auf einen Eintrag hin, der hinter ihren Namen stand: „Schwuchteln. Bei nächster Gelegenheit ausmerzen!"

In Jürgen stieg eine wahnsinnige Wut auf. Am liebsten hätte er sich auf Markus Leitner gestürzt, der, mit Handschellen an einen Stuhl gefesselt, dieser Szene zugeschaut hatte. Als Jürgen sich nach ihm umschaute, sah er auf dem Gesicht des Chefideologe der Gruppe „WIR sind die Schweiz" ein süffisantes Grinsen. Jürgen sprang auf und näherte sich ihm mit drohend erhobener Faust. Bernhard befürchtete, Jürgen könnte sich auf Herrn Leitner stürzen und trat einen Schritt vor. Doch Jürgen hatte sich schon wieder in Kontrolle und setzte sich auf den Schreibtischstuhl.

„Ich verhafte Sie hiermit, Herr Leitner, wegen Mordes an mehreren Personen und wegen des Angriffs auf mich", verkündete Jürgen mit einer geradezu unheimlichen Ruhe. „Bevor wir gehen, schauen wir uns noch schnell den großen Metallschrank dort in der Ecke an", meinte Jürgen zu Bernhard.

Als Jürgen ihn zu öffnen versuchte, stellte er fest, dass er verschlossen war.

„Wo ist der Schlüssel zu diesem Schrank?", fragte er Herrn Leitner.

„Ich habe den Schlüssel verloren. Der Schrank ist außerdem leer", war die trotzige Antwort.

„Ich habe genug von Ihren Spielchen. Wir brechen den Schrank auf. Hol' bitte einen der Kollegen, Bernhard. Er soll das Schloss aufbrechen."

Der Schrank war zwar aus Metall und hatte ein gutes Schloss. Doch war es für den Kollegen von der Spurensicherung nicht schwierig, das Schloss innerhalb kurzer Zeit zu knacken.

Als Jürgen und Bernhard die Schranktüren öffneten, erstarrten sie. Der Schrank war angefüllt mit Schusswaffen der verschiedensten Art, Schlagringen, Schlagstöcken und anderen Waffen. Herr Leitner war kreidebleich geworden und starrte Jürgen und Bernhard hasserfüllt an.

„Ich sammle Waffen", brachte er schließlich heraus. „Das darf ich doch wohl! Ich muss mich doch verteidigen können in diesem Land, das die Ausländer inzwischen übernommen haben und in dem wir Schweizer nichts mehr zu sagen haben!"

„Ersparen Sie sich Ihre dummen Kommentare, Herr Leitner! Sie können den illegalen Waffenbesitz dem Richter erklären, auch wenn der Ihnen natürlich kein Wort glauben wird."

Bernhard berichtete Jürgen, dass er im Wohnraum auch eine große Zahl von rechtsextremen Emblemen an den Wänden gefunden hatte, aber keine Schriftstücke.

„Wir nehmen die Unterlagen, die auf dem Schreibtisch liegen, am besten gleich mit, Bernhard", meinte Jürgen. „Dann können wir sie morgen Vormittag anschauen, bevor wir mit den Verhören beginnen. Den Rest sollen die Kollegen von der Spurensicherung mitbringen."

Wenig später fuhren Jürgen und Bernhard zusammen mit Herrn Leitner zum Untersuchungsgefängnis, wo Herr Leitner den Rest der Nacht verbringen würde. Die Schriftstücke und Broschüren, die sie auf seinem Schreibtisch gefunden hatten, brachten sie ins Kommissariat.

Kurz vor 1 Uhr kam Jürgen endlich nach Hause. Antonio und Mario schliefen längst. Nach den Hausdurchsuchungen und dem ideologischen Schmutz, den sie dabei entdeckt hatten, konnte Jürgen nicht einfach so schlafen gehen, sondern musste eine Dusche nehmen. Erst als er längere Zeit das heiße und das kalte Wasser über seinen Körper hatte laufen lassen, hatte er den Eindruck, wenigstens einigermaßen sauber zu sein. Leise kroch er ins Bett. Mario hatte ihn aber doch kommen hören und flüsterte schlaftrunken: „Hoffentlich hat sich eure Nachtschicht gelohnt."

„Es ist ein voller Erfolg!", bestätigte Jürgen. „Und jetzt bin ich todmüde. Ich stehe morgen – oder genauer gesagt: heute erst um 8 Uhr auf. Kannst du Antonio wecken und ihm sein Frühstück machen? Dann kann ich etwas länger schlafen."

„Kein Sorge, Caro. Es wird alles klappen. Ich habe meinen Wecker vorsorglich schon auf halb 7 gestellt und werde mir Mühe geben, leise aufzustehen und dich nicht zu wecken. Nachher können wir ins Ruhe zusammen frühstücken, und du kannst mir berichten, wie es bei euch gelaufen ist. Ich muss erst um kurz vor 9 los."

Mario gab Jürgen einen Kuss und bemerkte, dass Jürgen schon eingeschlafen war.

20.

Beim Frühstück am folgenden Morgen berichtete Jürgen Mario in groben Zügen, was Bernhard und er bei den Hausdurchsuchungen am vergangenen Abend erlebt hatten. Von der Liste, auf der er auch Marios, Antonios und seinen Namen gesehen hatte, sagte er jedoch nichts, um Mario nicht unnötig zu beunruhigen.

„Unglaublich, was in den Köpfen solcher Leute vor sich geht!", meinte Mario erschüttert.

„Und was daraus für Handlungen entstehen!", ergänzte Jürgen. „Denn es ist ja nicht nur eine hasserfüllte Ideologie, die in den Köpfen dieser Leute steckt, sondern sie schrecken, wie wir bei der Gruppe ‚WIR sind die Schweiz' sehen, auch nicht vor Gewalttaten zurück!"

Als Jürgen im Kommissariat ankam, hatte Bernhard bereits damit begonnen, die Unterlagen, welche die Kollegen von der Spurensicherung von Alex Kaiser, Max Dürst und Markus Leitner mitgenommen hatten, zu sichten.

Unter den Schriftstücken, die sie bei Max Dürst gefunden hatten, fanden sie viele Zeitungsausschnitte mit ausländerfeindlichen reißerischen Überschriften, die der Polizist gesammelt hatte. Da hieß es zum Beispiel „Asylanten logieren im Hotel – aber das genügt ihnen nicht: Hungerstreik!" oder „Tamilin schmuggelte Heroin für 1 ½ Millionen in die Schweiz." Andere Artikel handelten von einer „Türken-Invasion" und berichteten: „Türke kam als Asylant – und wurde zum Schlepper" und „Flüchtlings-Flut überschwemmt Kanton Bern."

Außer den Broschüren mit rechtsextremen Inhalten und den Ankündigungen von Treffen verschiedener rechtsradikaler Gruppen fanden Jürgen und Bernhard auch Listen mit Orten und Daten von Anschlägen, die von Mitgliedern der Gruppe „WIR sind die Schweiz" gegen Asylunterkünfte in verschiedenen Schweizer Städten verübt worden waren und in Zukunft geplant waren.

„Es ist unglaublich, welchen Hass diese Leute gegen Ausländer und alle, die nicht ihrer Vorstellung von ‚echten' Schweizern entsprechen, haben!", seufzte Bernhard. „Theoretisch wissen wir ja, dass es solche rechtsextremen Gruppierungen gibt, und wir lesen auch immer wieder von Anschlägen und Übergriffen gegen Ausländer. Aber so konkret damit konfrontiert zu sein, ist dann doch noch einmal etwas anderes."

„Sieh' mal an, was wir hier haben!", rief Jürgen und reichte Bernhard einige Briefe, die zwischen Alex Kaiser, Max Dürst und Dr. Kupfer ausgetauscht worden waren. „Hier ist noch ein weiterer Beweis, dass unsere beiden Polizistenfreunde und Dr. Kupfer Mitglieder der Gruppe ‚WIR sind die Schweiz' sind! Damit haben Alex Kaiser und Max Dürst keine Möglichkeit mehr, sich herauszureden. Wir werden sie nachher mal ordentlich in die Mangel nehmen, so dass ihnen nur noch ein Geständnis bleibt."

„Schau' dir mal dieses ‚Manifest' der Gruppe ‚WIR sind die Schweiz' an, das wir bei dem Chefideologen Markus Leitner gefunden haben", meinte Bernhard und reichte Jürgen vier eng beschriebene Seiten mit dem Titel „Grundsatzprogramm der Gruppe WIR sind die Schweiz." Unter der Überschrift „Leitlinien" wurden auf der ersten Seite vier Grundsätze genannt:

„A. Vorherrschaft der weißen Rasse.
B. Erhaltung der abendländischen Kultur – Abwehr artfremder Einflüsse.
C. Schutz des Christentums vor religiöser Überfremdung.
D. Antikommunismus – Antimarxismus."

Es folgte dann auf den nächsten Seiten ein detailliertes Programm der Gruppe. Darunter fanden sich Punkte wie:

„Abschaffung des Asylrechts, Ausweisung aller nicht-europäischer Einwanderer inkl. Türken. Keine neuen Einwanderer mehr."

„Reduzierung der südeuropäischen Ausländer auf ein absolutes Minimum, Verbot auch von Familiennachzug."

„Keine weiteren Einbürgerungen von Ausländern, auch keine Jahresaufenthaltsbewilligungen mehr. Arbeit und Wohnraum immer zuerst für die Schweizer."

„Verbot für Ausländer, an unseren Universitäten zu studieren."

„Getrennte Schulen für Nichtweiße sowie nichtchristliche Kinder und Jugendliche, die hier geboren oder aufgenommen wurden."

„Wiedereinführung der Todesstrafe für erwiesene Mordtaten und

Drogenhändler."

„Generelles Verbot der Abtreibung."

Unter den „Mitgliedsbestimmungen" auf der vierten Seite las Jürgen, dass Drogenabhängige, Homosexuelle, eingebürgerte Schweizer und Schweizer, die mit einem fremdrassigen Lebenspartner zusammenleben, nicht aufnahmeberechtigt seien.

Jürgen legte die Blätter auf den Schreibtisch und seufzte.

„Das ist wirklich schlimmer, als ich es mir vorgestellt habe. Unglaublich! Und das in Basel! Auf jeden Fall belegen diese Unterlagen und die Briefe, die wir bei Alex Kaiser, Max Dürst und Markus Leitner gefunden haben, dass sie alle drei in die Morde an Kito Nkunda und Joseph Kimbangu und auch in die Misshandlungen der anderen Afrikaner bei den sogenannten Polizeikontrollen verwickelt sind. Und wie wir gesehen haben, steht ja auch Dr. Kupfer mit der Gruppe ‚WIR sind die Schweiz' in Verbindung. Also gehen auch der Mord, den er begangen hat, und vermutlich auch noch etliche andere Gewalttaten auf das Konto dieser Rechtsextremen. Das weiter zu klären, ist dann Sache des Gerichts."

„Unsere Ermittlungsresultate werden ja sicher auch deinen Kollegen interessieren, der in der Arbeitsgruppe zur Bekämpfung von Rechtsextremismus in Bern arbeitet", erinnerte Bernhard Jürgen.

„Ja, Bernhard. Ich darf nicht vergessen, ihn zu benachrichtigen. Das wird ihn brennend interessieren. Er hat die Gruppe ‚WIR sind die Schweiz' ja schon lange auf seinem Radar, konnte denen bisher aber noch nichts Illegales nachweisen. Nun hat er, abgesehen von den ideologischen Äußerungen, mit den Morden und Misshandlungen durch Gruppenmitglieder aber etwas Konkretes gegen sie in der Hand. Meinen Freund in den USA werde ich auch noch informieren und mich bei seinem Sohn, der den Kontakt zu Markus Leitner ermöglicht hat, noch einmal ausdrücklich bedanken. Ohne ihn wären wir nicht so leicht an den Chefideologen herangekommen."

„Dann knöpfen wir uns zuerst mal die beiden Polizisten vor", schlug Jürgen vor. „Fangen wir mit Alex Kaiser an?."

Bernhard nickte. Jürgen telefonierte mit dem Untersuchungsgefängnis und bat, Alex Kaiser in das Vernehmungszimmer zu bringen.

Als Jürgen und Bernhard kurze Zeit später das Vernehmungszimmer betraten, starrte Alex Kaiser sie hasserfüllt an. Er reagierte nicht auf die Begrüßung der beiden Kommissare.

„Herr Kaiser", begann Jürgen, „Sie wissen, dass wir Sie festgenommen haben wegen des Verdachts, dass Sie den Kongolesen Kito Nkunda ermordet und den Nigerianer Adinoy Awolo und den Eritreer Abdullah Haddad schwer misshandelt haben. Dazu kommen, soweit wir bis jetzt wissen, zahlreiche weitere Gewalttaten gegen Ausländer. Was haben Sie dazu zu sagen?"

„Bullshit!"

„Das reicht mir nicht als Antwort", entgegnete Jürgen, der sich durch Alex Kaisers Unverschämtheit nicht beeindrucken ließ. „Sie wissen, Sie können einen Anwalt beiziehen."

„Ich brauche keinen Anwalt!", blaffte Alex Kaiser Jürgen an.

„Ich will Ihnen offen sagen, dass es keinen Sinn hat, wenn Sie versuchen, unsere Arbeit zu behindern, Herr Kaiser. Wir haben unter den Schriftstücken, die wir bei Ihnen, Herrn Dürst und Herrn Leitner sichergestellt haben, eindeutige Beweise für Ihre Verbindung zur Gruppierung ‚WIR sind die Schweiz' gefunden. Außerdem haben Sie selbst ja akribisch Buch über Ihre gewalttätigen Übergriffe gegenüber Ausländern geführt, und wir haben bei Ihren Gesinnungsgenossen Beweise dafür gefunden, dass Sie und Herr Dürst für den Mord an dem Kongolesen Kito Nkunda verantwortlich sind."

„Einen Scheißdreck haben Sie!", murmelte Alex Kaiser und starrte Jürgen wütend an.

„Wenn Sie sich nicht bequemen können, mit uns zu kooperieren und ein Geständnis abzulegen, lasse ich Sie wieder in Untersuchungshaft bringen. Sie wissen ja, wie das läuft: Sie werden dem Haftrichter vorgeführt und er wird – da bin ich mir absolut sicher! – die Untersuchungshaft anordnen. Dann können Sie sich in Ruhe überlegen, ob Sie ein Geständnis ablegen wollen."

Alex Kaiser warf Jürgen einen lauernden Blick zu, kniff die Lippen zusammen und schwieg.

Jürgen beschloss ebenfalls zu schweigen und abzuwarten, ob seine Hinweise eine Wirkung auf Alex Kaiser hätten. Es verging Minute um

Minute und die Spannung im Vernehmungsraum stieg an.

Schließlich presste Alex Kaiser hervor: „Das war alles die Idee von Markus Leitner! Das Arschloch hat Max und mich da reingezogen."

„Aha", meinte Jürgen. „Können Sie mir das etwas genauer erklären?"

Offenbar schien Alex Kaiser sich entschlossen zu haben, mit Jürgen und Bernhard zu kooperieren, denn er fuhr fort: „Markus hat uns erpresst und uns gezwungen, diesen Kongolesen zu beseitigen."

„Das geht mir ein bisschen zu schnell, Herr Kaiser. Am besten berichten Sie mir die Geschichte von Beginn an."

„Max und ich haben Markus Leitner bei einer Veranstaltung der SVP kennengelernt. Er hat uns erzählt, dass er Mitglied der SVP ist, aber mit der Politik dieser Partei total unzufrieden ist. Die SVP sei inzwischen fast zu einer linken Partei geworden und mache an die Bürgerlichen Zugeständnisse, die ein absolutes No-Go seien. Er habe deshalb eine eigene Gruppe gebildet, die für die Rechte von uns Schweizern eintritt. Markus hat uns dann eingeladen, einmal zu einem ihrer Treffen zu kommen."

Alex Kaiser stockte und schaute Jürgen fragend an. Als Jürgen aufmunternd nickte, fuhr Alex Kaiser fort: „Max und ich waren dann einige Male bei den Treffen."

„Das ist die Gruppe ‚WIR sind die Schweiz', nicht wahr?"

„Ja. Uns gefiel das, was die Leute da gesagt haben: Wir müssten uns dagegen wehren, von den Ausländern überrollt zu werden. Es gibt ja jetzt schon Quartiere in Basel, die fest in türkischer Hand sind. Wenn wir nicht aufpassen, haben wir hier bald Verhältnisse wie in Berlin, Paris und anderen Großstädten!", fügte Alex Kaiser wütend hinzu.

Alex Kaiser stockte wieder. Wahrscheinlich überlegt er, wie er seinen Kopf doch noch aus der Schlinge ziehen kann, dachte Jürgen und wartete.

Nach einiger Zeit fuhr Alex Kaiser fort: „Wir haben uns bei der Gruppe sehr wohl gefühlt und Markus Leitner hat uns beauftragt, eine Bürgerwehr zusammenzustellen, die für Ordnung in Kleinbasel sorgt. Das konnten wir als Polizisten natürlich sehr gut", fügte er mit spürbarem Stolz hinzu.

„Markus hat dann auch vorgeschlagen, wir sollten bei unseren Patrouillen durch unser Quartier nicht allzu zimperlich mit den Ausländern umgehen, die wir kontrollieren."

„Nicht allzu zimperlich hieß offenbar gewalttätig?", fragte Jürgen.

„Wir waren nicht gewalttätig", verteidigte Alex Kaiser sich. „Wir haben diese Leute kontrolliert und haben sie in die Schranken weisen müssen, wenn sie uns gegenüber frech geworden sind."

„Aha, in die Schranken weisen nennen Sie das", meinte Jürgen und konnte sich dabei einen ironischen Unterton nicht verkneifen.

„Ja! Diese Typen meinen doch, sie könnten hier machen, was sie wollen. Da muss man ihnen unmissverständlich zeigen, wer in der Schweiz das Sagen hat!"

„Sie haben vorhin erwähnt, Herr Leitner habe sie erpresst. Können Sie mir das noch erklären, Herr Kaiser?"

„Als wir geholfen haben, die Bürgerwehr zu bilden, und unsere Kontrollen von Ausländern etwas – mh – härter durchgeführt haben, hat Markus gesagt, wir müssten uns nun auch ein bisschen mehr engagieren. Zuerst haben wir nicht verstanden, was er damit gemeint hat."

Alex Kaiser stockte.

„Und was hat er damit gemeint?", hakte Jürgen nach.

Alex Kaiser seufzte. „Er hat uns ein paar Namen von Ausländern gegeben, die besonders lästig geworden waren und die beseitigt werden müssten. Er fand, als Polizisten hätten wir mehr Möglichkeiten als die anderen Mitglieder unserer Gruppe. Als wir gesagt haben, wir würden gerne hart gegen Ausländer vorgehen, aber niemanden umbringen, hat er uns gedroht, er werde unsere Vorgesetzten darüber informieren, dass wir Mitglieder der Gruppe ‚WIR sind die Schweiz' sind."

Alex Kaiser stockte wieder und atmete schwer.

Schließlich fuhr er fort: „Wir hatten den Auftrag, als ersten diesen Typ aus dem Kongo zu beseitigen."

„Und warum gerade ihn?", hakte Jürgen nach.

„Markus war empört, dass sich dieser Kerl bei einer Schweizerin eingeschlichen hatte und mit ihr eine Beziehung eingegangen war. Das ist ja auch eine Sauerei! Ekelhaft! Eine Schweizerin, die für einen Neger die Beine breit macht!"

Jürgen warf Bernhard einen Blick zu. Also war das Thema Sugar Mummy tatsächlich ein Tatmotiv gewesen.

Alex Kaiser fuhr fort: „Weil wir trotzdem nicht so weit gehen wollten, jemanden zu töten, haben wir immer wieder behauptet, wir hätten diesen Kerl bei unseren Patrouillen nie mehr gesehen. Er wohne wahrscheinlich nicht mehr in unserem Quartier. Anfangs hat Markus uns das auch geglaubt. Dann hat aber einer aus unserer Gruppe den Typ in der Nähe der Kaserne gesehen und das Markus erzählt. Der hat dann ziemlich Druck aufgesetzt, bis wann wir den Typ beseitigt haben müssten. Sonst würde er unseren Chef informieren."

„Und dann haben Sie Kito Nkunda umgebracht?", fragte Jürgen.

Alex Kaiser nickte. „Klar! Was blieb uns denn anderes übrig? Wir wollten doch nicht unseren Job verlieren!"

„Und wenn wir Sie jetzt nicht festgenommen hätten, wären demnächst weitere Ausländer umgebracht worden?"

„Markus hatte uns in der Hand. Was sollten wir denn tun? Wir konnten uns doch nicht selbst ans Messer liefern! Zu verantworten hat das aber allein Markus! Von uns aus hätten wir den Typen nie beseitigt", fügte Alex Kaiser beschwörend hinzu.

Jürgen war erschüttert über diese Argumente. Bei Alex Kaiser waren nicht die geringste Reue und keine Spur von Mitgefühl in die Opfer zu spüren.

„Wen welcher Schuldanteil betrifft, entscheidet der Richter, Herr Kaiser. Meine Aufgabe ist, den Mord aufzuklären – und glücklicherweise konnten wir durch die Festnahme von Ihnen, Herrn Dürst und Herrn Leitner weitere Gewalttaten verhindern. Immerhin danke, dass Sie sich nun doch entschlossen haben, mit uns zu kooperieren."

„Puh!", seufzte Bernhard, als Alex Kaiser von einem Polizeibeamten abgeholt und wieder ins Untersuchungsgefängnis gebracht worden war. „Das ist wirklich eine Jauchegrube, in der wir da herumstochern müssen. Das stinkt ja zum Himmel, was für Ansichten diese Rechtsradikalen vertreten und wie ungerührt sie Menschen umbringen – nur schon diese Terminologie ‚beseitigen'! Und dabei haben sie offenbar noch den Eindruck, sie hätten das Recht auf ihrer Seite."

„Genauso ist es", bestätigte Jürgen. „Es ist ganz typisch für Gewalttäter dieser Art, dass sie meinen, mit ihren aggressiven Aktionen etwas Gutes zu tun. Vielleicht erinnerst du dich, dass damals nach dem Mauerfall in Deutschland Rechtsradikale in Dresden ihre Gewalttätigkeit gegenüber Ausländern mit dem Slogan kommentiert haben: ‚Macht Dresdens Straßen vom Dreck sauber'. Grausig, nicht wahr, dass hier nicht einmal mehr von Menschen, sondern von Dreck gesprochen wurde!"

Bernhard nickte. „Wo du das erwähnst, fällt mir wieder ein, dass ich damals in der Presse davon gelesen habe. Wirklich erschreckend! Und das hier heute, mitten in Basel!"

Nachdem Alex Kaiser wieder ins Untersuchungsgefängnis gebracht worden war, ließ Jürgen als nächsten Max Dürst holen. Mit ihm gestaltete sich die Vernehmung jedoch ziemlich anders. Die Nacht in der Zelle hatte bei ihm offenbar zu einem Zusammenbruch seiner Abwehr geführt.

Max Dürst saß Jürgen völlig zerknirscht gegenüber und machte von Anfang an kein Hehl daraus, dass er an der Ermordung von Kito Nkunda beteiligt gewesen war. Verantwortung dafür wollte aber auch er unter keinen Umständen übernehmen.

„Sie müssen mir glauben, Herr Kommissar: Nie würde ich einen Menschen umbringen! Der Plan kam von Markus Leitner und Alex hat den Neger dann erstochen. Ich könnte keiner Fliege etwas zu Leide tun."

„Immerhin waren Sie beim Mord an Kito Nkunda anwesend und haben ihn nicht verhindert, Herr Dürst", wendete Jürgen ein. „Und Ihre sogenannten Kontrollen im Quartier waren, wie ich ja selbst miterlebt habe, alles andere als rücksichtsvoll! Aber das ist nicht unsere Sache, dies jetzt zu klären", fuhr Jürgen fort, als Max Dürst zu einer Entgegnung ansetzen wollte. „Das können Sie später vor Gericht mit dem Richter diskutieren."

Max Dürst starrte Jürgen voller Angst an.

„Ich wollte jetzt sowieso aus der Gruppe aussteigen. Das wurde mir alles zu viel", beteuerte er.

„Obwohl Ihre Wohnung mit den rechtsextremen Wanddekorationen mir gar nicht so aussah, als ob Sie aus dieser Szene aussteigen wollten", konterte Jürgen. „Aber wie dem auch sei. Sie geben zu, bei dem Mord an dem Kongolesen Kito Nkunda beteiligt gewesen zu sein?"

Max Dürst nickte und bestätigte Jürgens Frage mit einem kaum hörbaren „Ja."

„Und Sie geben auch zu, bei diversen sogenannten Kontrollen beteiligt gewesen zu sein, die mit erheblicher Gewalt von Ihnen und Ihrem Kollegen ausgeführt worden sind?"

„Ja", kam wieder mit leiser Stimme.

„Nachdem wir das alles geklärt haben, würde ich doch noch gerne von Ihnen erfahren, Herr Dürst, warum gerade Herr Nkunda das Opfer war."

„Markus Leitner war empört darüber, dass sich dieser Mistkerl bei einer Schweizerin eingeschmeichelt hatte und sie ihn bei sich wohnen ließ und ihn finanziell ausgehalten hat. Das ist ja auch wirklich eine Sauerei! Als ob es keine Schweizer Männer gäbe!", fügte er wütend hinzu.

Jürgen warf Bernhard einen Blick zu und schüttelte erschüttert den Kopf.

Er verabschiedete sich von Max Dürst, der von einem Polizisten wieder ins Untersuchungsgefängnis gebracht wurde.

„Bevor wir uns mit dem Chefideologen der Gruppe ‚WIR sind die Schweiz' beschäftigen, muss ich mich erst einmal stärken", meinte Jürgen, als er mit Bernhard wieder in seinem Büro war. „Es ist ja schon bald 12 Uhr. Wollen wir zusammen Mittagessen gehen?"

Bernhard war froh um die Unterbrechung und stimmte deshalb gerne zu.

„Hast du einen Vorschlag, Jürgen, wohin wir gehen wollen?"

„Wir könnten in der Nähe bleiben und in die Markthalle gehen. Da gibt es ja Stände mit Speisen aus verschiedenen Ländern."

„Das ist eine sehr gute Idee, Jürgen. Ich kenne die Markthalle, war aber schon seit längerer Zeit nicht mehr dort. Ich bin froh um die Unterbrechung und werde es genießen, mal wieder normale Menschen um mich zu haben."

„Ich brauche auch Abstand zu all dem, was wir von Alex Kaiser und Max Dürst gehört haben", stimmte Jürgen ihm zu. „Das Schlimme ist allerdings, dass diese Leute der rechtsextremen Szene keineswegs abnorme Persönlichkeiten sind. Sie stellen nur die Spitze eines Eisbergs von Menschen dar, die in unserer Gesellschaft rechtextreme Ideologien vertreten. Klar, es ist natürlich noch einmal eine Stufe mehr, wenn jemand nicht nur solche Ideen vertritt und Angehörige von Minderheiten – zu denen übrigens ja auch ich selbst gehöre – diskriminiert, sondern manifest gewalttätig ihnen gegenüber wird."

„Das glaube ich auch, Jürgen. Sind es nicht ganz verschiedene Gruppen von Menschen, die extreme politische Ideologien vertreten und die tatsächlich gewalttätig werden?"

„Was ich aus der soziologischen und psychologischen Fachliteratur weiß, gibt es da fließende Grenzen. Das finde ich gerade so erschreckend, Bernhard, zu sehen, wie fließend die Grenzen zwischen den Vertretern extremer Ideologien, den Teilnehmern an Gruppen mit solchen Ideologien und denen sind, die konkret Gewalt ausüben. Wenn es stimmt, was Alex Kaiser und Max Dürst gesagt haben, sind die beiden zwar von Anfang an politisch rechtslastig orientiert gewesen. Doch scheint es zunächst nur ein Interesse an solchen Ideologien gewesen zu sein. Durch den Anschluss an die Gruppe ‚WIR sind die Schweiz' sind sie offenbar langsam immer tiefer hineingerutscht und haben sich dadurch erpressbar gemacht."

„Aber es ist doch eine billige Ausrede der beiden zu sagen, sie hätten die gewalttätigen Kontrollen und den Mord an Kito Nkunda begehen müssen?"

„Natürlich hätten sie aussteigen können, als sie gesehen haben, dass die Gruppe nicht vor Gewalttaten zurückschreckt. Aber offenbar haben sie befürchtet, ihnen könnten berufliche Nachteile daraus erwachsen, wenn ihre Mitgliedschaft bei der rechtsextremen Gruppe ihrem Vorgesetzten bekannt würde."

„Was vielleicht auch tatsächlich der Fall gewesen wäre", ergänzte Bernhard.

„Vielleicht ja. Aber indem sie ihrem Vorgesetzten mitgeteilt hätten, was sie in der Gruppe ‚WIR sind die Schweiz' erlebt haben, hätten sie wahrscheinlich den Mord an Kito Nkunda und andere Gewalttaten verhindern können", wendete Jürgen ein.

21.

Die völlig andere Atmosphäre in der Markthalle half Jürgen und Bernhard abzuschalten. Ohne dass sie es miteinander abgemacht hatten, berührte keiner der beiden in der Mittagspause das Thema Rechtsextremismus oder etwas aus den Vernehmungen von Alex Kaiser und Max Dürst.

Nachdem sie sich einen Überblick über die verschiedenen Speisen verschafft hatten, entschied Jürgen sich für das Essen des Himalaya-Standes. Es war ein aus Hefeteig gemachter Burger, der mit Fleisch, Gemüse und scharfen Gewürzen gefüllt war. Bernhard nahm das Menü des gerade daneben liegenden persischen Standes mit Reis, Fleisch und Gemüse.

Dazu kaufte Jürgen ein Glas Mango Lassi vom indischen Stand und Bernhard eine Flasche Mineralwasser.

Während des Essens berichtete Bernhard Jürgen von seinen Kindern, die intensiv Sport trieben. Seine Tochter war in einer Handballmannschaft, in der Bernhards Frau auch vor vielen Jahren gewesen war. Bernhards Sohn hatte sich für einen Kurs im Wildwasserkanufahren angemeldet.

„Weißt du übrigens, dass es ein tolles Open-Air-Kino auf einem Siloturm im Hafen gibt?", fragte Bernhard Jürgen.

Jürgen schüttelte den Kopf.

„Meine Frau und ich hatten schon lange vor, dorthin zu gehen, und waren kürzlich, als es sehr warm war, an einem Abend da. Der Turm liegt beim Rheinhafenbecken und ist über 50 Meter hoch. Oben ist ein Flachdach, und dort werden bei gutem Wetter nach Einbruch der Dunkelheit Filme gezeigt. Du musst unbedingt mal mit Mario dorthin gehen. Man hat von dort oben eine unglaublich tolle Aussicht über Basel, den Rhein, den Hafen und einen Teil des Elsass."

Auf Bernhards Frage, wie es Mario und Antonio gehe, berichtete Jürgen ihm von den beiden Prides in Zürich und Basel und Antonios Begeisterung, zusammen mit seinen Müttern und Vätern daran teilnehmen zu dürfen.

Mit dem schmackhaften Essen und den Gesprächen verging die

Mittagspause wie im Flug. Ein Blick auf die Uhr zeigte Jürgen und Bernhard, dass es schon halb zwei war.

„Dann sollten wir uns auf den Weg machen und uns dem Chefideologen widmen", meinte Jürgen.

Als Bernhard und er das Vernehmungszimmer betraten, in das Markus Leitner geführt worden war, schaute der Chefideologe der Gruppe „WIR sind die Schweiz" sie mit einem amüsierten Lächeln an.

„Sie scheinen ja guter Laune zu sein, Herr Leitner", begann Jürgen die Vernehmung.

Herr Leitner zog in arroganter Weise die Augenbrauen hoch, antwortete aber nicht.

„Sie wissen, weshalb Sie hier sind. Ich will Ihnen aber doch noch einmal sagen, dass wir Sie vorläufig festgenommen haben wegen des dringenden Verdachts, dass Sie für die Ermordung des Kongolesen Kito Nkunda und für diverse Gewalttaten gegen andere Ausländer verantwortlich sind."

Herr Leitner schüttelte den Kopf und blieb weiterhin stumm.

„Sie wissen, Sie können einen Anwalt beiziehen", ergänzte Jürgen.

Wieder nur ein blasiertes Augenrollen und Schulterzucken.

Jürgens Ton verschärfte sich: „Ich würde Ihnen empfehlen, Herr Leitner, etwas kooperativer zu sein! Wir haben in Ihrer Wohnung und in den Wohnungen anderer Mitglieder Ihrer Gruppe ‚WIR sind die Schweiz' eine Fülle von Material sichergestellt, das Ihre Beteiligung an diesen Straftaten beweist. Da hilft Ihnen Ihr Augenrollen und Schulterzucken nichts. Könnten Sie sich also langsam zu einer Aussage bequemen?!"

Noch immer schwieg Herr Leitner. Aus seiner Miene ließ sich jedoch schließen, dass er intensiv zu überlegen schien, wie er sich verteidigen könnte.

„Sie haben überhaupt nichts gegen mich in der Hand", meinte er schließlich. „Sie bluffen nur."

„Dass ich nicht bluffe, sondern handfeste Beweise habe, wissen Sie so gut wie ich", entgegnete Jürgen ungerührt. „Sie würden uns viel Zeit ersparen, wenn Sie sich dazu entschließen könnten, uns etwas mehr über Ihre Verbindung zu Alex Kaiser und Max Dürst zu berichten."

„Dazu gibt es nichts zu berichten. Ich kenne die beiden persönlich nicht. Sie waren, glaube ich, einmal an einer unserer Veranstaltungen. Sonst hatte ich nie etwas mit ihnen zu tun."

„Dass Sie persönliche Kontakte hatten, belegen diverse Notizen und Briefe, die wir bei Ihnen und bei den beiden Polizisten gefunden haben", widersprach Jürgen Herrn Leitner. „Die beiden bezichtigen Sie, ihnen den Auftrag zum Mord an Kito Nkunda gegeben zu haben."

„Und Sie glauben diesen Idioten?", unterbrach Herr Leitner Jürgen. „Die lügen doch, sowie sie den Mund aufmachen!"

„Und was ist mit der Bildung einer – wohlgemerkt: illegalen – Bürgerwehr und der Aufforderung an die beiden Polizisten, gewalttätige sogenannte Polizeikontrollen vorzunehmen?"

„Dass wir Schweizer Bürger uns vor dem Ausländerpack in Basel schützen müssen, wird uns niemand verbieten dürfen! Wenn die Polizei uns nicht schützt, müssen wir halt eine eigene Schutztruppe bilden."

„Wir wollen es besser beim Namen nennen, worum es hier geht, Herr Leitner: Es ist keine Schutztruppe, sondern eine Bürgerwehr mit dem Ziel der Selbstjustiz! Dass Sie diese Truppe gebildet haben, bestreiten Sie also nicht."

„Es war die Idee der beiden Polizisten, und sie waren es ja auch, die diese Kontrollen durchgeführt haben."

Jürgen atmete tief durch, um die in ihm aufsteigende Wut unter Kontrolle zu halten.

„Dass Sie von den Morden wussten und sie höchstwahrscheinlich, wie Max Dürst und Alex Kaiser ausgesagt haben, in Auftrag gegeben haben, ist erwiesen. Wir haben die Namen der ermordeten Afrikaner und die des Nigerianers und des Eritreers, die bei den sogenannten Kontrollen von den Polizisten schwerst misshandelt worden sind, sowohl in den Listen bei den beiden Polizisten als auch in einer Liste bei Ihnen gefunden. Reiner Zufall? Das werden Sie keinem Richter weismachen können!"

Herr Leitner starrte Jürgen wütend an. Sein arrogantes Gehabe scheint ihm nun doch vergangen zu sein, dachte Bernhard.

„Das Manifest Ihrer Gruppe ‚WIR sind die Schweiz' wird im Zusammenhang mit Ihrer Beteiligung an den Morden und Misshandlungen von Ausländern außerdem sehr interessant für die eidgenössische Arbeitsgruppe zur Bekämpfung des Rechtsextremismus sein! Selbstverständlich werden wir die Kollegen dieser Arbeitsgruppe in unsere Ermittlungen einbeziehen."

Diese Äußerung schien Herrn Leitner sichtlich zu irritieren. Er wurde eine Spur blasser und starrte Jürgen hasserfüllt an.

„Unsere internen Papiere gehen Sie einen Scheißdreck an!", entgegnete er giftig. „Und wegen der Morde können Sie mir gar nichts nachweisen. Fuck off, du A—!"

„Auch wenn ich Recht habe, müssen Sie nicht noch unverschämt werden, Herr Leitner!", warnte Jürgen ihn. „Ihre politische Meinung interessiert niemand. Wenn Sie mit Ihrer Gruppe aber Dinge veröffentlichen, die Hate-Speech sind und zu Gewalttaten auffordern, dann machen Sie sich eindeutig strafbar! Interessant auch, wer alles auf Ihrer Abschussliste steht, wer, wie es bei Ihnen heißt: ‚ausgemerzt' werden soll!"

Außer sich vor Wut schrie Herr Leitner Jürgen an: „Natürlich bist du Schwuchtel darauf! Wir müssen die Schweiz von euch säubern! Ihr seid wie eine Seuche, die sich immer mehr ausbreitet. Aber wir werden das in den Griff bekommen, das versichere ich euch! Wir merzen euch genauso aus wie dieses Negerpack."

„Deshalb haben Sie die beiden Afrikaner umbringen lassen", entgegnete Jürgen seelenruhig.

„Natürlich! Die müssen alle ausradiert werden. Die Schweiz ist für die Schweizer da, nicht für fremdes Gesindel und Schwuchteln. Wir sind die Schweiz!"

„Dann können wir die Vernehmung ja beenden", meinte Jürgen. „Sie haben zugegeben, die Morde an den Afrikanern in Auftrag gegeben zu haben, bei der Bildung der Bürgerwehren beteiligt zu sein und die Polizisten, nicht zuletzt durch Erpressung, dazu gebracht zu haben, Ausländer bei sogenannten Kontrollen zu misshandeln. Alles Weitere wird das Gericht klären."

Jürgen gab dem Polizisten, der im Hintergrund wartete, ein

Zeichen und ließ Herrn Leitner abführen.

„Ich dachte, der Leitner würde pickelhart bleiben und jegliche Beteiligung an den Verbrechen weiterhin abstreiten", meinte Bernhard, als er mit Jürgen wieder in dessen Büro war. „Die Erwähnung der Liste, auf der auch du stehst, hat ihn aber offenbar so provoziert, dass er alle Vorsicht über Bord geworfen hat und sich in seiner Wut verraten hat."

„Du hast Recht, Bernhard. Nach meiner Erfahrung gibt es nur sehr selten Täter, die es über längere Zeit durchhalten, ihre Schuld konsequent zu leugnen. Ich habe zuerst auch gedacht, Herr Leitner sei so einer. Aber wegen seines arroganten Gehabes habe ich schon bald vermutet, dass er mühsam darum gekämpft hat, seine Fassade zu bewahren. Seine große Kränkbarkeit, die daraus gesprochen hat, hat mich vermuten lassen, dass er über kurz oder lang einen Wutausbruch bekäme und sich verplappern würde. Wir hatten Glück, dass das ziemlich bald passiert ist."

22.

Die Verhöre mit der dabei erlebten Anspannung hatten Jürgen ziemlich erschöpft. Er beschloss deshalb, an diesem Tag etwas früher nach Hause zu gehen. Bevor er das Kommissariat verließ, rief er aber noch Mario an und fragte ihn, ob er einverstanden sei, wenn er Edith und Walter Steiner nach dem Abendessen auf ein Glas Wein einlade.

„Das ist ja ein untrügliches Zeichen dafür, dass ihr euren Fall gelöst habt", freute sich Mario. „Oder?"

„Du hast völlig Recht, Mario. Glücklicherweise haben wir die Geständnisse der Täter, so dass wir alles Weitere der Staatsanwaltschaft und dem Gericht überlassen können. Da Walter mir ja mit seinen Einfällen wieder behilflich war, möchte ich Edith und ihm berichten. Und du erfährst dann auch gleich, wie es gelaufen ist."

Mario stimmte Jürgens Vorschlag freudig zu und Jürgen setzte sich mit Edith und Walter in Verbindung. Sie hatten Zeit, gegen 20 Uhr bei Jürgen und Mario zu sein.

„Ist das schon dein Schlussbericht?", wollte Walter wissen. „Dann ist das aber erstaunlich schnell gegangen, nachdem ihr am Anfang doch ziemlich im Trüben gefischt habt."

„Das stimmt, Walter. Ich erzähle euch das heute Abend alles genauer. Ich bin froh, dass wir das hinter uns haben. Es war wie das Stochern in einer stinkenden Kloake. Wirklich grässlich!"

Als Jürgen nach Hause kam, waren Mario und Antonio damit beschäftigt, das Abendessen vorzubereiten. Antonio hatte von Mario schon erfahren, dass Edith und Walter nach dem Abendessen kämen.

„Ich weiß schon, warum die kommen", meinte Antonio. „Du lädst sie immer ein, wenn du bei einem Fall nicht weiterkommst und wenn du ihn gelöst hast. Und ich muss dann ins Bett, während ihr über den Fall redet", beklagte er sich. „Ich bin doch schon fast erwachsen. Da könnte ich doch heute länger aufbleiben und mit euch zusammen über deinen Fall diskutieren."

„Ich weiß schon, dass du das spannend fändest, Antonio. Aber das sind berufliche Dinge, die nur uns Erwachsene angehen. Aber wir können Edith fragen, ob sie die Gute-Nacht-Geschichte für dich liest."

„Damit willst du mich nur beruhigen. Das weiß ich genau, Papa. Die Geschichte würde Edith sowieso lesen. Es ist gemein, dass wir Kinder von so vielen Dingen ausgeschlossen werden, die ihr Erwachsene tut. Ich muss mich mal erkundigen, ob ihr damit nicht gegen die Menschenrechte verstoßt", fügte er mit schelmischem Grinsen hinzu. „Vielleicht könnte ich dich ja verklagen, Papa, dass du deinem Sohn lebenswichtige Informationen vorenthältst. So ist das doch, Mario?"

Jürgen und Mario lachten.

„Du bist wirklich ein echtes Schlitzohr, Antonio. Aber das hilft alles nicht. Du wirst dich nach dem Abendessen zum Schlafen bereit machen müssen. Dann liest Edith dir die Gute-Nacht-Geschichte vor und dann ist Nachtruhe", schloss Jürgen die Diskussion ab.

Als Edith und Walter um kurz nach acht kamen, war Antonio für die Nacht bereit. Er stürmte Edith entgegen und wollte sie gleich in den ersten Stock zerren, damit sie ihm die Gute-Nacht-Geschichte vorlese.

„Jetzt will ich aber erst einmal Jürgen und Mario begrüßen", bremste Edith Antonio. „Dann gehe ich mit dir nach oben. Du kannst ja schon eine Geschichte aussuchen."

„Alles schon erledigt, Edith. Es ist eine spannende Geschichte von einem Jungen, der in einer Regenbogenfamilie lebt. Mario hat mir das Buch geschenkt."

Als Edith und Antonio sich in Antonios Zimmer zurückgezogen hatten, ließen Walter, Jürgen und Mario sich im Wohnzimmer nieder. Mario hatte ihnen Amarone eingeschenkt, mit dem sie anstießen.

„Dann stoßen wir auf die Aufklärung deines Falles an?", fragte Walter. „Du hast am Telefon so etwas angedeutet."

„Ja. Glücklicherweise haben wir die Mörder gefasst und haben dadurch weitere Morde verhindern können. Ich erzähle euch nachher, wenn Edith wieder hier ist, was wir herausgefunden haben. Wirklich unglaublich, was sich hier in Basel unter unseren Augen in der rechtsextremen Szene abspielt!"

Als Edith nach einer knappen halben Stunde noch immer nicht

zurückgekommen war, machte sich Jürgen auf den Weg in Antonios Zimmer. Wie erwartet, war es dem Junior gelungen, Edith dazu zu bewegen, länger als üblich vorzulesen und sie dann noch in eine Diskussion über die Geschichte zu verwickeln.

„So, meine Lieben, jetzt ist Schlafenszeit für Antonio", unterbrach Jürgen die Diskussion der beiden.

„Wir sind aber gerade bei ganz wichtigen Themen, Papa. Die müssen wir noch in Ruhe diskutieren", wendete Antonio ein.

„Dann nimmst du das Buch mit, wenn du Edith das nächste Mal besuchst, und ihr diskutiert dann weiter."

„Papa hat Recht", mischte sich jetzt Edith ein, als sie sah, dass Antonio vehement Einspruch erheben wollte. „Wir haben ja viel gelesen und diskutieren das weiter, wenn du mich nächstes Mal besuchst."

Edith verabschiedete sich von Antonio und Jürgen sagte ihm „Gute Nacht" und rief dann Mario.

Als die vier Erwachsenen im Wohnzimmer saßen und mit Edith angestoßen hatten, konnte Walter seine Neugierde nicht länger beherrschen. „Nun spann' uns nicht weiter auf die Folter, Jürgen, und erzähl' uns, wie ihr den Fall gelöst habt."

Jürgen berichtete von den Vernehmungen der beiden Polizisten, des Chefideologen der Gruppe „WIR sind die Schweiz" und von Dr. Kupfer. Immer wieder unterbrachen Edith und Walter ihn mit Zwischenfragen und äußerten, dass sie kaum glauben könnten, was er berichte.

„Wenn ihr die Täter nicht überführt hättet, wäre es ja sicher zu weiteren Misshandlungen und sogar Morden gekommen", meinte Edith erschüttert. „Das ist ja grauenhaft!"

„Und das hier in unserem beschaulichen Basel", ergänzte Walter. „Ich habe zwar immer wieder von rechtsextremen Gruppierungen gehört und in der Presse gelesen, dass Mitglieder dieser Gruppen Anschläge auf Asylheime verübt haben. Dass aber Polizisten in solche Aktivitäten verwickelt sind und es sogar zu Morden kommt, ist wirklich unglaublich!"

„Mir hat das auch zu denken gegeben", meinte Mario. „Ich habe den Eindruck, wir unterschätzen wahrscheinlich den Einfluss solcher rechtsextremer Gruppen. Mir sitzt immer noch der Schock in den Knochen, als der Polizist Jürgen und mich als Schwuchteln beschimpft hat und sich uns drohend genähert hat. Ich muss zugeben: Wäre Jürgen nicht bei mir gewesen, hätte ich schnellstens Reißaus genommen und hätte den Afrikaner seinem Schicksal überlassen."

„Genauso geht es anderen Personen auch", erklärte Jürgen. „Vor einiger Zeit wurde in den Zeitungen ja von einer Situation berichtet, als ein junger Mann in einer voll besetzten Bahn von mehreren Männern zusammengeschlagen worden war und niemand eingegriffen hat. Stellt euch vor: Sogar nachdem die Täter ausgestiegen waren, hat sich zunächst niemand um das schwer verletzte Opfer gekümmert! Die Angst bei solchen Gewalttaten lähmt offenbar die meisten Menschen. Niemand möchte damit zu tun haben und schaut so lange wie möglich weg."

„Zivilcourage ist eben eine schwierige Sache", seufzte Edith. „Wie ihr am eigenen Leib erfahren habt, ist es nicht einfach, einzuschreiten, wenn man beobachtet, dass jemandem Unrecht geschieht."

„Das ist die typische Situation beim Racial Profiling", stimmte Jürgen ihr zu. „Da sind ja sehr oft Passanten in der Nähe. Aber praktisch niemand reagiert darauf. Und wenn das jemand tut, bekommt er sogar noch Probleme mit der Polizei. Uns wollten die beiden Polizisten ja auch davonjagen. Und nur Kraft meiner Position als Kriminalkommissar konnten ich dem standhalten."

„Es ist ein Glücksfall, Mario, dass du nicht allein warst", fuhr Edith fort, „sondern Jürgen bei dir war, der sich als Polizeibeamter körperlich hätte wehren können und sich außerdem Kraft seines Amtes Respekt verschaffen konnte. Ich denke, Mario hat Recht: Wahrscheinlich unterschätzen wir die rechtsextremen Kräfte in unserer Gesellschaft und nehmen sie erst wahr, wenn manifeste Gewalttaten verübt werden."

Jürgen nickte und ergänzte: „Das Gefährliche sind meines Erachtens nicht nur diese offensichtlichen Gewalttaten. Das ist die Spitze des Eisbergs. Es macht mir vielmehr auch enorme Sorge, wenn ich, wie im Fall unserer Täter, die rechtsradikale, menschenverachtende Ideologie dieser Gruppen wahrnehme, die einen unheilvollen Einfluss auf unsere gesamte Gesellschaft ausübt. Davor sollten wir auf der Hut sein, denke ich."

Dieses Buch ging Anfang Juni 2020 in Druck.
In dieser Zeit sind die Medien voll von den Ereignissen in USA: „I can't breath" sollte als Stichwort an dieser Stelle genügen.
Folgende Berichte zeigen, dass Rassismus auch vor unserer Haustür, und auch im Polizeiapparat, stattfindet.
Sie beziehen sich alle auf die Schweiz, die Heimat unseres Autors.
Zu diesem Thema in Deutschland siehe auch „Der Spiegel" vom 13.6.2020

Racial Profiling - Zeitungsberichte

Benjamin Wieland, bz 8.11.2016

Die Hautfarbe allein gilt nicht als Begründung, von jemandem den Ausweis zu verlangen – doch diese Praxis ist Realität
Eine Münchensteinerin erzählt der bz von einem Erlebnis im Zug, das sie aufhorchen ließ: Im fast voll besetzten Waggon seien nur Dunkelhäutige kontrolliert worden – darunter auch sie. Laut Amnesty International Schweiz kommt dies sehr häufig vor.
https://www.bzbasel.ch/basel/baselbiet/racial-profiling-ist-in-der-schweiz-alltaeglich-130701994

An einem Vormittag bestieg die Münchensteinerin K. F. (Name der Redaktion bekannt) den Schnellzug von Zürich Hauptbahnhof nach Basel SBB. Kurz nach der Abfahrt betraten zwei Grenzwächter in Zivil den Waggon. Die Beamten kündigten an, dass es nun Personenkontrollen gebe – ihre Ausweise zeigen mussten aber nur vier Passagiere. Sie alle hatten etwas gemeinsam: einen dunkleren Teint als die übrigen Mitreisenden.
Unter den Kontrollierten waren K. F., zwei weitere Frauen, die zusammen reisten, und ein Mann. «Es machte mich schon stutzig», erzählt die 27-Jährige der bz, «dass sie genau uns herauspickten. Der Waggon war praktisch voll besetzt.» K. F. wuchs in Brasilien auf, lebt jedoch seit neun Jahren in der Schweiz und spricht Dialekt. Äußerlich falle sie trotzdem auf, sagt die Detailhandelsangestellte. Im Sommer, braun

gebrannt, sei sie auch schon für eine Inderin gehalten worden. Sie kritisiert die Praxis der Grenzwache: Es sei abstoßend, falls diese immer so vorgehen würde bei der Auswahl, wer sich ausweisen müsse und wer nicht. «Es kann doch nicht sein, dass als einziges Kriterium das Aussehen herangezogen wird.»

Der implizierte Vorwurf: Die Grenzwache betreibe «Racial Profiling», wähle also die Kontrollierten aufgrund von Merkmalen wie Haar- und Hautfarbe aus – und nicht ausschließlich anhand deren Verhalten.
Am Ausweis-Foto gekratzt
Die Grenzwache bestätigt die Kontrollen am besagten Tag. Peter Zellweger, Informationsbeauftragter der Grenzwacht-Region II, schreibt: «Die Grenzwächter überprüften bei den kontrollierten Personen, ob sie sich legal in der Schweiz aufhalten.» Die Beamten würden bei der Auswahl der zu Kontrollierenden «nach Erfahrungswerten» handeln. Damit seien, führt Zellweger aus, «eigene Erkenntnisse und Erlebnisse im täglichen Umgang mit Kundinnen und Kunden» gemeint. Auch das Verhalten spiele eine Rolle, ebenso mitgeführte Waren, «die auf deliktische Tätigkeit schließen lassen können».
K. F. zweifelt an den Erklärungen. Sie sei an jenem Vormittag auf dem Rückweg von einer Weiterbildung gewesen und habe unauffällige, der Witterung angepasste Kleidung getragen. Sie habe auch keinen Koffer oder große Taschen mit sich geführt, die auf eine längere Reise hätten hinweisen können. Und sie habe sich «ganz normal» verhalten. «Auch die anderen Kontrollierten stachen – die Hautfarbe ausgenommen – nicht heraus», beteuert sie.
Was sie ebenfalls stutzig machte: Der Beamte habe am Foto ihres Ausweises gekratzt. K. F. besitzt den C-Ausweis im Kreditkartenformat.
«Typische Antwort»
Grenzwache-Sprecher Peter Zellweger bleibt dabei: Alter, Geschlecht, Nationalität, Religion oder Hautfarbe spielen keine Rolle beim Entscheid, jemanden zu kontrollieren. Das Kratzen am Ausweis, schreibt er, diene dazu, dessen Echtheit zu überprüfen. Er besitze taktile Merkmale.

Illegale Praxis
Rassismus-Experte Tarek Naguib bezweifelt diese Aussagen. Es handle sich um «eine typische Antwort eines polizeilichen Mediensprechers, in der die Ernsthaftigkeit des Problems verkannt wird», schreibt Naguib. Es werde der Sache nicht auf den Grund gegangen, sondern alles darangesetzt, den Rassismusvorwurf unter den Teppich zu kehren. Dies sei ein «klassisches Distanzierungsmuster». Ähnlich schätzt Amnesty International den Fall ein. Die Organisation hatte «Racial Profiling» 2007 hierzulande aufs Tapet gebracht. Gäbe es tatsächlich Kontrollen unter Berücksichtigung des Kriteriums Hautfarbe, so wären diese illegal. Angewandt werde die Praxis aber trotzdem, schreibt Beat Gerber, Mediensprecher von Amnesty Schweiz. Die Erfahrung zeige, «dass dunkelhäutige Menschen regelmäßig ohne objektive Gründe von der Polizei kontrolliert oder durchsucht werden». Mohamed Wa Baile wehrte sich vor Gericht gegen eine Kontrolle – ohne Erfolg.

Der Fall Wa Baile
Kontrolle eines Dunkelhäutigen geschah zu recht, sagt das Gericht
Der Mann sei ihnen verdächtig vorgekommen, da er den Blick abgewandt habe und ihnen habe ausweichen wollen, heißt es im Polizeirapport. Er sei bloß kontrolliert worden, weil er schwarz sei, sagt hingegen Mohamed Wa Baile, ein 42-jähriger Schweizer mit kenianischen Wurzeln. Das Zürcher Bezirksgericht stützte gestern die Version der Stadtpolizei Zürich: Sie habe Wa Baile zu recht im Hauptbahnhof an einem Donnerstagmorgen im Februar 2015 kontrolliert. Und da er sich unkooperativ verhalten habe, sei er folgerichtig mit 100 Franken verwarnt worden. Er focht den Strafbefehl an. Somit musste sich zum ersten Mal ein Schweizer Gericht mit der Frage auseinandersetzen, ob eine polizeiliche Personenkontrolle das verfassungsrechtliche Diskriminierungsverbot verletzt hat.
Während der gestrigen Verhandlung sagte Wa Baile, es sei ihm nicht um das Geld gegangen, sondern ums Grundsätzliche. Denn er sei es leid, ständig ins Visier der Polizei zu geraten – und dies unabhängig davon, wie er sich verhalte. Es habe für die Kontrolle keinen rationalen

Grund gegeben. Seine Verteidigerin plädierte auf Freispruch und Aufhebung der Buße. Der Einzelrichter bestätigte sie jedoch. «Wir hatten nur den Strafbefehl zu beurteilen», sagte er in seiner kurzen Urteilsbegründung. Auf den Vorwurf des flächendeckenden «Racial Profilings» bei der Stadtpolizei Zürich ging er nicht ein. Die Verteidigerin kündigte bereits an, den Fall weiterzuziehen. (bwi/SDA)

«Racial Profiling» ist effizient

Bei den Ombudsstellen in Basel-Stadt und in Baselland sind Meldungen zu «Racial Profiling» selten, wie eine Nachfrage der bz zeigt. Fachleute führen die allgemein tiefen Zahlen von Fällen unter anderem auf Unwissenheit zurück: Die Betroffenen wissen oftmals gar nicht, dass die Methode illegal ist.

Dragan Ilić von der Universität Basel konnte nachweisen: Schwarze Autofahrer werden häufiger von der Polizei angehalten als weiße, zumindest in Florida. Der Ökonom hat sich in seiner Doktorarbeit mit Racial Profiling auseinandergesetzt. Er hält an der Uni Basel unter anderem eine Vorlesung zum Thema Diskriminierung.

Mit dem Fall der Zugkontrolle konfrontiert, sagt Ilić: «Mich würde es nicht wundern, wenn Beamte auch auf visuelle Reize reagieren. Sie müssen sich in kurzer Zeit entscheiden, und da lässt man sich auch von körperlichen Merkmalen leiten.» Dahinter würden jedoch «nicht zwingendermaßen boshafte Motive» stecken, glaubt Ilić. Man habe es womöglich mit einem anderen Treiber zu tun: «Die Beamten verspüren einen gewissen Druck, möglichst viele Delinquenten zu erwischen.»

In den USA seien dunkelhäutige Menschen bei bestimmten Delikten tatsächlich häufiger kriminell, dies könne mit dem soziodemografischen Hintergrund erklärt werden. «Racial Profiling» könne somit eine effiziente Methode sein, jedoch keine gerechte, betont Ilić.

Und dann müsse auch dies relativiert werden: «Auf lange Sicht dürfte das Vertrauen und das Ansehen der Polizei bei der Personengruppe, die unter Generalverdacht steht, abnehmen. Der Staat wird als Gegner wahrgenommen.» So gehe Vertrauen verloren, ein hohes Gut.

Pendler tarnte sich als Pöstler

K. F. gibt zu bedenken, dass Profiverbrecher das Muster leicht durchschauen könnten. «Man müsste einfach ältere weiße Frauen als Schmugglerinnen einsetzen. Die fallen durchs Netz.» Die Grenzwache ist sich dieser Gefahr bewusst. Sprecher Zellweger schreibt: «Die Aufgabe des Grenzwächters ist viel komplexer als nur das Beurteilen des Aussehens einer Person.»

In der Praxis durchgedrungen ist das noch nicht überall. Der «Bund» berichtete im August von einem Pendler afrikanischer Abstammung. Er wurde so häufig kontrolliert, bis er sich eine Postuniform kaufte – erst als falschen Pöstler ließ man ihn in Ruhe.

Verwandte Themen:
Wird Praxis der Basler Polizei zum Thema vor Gericht?
googleon: all
Ein Mann, der im Januar in Basel eine Polizeikontrolle gestört hatte und deshalb verurteilt worden war, zieht das Urteil an das Appellationsgericht weiter. Er hatte zufällig beobachtet, wie die Polizei einen Schwarzen kontrollierte und nachgefragt, ob sie einen Grund für die Kontrolle habe oder ob es sich lediglich um «racial profiling», also um eine Kontrolle wegen der dunklen Haut des Mannes handeln würde.

In der Urteilsbegründung habe der Richter «racial profiling» nun aber in einer seltenen Klarheit beschrieben, sagt sein Anwalt Alain Joset. Das wiederum habe seinen Mandanten dazu bewogen, das Urteil weiter zu ziehen.

«In früheren Urteilen hat man stets damit argumentiert, dass sich der Kontrollierte verdächtig verhalten habe», sagt Joset. Dies sei im aktuellen Fall aber anders: «Da steht schwarz auf weiß, dass die Kontrolle aufgrund des Äußeren gemacht wurde, nicht wegen dem Verhalten des Kontrollierten.» Joset folgert aus der Urteilsbegründung: «Wäre ich zur selben Zeit am selben Ort gewesen, wäre ich wohl nicht kontrolliert worden. Mein Mandant, der sich zur selben Zeit am selben Ort wie der Schwarze aufhielt, wurde auch nicht kontrolliert.»

Andere Fragestellung vor Gericht
Im Verfahren vor dem Basler Strafgericht wurde allerdings nicht die Frage beantwortet, ob die Polizeikontrolle rechtens gewesen war. Es ging lediglich um die Frage, ob der Passant diese habe stören dürfen

oder nicht. Der Richter kam zum Schluss, dass er dies nicht habe machen dürfen, egal, ob die Kontrolle an sich rechtens gewesen war. Nun hofft der erstinstanzliche Verurteilte aber, dass bei einem Verfahren vor dem Appellationsgericht auch das Verhalten der Polizei und deren mögliche rassistische Kontrolle Thema sein wird.

Mehr Fälle von Rassismus in der Schweiz
googleoff: all

Die Beratungsstellen für Rassismusopfer haben im vergangenen Jahr 301 Fälle von rassistischen Diskriminierungen registriert.
Das sind über 100 Fälle mehr als noch 2016.
Am häufigsten werden Menschen am Arbeitsplatz und Kinder in der Schule aufgrund ihrer Herkunft Opfer von Rassismus.

Legende:
In Zürich protestieren Demonstranten gegen «Racial Profiling».
Ein 10-jähriges Kind wird in der Schule wegen seiner Hautfarbe beschimpft, bis es gesundheitliche Probleme hat – ein Mitarbeiter eines Freibads stellt das Warmwasser ab, damit die wartenden dunkelhäutigen Personen nicht warm duschen können.
301 solche und ähnliche Fälle haben die 27 Beratungsstellen, welche im Beratungsnetz für Rassismusopfer Mitglied sind, im vergangenen Jahr registriert. Der Verein humanrights.ch hat die Fälle der Beratungsstelle zusammen mit der Eidgenössischen Kommission gegen Rassismus (EKR) ausgewertet.
Das Resultat zeigt, dass Rassismusvorfälle in der Schweiz gegenüber dem Vorjahr zugenommen haben. 2017 wurden so viele Fälle registriert wie noch nie.
Nicht zwingend mehr Rassismus
Der Anstieg bedeute jedoch nicht zwingend, dass der Rassismus in der Gesellschaft im selben Maß zugenommen habe, steht im Bericht. Es könne auch sein, dass die Beratungsstellen bekannter oder besser zugänglich geworden seien. Zudem ist die Anzahl der Beratungsstellen gestiegen.

Dennoch lässt der Bericht diverse Schlüsse zu. So ist das beschimpfte Kind kein Einzelfall: Im Bildungsbereich fanden 42 Rassismusvorfälle statt, davon 31 in der obligatorischen Schule. In 38 Fällen wurde jemand im öffentlichen Raum rassistisch diskriminiert. So weigerte sich ein Busfahrer, unbegleitete minderjährige Asylsuchende im Bus bis zur Endstation zu fahren.

Steigende Muslimfeindlichkeit
Fast gleich häufig (43 Fälle) wie in der Schule verhielt sich am Arbeitsplatz jemand rassistisch. Eine Frau muslimischen Glaubens erhielt die Kündigung, weil sie um Erlaubnis bat, bei der Arbeit ein Kopftuch tragen zu dürfen. Zwei schriftliche Anfragen dafür blieben unbeantwortet, nach der dritten bekam sie die Kündigung.

Die diesem Fall zugrunde liegende Muslimfeindlichkeit sowie die Feindlichkeit gegen Menschen aus dem arabischen Raum hat gemäß den Erhebungen aus dem Vorjahr insgesamt um 5 Prozentpunkte zugenommen: 90 der gemeldeten Fälle lagen diese beiden Motive zugrunde.

An erster Stelle (112 Fälle) steht jedoch noch immer eine generelle Ausländer- und Fremdenfeindlichkeit. An zweiter Stelle (95) folgt wie im letzten Jahr Rassismus gegen Schwarze.

24 Fälle von «Racial Profiling»
Im Zusammenhang mit Rassismus gegen Schwarze hat sich in den letzten Jahren der Begriff «Racial Profiling» geprägt – wenn Polizisten Personen aufgrund ihrer Herkunft oder ihrer Hautfarbe kontrollieren. 24 Mal hat sich 2017 jemand wegen «Racial Profiling» an eine Beratungsstelle gewandt. Diesbezüglich fordert die «Alliance Against Racial Profiling» von der Politik, dass bei Strafanzeigen gegen die Polizei Gremien zuständig sind, welche von Regierung, Polizei und Staatsanwaltschaft unabhängig sind. Die Vereinigung ist der Ansicht, dass Opfer rassistischer Polizeigewalt im derzeitigen System «schutzlos ausgeliefert» sind.

Denn die Polizei gehe nicht effektiv gegen den Rassismus in den eigenen Reihen vor und Staatsanwaltschaft sowie Justiz seien vielfach nicht in der Lage oder willens, Opfern rassistischer Polizeigewalt ein faires Verfahren zu garantieren.

googleoff: all
Kollaborative Forschung zu Racial/Ethnic Profiling in der Schweiz

«Ich erlebe es [ungerechtfertigte Polizeikontrollen] regelmäßig und ich möchte nicht, dass meine Kinder das auch erleben müssen. Meine Kinder gehören in diese Gesellschaft. Sie sind Schweizer und Schweizerinnen. Und nur weil sie anders aussehen, ist ganz klar, werden sie diese Kontrolle auch erleben.» (Mamadu Abdallah)

Hintergrund der Studie und Forschungsvorgehen:
Seit dem Frühjahr 2016 arbeiten wir – ein Forschungsteam aus Wissenschaftler*innen, Aktivist*innen und Betroffenen diskriminierender Polizeikontrollen – an einer explorativen Erhebung der Situation in der Schweiz. Hintergrund der Untersuchung ist die Feststellung, dass es zwar Einzelberichte von Betroffenen in den Medien sowie durch Beratungsstellen und Community-Organisationen gibt, jedoch eine umfassende Dokumentation von Erfahrungen mit Racial/Ethnic Profiling bislang fehlt. Diese Leerstelle ist im Kontext des Strafverfahrens gegen Mohamed Wa Baile besonders deutlich geworden. In der bisherigen Debatte dominieren von Seiten der Polizei Darstellungen, welche diskriminierende Profilings als unbedeutend oder gar nicht existent behaupten. Entsprechend bedarf es Belege, mittels derer die Dimension, die Wirkungen und die Probleme dieser Praktik deutlich werden.

Mit der Studie dokumentieren wir Erfahrungen mit und Wirkungen von rassistischen Profilings und bereiten diese analytisch auf. Dazu führen wir Interviews mit Betroffenen von Racial/Ethnic Profiling in Bern, Basel, Zürich und anderen Regionen der Schweiz durch und ordnen die Resultate in die nationale, europäische und internationale Situation ein. Um möglichst unterschiedliche Perspektiven und Umgangsweisen zu erfassen, arbeiten wir mit einem qualitativen Erhebungsverfahren. Wir interviewen unterschiedliche Gruppen von Betroffenen, namentlich Schwarze Schweizer*innen, Schweizer People of Color, Geflüchtete, Roma, Jenische, Sexarbeitende, Trans* sowie Muslima mit Kopftuch.

Der Forschungsprozess ist von Beginn an und in all seinen Etappen ein partizipativer – von der Konzeption der Leitfragen, über die Kontaktaufnahme, die Durchführung der Gespräche bis hin zur Analyse, Interpretation und Verschriftlichung der Untersuchungsergebnisse. Die Auswertung erfolgt nach Grundsätzen der Situationsanalyse (Reflexive Grounded Theory). Alle Interviews werden auf Grundlage des Fachethos sozialwissenschaftlicher Forschung streng vertraulich behandelt und entsprechend anonymisiert/pseudonymisiert.

Neben der Erfassung bestehender Probleme mit Racial/Ethnic Profiling wollen wir auch die politischen und juristischen Prozesse zur Beendigung dieser Diskriminierung unterstützen. Für die Umsetzung einer antidiskriminatorischen und reflexiven Praxis von Institutionen halten wir es für zentral, mehr wissenschaftliche Grundlagen zu haben über die Bandbreite an diskriminierenden Polizeikontrollen in der Schweiz.

Erste Ergebnisse der Studie

Von Erfahrungen mit Racial Profiling berichten unterschiedliche Gruppen: Schwarze Schweizer*innen, Schweizer People of Color, Geflüchtete, Roma, Jenische, Sexarbeitende, Trans* sowie Muslima mit Kopftuch. Neben Hautfarbe spielen je nach Kontext u.a. auch das Alter, das Geschlecht, die Kleidung, die Haartracht sowie der vermeintliche Klassen- und Einkommensstatus eine entscheidende Rolle. Laut Aussagen vieler Betroffener sind diskriminierende Kontrollen in ländlichen Regionen häufiger als in Großstädten. Zudem sind insbesondere Geflüchtete vermehrt betroffen. Befragte letzterer Gruppe berichtet darüber hinaus auch häufiger von Gewalterfahrungen, respektlosen Äußerungen der Polizist*innen sowie von unrechtmäßigen Leibesvisitationen und Durchsuchungen. Trotz der individuellen Unterschiede in den Berichten finden sich viele Überschneidungen und Ähnlichkeiten in den Äußerungen, die im Folgenden dargestellt werden:

Stigmatisierung und Kriminalisierung: Betroffene berichten, sich während der Polizeikontrollen «ausgestellt», wie «im Zirkus», als «Mensch zweiter Klasse», als Menschen mit «limited rights» gefühlt zu haben. Hervorgehoben wird dabei die demütigende/beschämende Erfahrung, durch die Öffentlichkeit/die Passant*innen als

«Kriminielle/r» und als Bedrohung der Sicherheit gesehen zu werden. Auch nach der Kontrolle seien jeweils abschätzige Blicke auf sie gerichtet. Von spontaner Unterstützung durch Passant*innen hat bisher keine der interviewten Personen berichtet.

«Ils [les policiers] nous traitent comme des animaux!» (Salah Chant)

«We [black people] have limited rights» (Chandra Macasche)

«[Police] checked me, the other people looked at me. What happened to my dignity?» (Chandra Macasche)

«Sie [die Polizei] behandelt hier sogar Tiere besser als uns. Jede Katze kann frei rumlaufen, ohne gestoppt zu werden und Angst zu haben. Und wir werden die ganze Zeit kontrolliert.» (Ahmed Abdu)

Gefühle wie Angst, Wut, Demütigung. Die Befragten äußern teilweise massive Ängste, die die Kontrollen unmittelbar und auch im Nachgang und langfristig bei ihnen ausgelöst haben. Viele berichten von einem großen Misstrauen gegenüber Polizist*innen, welche sie keinesfalls als Sicherheitspersonen wahrnehmen, sondern vielmehr als Auslöser von Unsicherheit. Andere sprechen von Demütigung, Minderwertigkeit, Verzweiflung und auch von Wut und Empörung.

«After being checked, I felt totally uncomfortable. (...) Because the people, society looks differently». (Chandra Macasche)

«Die Kontrolle ist vor acht Monaten passiert, aber die Angst bleibt und das Erlebnis sitzt noch tief in mir. (...) Jedes Mal, wenn ich die Polizei sehe, habe ich Angst.» (Hakim Jakim)

«Du fühlst dich so minderwertig, wenn die Polizei dich kontrolliert. Ich frage mich: Wieso immer ich? Steht etwas auf meiner Stirn?» (Mamadou Abduhlla)

Umgangsstrategien mit diskriminierenden Polizeikontrollen:

Die Befragten gehen in unterschiedlicher Weise mit der Gefahr um, alltäglich kontrolliert zu werden. Manche umgehen bestimmte Orte oder vermeiden den abendlichen Ausgang, an denen sie mit häufigen Kontrollen rechnen müssen. Andere entscheiden sich bewusst dafür, sich durch die Polizeikontrollen nicht in ihrer Bewegungsfreiheit einschränken zu lassen. Einige versuchen, sich zu camouflieren (z.B. mit schicken Kleidern oder Arbeitskleidung), damit sie möglichst wenig in das Raster der Polizei fallen. Wieder andere sind sehr proaktiv bei diskriminierenden Kontrollen: Sie fragen die Polizei nach dem Grund der Kontrolle, diskutieren und verweigern gegebenenfalls das Zeigen des Ausweises, wenn ihnen die Kontrolle als diskriminierend erscheint. Viele berichten, die diskriminierenden Kontrollen stets zu antizipieren und deshalb früher zu Terminen zu gehen (weil sie mit Verspätung rechnen) oder den Ausweis auch bei kleinen Gängen vor die Tür auf jeden Fall mitzuführen.

«I am not trying to avoid, but I always expect it» (Chandra Macasche)
«In meinem Herkunftsland gilt es als unhöflich, den Polizisten direkt in die Augen zu schauen. Jetzt habe ich aber gemerkt, dass mich dies hier verdächtig macht. Jetzt richte ich den Blick immer ganz fest auf die Polizisten.» (Ibrahim Traoré)

Großer Schritt zur persönlichen Anerkennung der Ungerechtigkeit. Viele Betroffene berichten, die Kontrollen von Beginn an als beschämend und/oder übergriffig empfunden zu haben. Es brauchte jedoch einige Zeit der Auseinandersetzung mit Freund*innen und Bekannten (insbesondere mit anderen People of Color), um aus eigenen Schuldzuweisungen und dem ‹Herunterschlucken› des Erlebten in eine aktive Auseinandersetzung zu kommen. Als Teil der Rassismuserfahrung versuchen viele während langer Zeit, mit den Kontrollen leben zu können.

«Nein, wenn du farbig bist, dann behältst du besser deinen Mund zu, und lebst möglichst diskret.» (Lucie Cluzet)

Forderungen von Seite der Betroffenen: Die Betroffenen formulieren Erwartungen und Hoffnungen an die Polizei sowie an weitere Behörden und an die Gesellschaft im Ganzen in Bezug auf die Bekämpfung von Rassismus in konkreten Interaktionen sowie in strukturellen und institutionellen Settings. Die konkreten Forderungen betreffen die bessere Umsetzung von Menschenrechten und Antidiskriminierungsgesetzen. Zudem wird der Vorschlag geäußert Quittungen einzuführen, auf denen der Grund und das Ergebnis der Kontrollen vermerkt sind. Außerdem sollten nach Aussagen einzelner Interviewter im Polizeikorps mehr Angehörige von Minoritätengruppen und mehr Sprachkenntnisse vertreten sein.

«Il faut qu'ils [les policiers] reçoivent une meilleure éducation, une éducation morale. Il faut qu'ils savent qu'on est des humaines, qu'on a des droits.» (Salah Chant)

«Ich sage nicht, sie sind alles Rassisten. Nein, ich sage: Ich lebe hier, ich wohne hier seit Jahren, bin Schweizer mit Schweizerpass, und ich möchte nicht so ausgegrenzt werden, weil ich mich ausgegrenzt fühle, wenn ich immer wieder unbegründet kontrolliert werde.» (Mamadu Abdallah)

Mitglieder der kollaborativen Forschungsgruppe
- Mess Barry, Koch und Politiker, Bern
- Daniel Egli, Masterstudent in Sozialgeographie, Universität Bern
- Ellen Höhne, Ethnologie/Soziologie, IMIS Osnabrück
- Rea Jurcevic, Masterstudentin in Soziologie, Universität Bern
- Tino Plümecke, Soziologe, Dozent an der Universität Luzern
- Sarah Schilliger, Oberassistentin in der Soziologie, Universität Basel
- Florian Vock, Masterstudent in Soziologie, Universität Freiburg/Br.
- Mohamed Wa Baile, Dokumentalist, Bern
- Claudia Wilopo, Kulturanthropologin, Universität Basel

Kontakt:
Sarah Schilliger, Seminar für Soziologie, Universität Basel, 076 521 67 76, sarah.schilliger@unibas.ch
Tino Plümecke, Universität Luzern, pluemecke@soz.uni-frankfurt.de
Mohamed Wa Baile, Bern, mohamedwabaile@bluewin.ch, http://wa-baile.com
Falls Du bereit bist, bei der Studie mitzumachen und über deine Erfahrungen zu berichten, melde dich bitte bei uns. Wir freuen uns auf ein Gespräch mit Dir (auf deutsch, französisch oder englisch; weitere Sprachen auf Anfrage)!

Links zu Studien und Berichten
Schwarze Menschen in der Schweiz. Ein Leben zwischen Integration und Diskriminierung. Die Studie (2004) beschreibt, wie sich dunkelhäutige Menschen in der Schweiz fühlen und mit welchen Problemen sie im Alltag zu kämpfen haben: www.ekr.admin.ch/dienstleistungen/d115/1033.html
Racial und Ethnic Profiling: Ein bei uns unbekanntes Phänomen? Le

profilage racial et ethnique, un phénomène inconnu chez nous? Profiling razziale ed etnico: un problema sconosciuto da noi? Dr. Claudia Kaufmann, Ombudsfrau der Stadt Zürich, berichtet von Racial/Ethnic Profiling in der Schweiz in Tangram 26, Dez. 2010: www.ekr.admin.ch/dokumentation/d108/1075.html

Polizeiliche Routinekontrollen westafrikanischer Migranten in Zürich: Minoritätsperspektiven. Lizentiatsarbeit der Philosophischen Fakultät der Universität Zürich von Patrick Gfeller und Rahel Pfiffner (2012). Diese explorative Arbeit widmet sich der Perspektive westafrikanischer Migranten auf polizeiliche Routinekontrollen in Zürich: www.humanrights.ch/upload/pdf/160530_Lizentiatsarbeit_Gfeller-Pfiffner.pdf

Humanrights.ch: Rassistisches Profiling – Situation in der Schweiz. Umfangreiche Sammlung rechtlicher Aspekte, Medienberichte und Studien: www.humanrights.ch/de/menschenrechte-themen/rassismus/rassistisches-profiling/schweiz

Rassistisches Profiling: Beispielfälle aus der Beratungspraxis. Sammlung von Beispielen aus der Beratungspraxis vom Jahr 2015: www.humanrights.ch/upload/pdf/160902_Rassistisches_Profiling_Beispielfaelle.pdf

Jährlich erscheinender Bericht über Rassismusvorfälle aus der Beratungspraxis:www.network-racism.ch/cms/upload/pdf/160617_rassismusbericht_2015_web_d-definitiv.pdf

Udo Rauchfleisch **Tödliche Gefahr aus dem All"**
236 Seiten Hartcover   ISBN 987-3-86361-807-0

Der fünfte Fall des Basler Kommissars Jürgen Schneider.
Eine ältere Frau wird ermordet im Margarethenpark in Basel aufgefunden. Ihre Partnerin und die anderen Mitglieder eines esoterischen Zirkels sind überzeugt, dass die Tote Opfer der Ausserirdischen geworden ist, die Menschen entführen, sich ihrer Organe bedienen und die Leichen dann fortwerfen. Kommissar Jürgen Schneider ist zwar sicher, dass er es mit einem menschlichen Täter zu tun hat. Er hat jedoch Mühe, sich im Gewirr von esoterischen Ideen und Verschwörungstheorien, denen die Mitglieder der esoterischen Gruppe anhängen, zurechtzufinden und mit beiden Beinen auf dem Boden der Realität zu bleiben. Immerhin bietet das Leben in seiner Regenbogenfamilie mit seinem Partner und dem neunjährigen Sohn für den Kommissar eine willkommene Ablenkung von der schwierigen Ermittlungsarbeit. Wenig später wird im gleichen Stadtquartier von Basel ein Transjunge tot aufgefunden. Gibt es eine Verbindung zwischen den beiden Morden? Die minutiöse Ermittlungsarbeit führt Jürgen Schneider auf die Spur möglicher Täter, bis er die Morde schliesslich aufklären kann.

Udo Rauchfleisch

Schwarz ist der Tod

Ein Mord mit Untertitel

170 Seiten

gebundene Ausgabe

ISBN print
978-3-86361-705-9
Auch als E-book

Der brutale Mord an einer Afrikanerin bereitet dem schwulen Kommissar Jürgen Schneider aus Basel Kopfzerbrechen. Das Opfer ist weder bei den Schweizer Behörden noch in Deutschland oder Frankreich gemeldet. Geht es um einen aus dem Heimatland der jungen Frau gesteuerten Racheakt oder um einen rassistischen Hintergrund? Durch einen zweiten Mord gerät der Kommissar auf eine heiße Spur, die ihn in die Schwulenszene von Basel und Zürich führt. Er ahnt, wer der Täter sein könnte, hat jedoch keine handfesten Beweise. Ein nächtlicher Einbruch bei Jürgen Schneider, seinem Partner und ihrem Sohn hätte ein böses Ende nehmen können, wenn der Kommissar nicht rechtzeitig erwacht wäre. Nun zieht sich die Schlinge um den Hals des Täters enger und enger ...

www.himmelstuermer.de

Udo Rauchfleisch **Tod der Medea** Ein musikalischer Mord
212 Seiten Hardcover ISBN Print 978-3-86361-599-4
Auch als E-book

Der schwule Kommissar Schneider hätte nicht gedacht, dass er nach einer eindrücklichen Aufführung der Oper „Medea" im Basler Opernhaus am nächsten Tag vor der Leiche der Sängerin der Titelpartie stehen würde. In der Theaterwelt mit ihren Affären und Intrigen gibt es eine Fülle von Verdächtigen. Kopfzerbrechen bereitet ihm aber nicht nur die Ermittlungsarbeit, sondern auch sein Partner, der skeptisch ist gegenüber Schneiders Projekt, zusammen mit einem Lesbenpaar eine Regenbogenfamilie zu gründen. Der Fall der „Medea" spitzt sich zu, als ein zweiter Mord erfolgt. Und nun wendet sich auch noch das Lesbenpaar an Schneider und bittet ihn, über das schwule Netzwerk einer jungen Frau aus dem Irak, die wegen ihrer Homosexualität in ihrem Heimatland verfolgt wurde und in die Schweiz fliehen konnte, bei ihrem Asylgesuch zu helfen. In dieser turbulenten Situation ist es einem Zufall zu verdanken, dass der Kommissar das Rätsel der Morde zu lösen vermag.

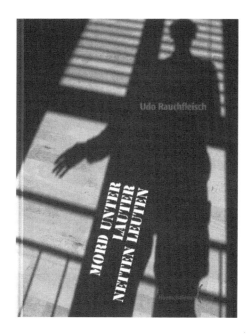

Udo Rauchfleisch

Mord unter lauter netten Leuten

200 Seiten
Hardcover

ISBN print
978-3-86361-656-4

Auch als E-book

Der zweite Fall des schwulen Basler Kommissars Jürgen Schneider. Privat ist er glücklich, weil er mit seinem Partner und einem Lesbenpaar erfolgreich eine Regenbogenfamilie gründen konnte. Beruflich ist die Situation verzwickt: Er steht vor der Frage, ob ein älterer Mann Opfer eines banalen Verkehrsunfalls oder eines Mords ist. Unterstützt wird der Kommissar von einem jungen schwulen Psychologen, der im Gaychat einen neuen Lover kennengelernt hat und dem ersten Treffen entgegenfiebert. Der unsympathische Hausmeister prophezeit weitere Morde und versetzt die Hausbewohner dadurch in Angst und Schrecken. Als eines Morgens eine der Mieterinnen erstochen in ihrer Wohnung liegt, ist klar, dass hier ein Mörder umgeht. Die Angst erreicht einen Höhepunkt, als mehrere Mieter von Mordversuchen berichten, denen sie nur mit Glück entgangen seien. Eigentlich sind alle Bewohner, straight und gay, die hier zusammenleben, nette, harmlos wirkende Leute. Und doch hat jeder auch ein Motiv für die Morde und Mordversuche. In einer dramatischen Aktion kann der Kommissar das Rätsel lösen.

www.himmelstuermer.de

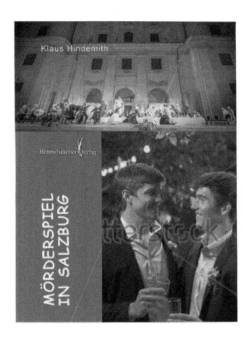

Klaus Hindemith

Mörderspiel in Salzburg

Gebundene Ausgabe

190 Seiten

ISBN print
978-3-86361-699-1

Auch als E-book

Der Zickenkampf um die Rolle der Buhlschaft im Theaterstück *Jedermann* bei den Salzburger Festspielen endet tödlich für Angelina, die Tochter des Chemieindustriellen Gotthard Samson. Ein unbekannter Täter schießt ihr in die Stirn.
Kronlandt und Marx übernehmen den Fall im Auftrag des Vaters. Ihre Ermittlungen konzentrieren sich auf das Umfeld von Anna Lemberger, der neuen Buhlschaft. Sie verdächtigen zunächst den Darsteller des Jedermann und den Regisseur des Stückes, die junge Frau ermordet zu haben, täuschen sich jedoch. Der Täter scheint mit ihnen zu spielen und zieht die beiden Freunde in einen Mahlstrom der Ereignisse, in dem schließlich Marvin Kronlandt unterzugehen droht. Der junge Mann landet nach einem Schussattentat im Krankenhaus.
Manuel Marx, sein Partner und Geliebter, steht ihm zur Seite, die Freundschaft und die körperliche Anziehung zwischen den beiden Männern steigert sich zu einem Höhepunkt. Doch können sie den gefährlichen Mörder, der alle Tricks des Theaters beherrscht, zu Fall bringen?

www.himmelstuermer.de